HEROIC TALE OF VILLAINOUS PRINCE

悪役王子の英雄譚 3

左リュウ
RYU HIDARI
[イラスト]
天野 英
HANA AMANO

Design: 藤田峻矢（草野剛デザイン事務所）

「マキナ……？」

「アル様のことが好きです。
わたし、ずっとずっと……
アル様に、好きって言いたかったんです」

INTRODUCTION

HEROIC TALE OF VILLAINOUS PRINCE

王族で唯一の黒髪黒眼に生まれ、忌み嫌われる第三王子・アルフレッド。
無能を演じ裏から王国を支えてきた彼はしかし、第一王子に婚約破棄された
シャルロットを冤罪から守るため、ついに表舞台へでることに——。

アルフレッド

不吉の象徴とされる黒色の魔力を持って生まれた第三王子。晴れてシャルロットの婚約者となる。

シャルロット

第一王子の婚約者として育てられた公爵令嬢。世間知らずなところもあるが、努力家で芯の強い一面も。

マキナ

アルフレッドの身の回りの世話から諜報活動までなんでもこなす敏腕メイド。

ルシル

学園では陽だまりのような優しい性格を演じていたが、レオルの『王衣指輪』を奪うための演技だった。

レオル

アルフレッドの兄で第一王子。シャルロットに婚約破棄を言い渡すが、ルシルに裏切られ右腕を失ってしまう。

ノエル

イヴェルペ王国の第二王子婚約者を失ってから、復讐に全てを捧げて生きてきた。

悪役王子の英雄譚 3

Author:Ryu Hidari Illustrator:Hana Amano

プロローグ

Prologue

Heroic Tale of Villainous Prince

「人間って、自分が完璧と思い込んでる面白可笑《おもしろおか》しい生き物だと思うんです」

歌うように。

「人間は完璧じゃない。……なんて掃《は》いて捨《す》てるほど言われてる理屈ですけど。それを自覚している人も、何人いるのやら」

唄うように。

「人間は他人の不完全さを批難しますよね。自分も不完全な人間のくせして他人には完璧を求める。『心』がある限り自分も他人も永遠に完璧になんかなれないのに。間違いを犯し続けるのに」

詠《うた》うように。

「『普通に考えてあり得ない』『こんなのおかしい』『絶対に間違っている』……『心』など見ないフリして、情報だけで他者の不完全さを嘲笑《あざわら》う。否定する。あはっ。滑稽ですよね。自分も『心』に振り回される人間に過ぎないのに。寛容さを棄《す》て、自分はこんな間違いを犯さないって、心の底から信じて石を投げる」

少女《ルシル》は、人間《ヒト》を嘲笑う。

「可哀《かわい》そうなマキナさん。アナタは石を投げられる側。アナタが何を考え、何を思っていたのか……その身に秘めた『心』なんて、分かろうともされない。自分を完璧だと思い込んだ人間から、石を投げられ続けてしまう」

何が愉《たの》しいのか分からないけれど。ルシルは嗤《わら》いながら、わたしの頬に指を這《は》わせる。

「…………別に。理解されたいなんて思ってない。理解されるとも思ってない」

わたしは間違いを犯した。解《わか》っている。これはきっと間違っている。

間違いであることなんて、わたしが一番よく解っている。

秘めておくべきだった。押し込めておくべきだった。隠しておくべきだった。

ああ、だけど。それでも。どうしても――――わたしは自分の『心』を裏切れなかった。秘めて、押し込めて、隠しておくことなんてできなかった。

「それでも……それでも、わたしは…………」

悪魔に縋《すが》ってでも欲しいものがある。

理屈はない。理性だってきっとない。恋焦がれる獣の如《ごと》き感情《キモチ》が牙を立て、全てを餌として喰《く》らい尽くした。

理性理屈《そんなもの》が一欠片《ひとかけら》でも残っていたのなら、わたしは今、ここにはいない。

愚かにも夢見てしまったのだ。

アル様の隣にいる自分《わたし》を。アル様が愛してくれる自分《わたし》を。

彼の指がわたしの肌に触れて、愛《いと》しく扱ってくれる。そんなバカげた幻想《ゆめ》を――――見てしまった。可能性を考えてしまった。考えてしまったら、止まらなくなってしまった。欲しいと願ってしまった。

(ほんと……自分でもバカみたい)

愛が欲しいと言いながら、愛する人を裏切っている。

矛盾している。この矛盾こそが、わたしの行動と感情の歪《いびつ》さを物語っている。

「それも『愛』が為《な》せる衝動《ワザ》、ですかね。『愛』を司《つかさど》るわたしとしては実に好みの選択《チョイス》です」

「あんたの好みなんか知らない」

「手厳しいですねぇ」

小さく笑うルシルには不快な気分にもなる。何かロクでもないことを企《たくら》んでいることは確実なので、猶更《なおさら》。だけどわたしはもう決めたんだ。この悪魔の力に縋ると。

「……それで。わたしはどうすればいいの。何をすれば、わたしも――――」

「――――『王族になれるのか』ですよね。……現時点でも、あなたは紛れもない王家の血を継ぐ存在。ですが、確固たる証拠が必要なんですよね? 明確なる証拠。……いいえ。極端な話、あなたは王家の証《あかし》なんて必要としていない。本当に欲しているのはアルフレッドさんの隣に立つための証……即《すなわ》ち、『第五属性《エーテル》』の魔力」

ルシルは分かり切っていることをつらつらと並べ立てながら、真っすぐに伸びる人けのない廊下を歩き続ける。生というものを感じさせない冷たき道は、どことなく無機質な人形を思わせた。……わたしが抱いているこの感覚は真実に近いだろう。この巨大な機械仕掛けの王宮そのものが、何らかの装置だろうから。

「ご安心を。あなたの身には既に『第五属性《エーテル》』の魔力が宿っています。今はただ眠っているに過ぎません。封印されているとも、凍結されているとも言えますがね。然《しか》るべき時まで」

「それが今だって？」

「さぁ？　その時期を判断する前に、アナタの親はこの世から居なくなりましたからねぇ」

どうやらわたしの親というものは既にこの世には居ないらしい。

そのことに対して今更、別段これといって何らかの感情を抱くことはなかった。

……正直、自分で自分に驚いている。

確かにわたしにとっての一番はもう決まっているけれど。過去よりも現在《いま》の方を大切にしているけれど。

だからといって親に興味がなかったわけじゃない。会えるなら会いたいとは思っていた。でも今、ルシルから親の死を聞かされたところで、わたしの中には思っていたような感情は湧き出してこなかった。

どちらかというと、今更というか。

空は青い。炎は熱い。鳥は空を飛ぶ。

そういった常識的なことを今更になって教えられているような気分になった。

「なので。今は代わりの者に、あなたの中に眠る王家の機能を一部解放してもらいましょう」

「ロレッタさんやあの兜《かぶと》の人以外にも、あんたの仲間がいるってわけ？」

「『仲間』ではなく『家族』と言ってほしいものですが、ええ。そうですね。なにせわたしたちは『六情《ろくじょう》の子供』。愛や喜びがあれば、他の感情《こころ》もありますとも。……とはいえ。わたしが言った代わりの者とは、もっと別の人物です。『六情の子供』ではなく——あなたに忠誠を誓い、己が身を捧《ささ》げ、手足となって動く、忠実な騎士」

「騎士……？」

「あはっ。なにを面食らってるんですか。当然でしょう？　あなたはこの機構が紡ぐ王宮の主《あるじ》。古き時代に君臨した魔導技術の王国、オルケストラの姫君《プリンセス》。で、あるならば。王家に仕え、お姫様に付き従う騎士《ナイト》が居るのは自然でしょう？　『お姫様』に『騎士』。古き良き定番《テンプレ》じゃあないですか」

アル様も、シャル様も、これまで役割を演じて生きてきた。

第一王子を引き立てる悪役という役割。

物分かりの良《い》い婚約者、優等生という役割。

わたしだってそうだ。

アル様を面白可笑しくからかうメイドらしくないメイド。それがわたしの役割だった。

だけどあの二人は自ら役割を棄てた。

役割という自分を護《まも》るための殻を棄てて、自分の願いを叶《かな》えるために表舞台に上がった。

わたしもそうしたつもりだった。役割を棄てたと思っていた。

………なのにわたしは、また役割を与えられようとしている。

与えられた役割を演じながら舞台に上がろうとしている。

（ほんと、バカみたい。一人で勝手に空回ってる感じ……）

わたしが舞台の上で踊る登場人物だとしたら、あまりにも滑稽だ。

（……それでもいい）

滑稽でも構わない。道化でも構わない。舞台装置ですら構わない。

体中に絡みつく糸に従って踊るだけで、欲しいものが手に入るのなら。

この身を灼《や》き焦《こ》がす愛に手を伸ばせるのなら、燃え尽きて棄てられたって構わない。

「舞台に上がる覚悟はよろしいですか？　王女殿下」

巨大な鉄《くろがね》の扉の前で、悪魔《ルシル》は恭《うやうや》しく問うてくる。

「演じるよ。愚かで滑稽なお姫様でもなんでも」

「それは結構。では、参りましょうか」

歪で重厚な音を奏でながら扉が開く。踏み出した先。

そこには、王が君臨するべき玉座が在った。ただ、その玉座はわたしが知っているものとは大きく異なる。

血のように紅《あか》い玉座には、白骨を思わせる無数の管のようなものが接続されていた。

「絵本に出てくるような美しく煌《きら》びやかな玉座がお好みでしたか？」

「……道化にはお似合いの玉座でしょ」

そして、主がつく玉座を護るように、目の前には墓標……否《いな》。漆黒の棺《ひつぎ》を思わせる箱が鎮座している。

玉座にしても棺にしても、どちらも何らかの魔道具なのだろう。

微《かす》かにではあるが駆動音のようなものが聞こえてくる。だけど完全に起動しているわけではなさそうだ。今はまだ眠っているような。静かに寝息を立てているような。そんな音だ。

ルシルが漆黒の棺に触れると、彼女の手元に見たことのない魔法陣が浮かび上がった。

魔道具を制御するためのものだろう。ルシルが淀《よど》みなく滑らせる指の操作に従い、魔法陣は軽やかに回転し、何らかの情報を棺に与えていく。

「では……永き眠りより覚めていただきましょうか。アナタと共に舞台に上がり、踊り明かしてくれる騎士《にんぎょう》に」

信号と共に魔力を送りこまれた棺が開く。白い煙を吐き出し、玉座の間を満たしていく。

中で眠っていたのは二十歳ぐらいの青年だった。黄金を溶かしてカタチにしたような髪。真っ白な肌。彫刻のように整った顔立ちは芸術作品……いや。人工物を思わせる。

絵本の中から飛び出してきたような作り物感溢《あふ》れる『騎士』の姿が、そこに在った。

彼は静かに閉じた瞼《まぶた》を開ける。舞台の幕が上がっていく。

名も知らぬ騎士は灰塵《かいじん》で塗りたくったような瞳で、わたしの顔を二秒ほど見つめると、棺を出て律動的な足取りで近づいてくる。

やがて彼はそうすることがさも当然のように、自分という存在に刻み込まれた基本原理とでも言わんばかりの淀みなさで、わたしの前に片膝をついて首《こうべ》を垂れた。

「……御身《おんみ》の目覚めを喜ばしく思います。我が主、マキナ・オルケストラ王女殿下」

舞台の幕は上がってしまった。
きっと、もう――引き返すことはできない。

第一章　集う王族たち

Heroic Tale of Villainous Prince

――これは夢だとすぐに分かった。

身体《からだ》を蝕《むしば》む熱。倦怠感《けんたいかん》。寒気。これら全てはゆめまぼろしだ。

なぜ分かったのか。そこに居るはずのない人が居たから。

「目が覚めましたか、アル様」

穏やかに、安堵《あんど》したように微笑《ほほえ》むマキナの顔には覚えがある。

あれは確か……レオ兄《にい》との決闘後、王都の復興やら状況の収束やらで色々と飛び回ってるうちに疲労がたまったのか、熱を出して寝込んでしまった時があった。

その時の記憶だ。あの時の出来事《こと》を今、夢に見ている。

「お医者様曰《いわ》く、『働きすぎ』らしいですよ。今は休んでくださいな。アル様のだーい好きな、リンゴのうさちゃんを作ってあげますから」

うるせぇ。勝手に人の好物決めんな。……いや、好きだけどさ。

――と、言おうとして、口が動かない。

全身が金縛りにあったみたいだ。自分の夢のくせして自由が利かないのが腹立たしい。

「我ながらリンゴをむくのも上手《うま》くなりましたよねぇ。今ではうさちゃんだけじゃなくて、虎や熊や蛇、最近だと荒ぶるドラゴンまで作れるようになりました」

ラインナップがいちいちいかついんだよ。お前はどこを目指してんだ。

「……覚えてますか。わたしを引き取ってくれたばかりの頃……アル様、風邪で寝込んじゃった時ありましたよね。あの時もわたしがリンゴの皮むきをしたんですけど、もうぐっちゃぐちゃで」

懐かしいな。ズタズタだし凸凹だしで、お世辞にも王族にお出しするようなもんじゃなかった。

「それでもアル様、食べてくれましたよね。『誰がむいても味は変わんねーし』とか言って」

マキナは笑う。過去に思いを馳《は》せながら、大切な思い出を振り返るように。

「ほい、できましたよ。マキナちゃん特製うさちゃんリンゴです」

兎《うさぎ》の形に切り分けられたリンゴを皿の上に並べると、マキナは席を立った。

俺に背を向けて、そのまま一人で歩いていく。暗闇が渦巻く向こう側へと。

（マキナ。お前、どこに行くんだよ。一体どこに――――）

手を伸ばす。目の前にいる少女に向けて。傍《そば》に居てくれた少女に向けて。

届け。届け。届け。

心の中で何度も紡ぐ。呪文を唱えるように。願いを込めるように。

伸ばしたその手は届いた。確かに摑《つか》んだ。

だけど。

「…………ごめんなさい。アル様」

掴んだその手は、振り払われた。

消えていく。大切な人の姿が。暗闇の向こう側へと。俺の手の届かない場所へと。

消える。消える。消える――――。

「――……っ！」

光が弾《はじ》けた。

瞼が開き、一気に現実の情報が濁流のように瞳へと押し寄せてくる。

「アルくん？」

「シャ、ル…………」

金色の奔流を思わせる長い髪に、蒼玉《そうぎょく》を彷彿《ほうふつ》とさせる瞳。

その姿は紛れもない、俺の婚約者――シャルロット・メルセンヌ。

「よかった。目が覚めたんですね」

「ここは……」

「ガーランド領のお屋敷《やしき》です。アルくん、あの後すぐに倒れてしまって……覚えてませんか？」

「…………」

瘴気《しょうき》によって汚染された『土地神』が浄化された後、ルシルたちが現れ……このガーランド領に眠っていた古《いにしえ》の魔導技術の結晶――機械仕掛けの空飛ぶ王宮『オルケストラ』が復活してしまった。そして、ルシルたち『六情の子供』と共に……マキナが去ってしまった。俺の伸ばした手を振り払って、奴らと共に行ってしまった。俺の手の届かない、空高くへと……そうだ。俺はあの後、身体から力が抜けて、意識を失ってしまった……ことだけは、朧《おぼろ》げにだが覚えている。

「他の方から聞きました。兜の少女との戦いに加えて、ネネルちゃんとも戦ったと……限界以上に肉体も魔力も使い切っていたのでしょう。倒れてしまったのは、防衛本能のようなものだろうと、お医者様はおっしゃっていました」

言われてみれば確かに、あの時の戦いは『昇華《リミテイジング》』の使用に加えて、大技も惜しみなく使い込んでいた。限界が訪れていてもおかしくはない。

「あの後……どうなった」

「わたしたちはアルくんを連れて、この屋敷まで撤退しました。『土地神』は衰弱していて、しばらく休息が必要とのことでしたが……既に瘴気は消え去っており、今後は正常に周辺一帯を清めていくだろうとのことです」

ここまでは予想の範囲内であり、同時に一番聞きたい情報でもない。

シャルとて肝心の情報をもったいぶっているわけではないのだろう。

「……ルシルさんが『オルケストラ』と言っていた、あの機械仕掛けの王宮は、空中に浮遊したまま沈黙しています」

窓の外を見てみると、確かに。

真っ青なペンキをぶちまけたような空の中に、歪な形のシミ一つ。

オルケストラ。機械仕掛けの王宮が我が物顔で天に座している。

「…………マキナは」

「マキナさんは…………」

俺の問いに対しシャルは静かに目を伏せる。静寂の間を置いてから、震えそうになる唇を懸命に抑えながら、続く言《こと》の葉《は》を紡ぎ始めた。

「……マキナさんは、ルシルさんたちと共に往《い》ってしまいました」

「そう、か…………」

やっぱり、そうなのか。そりゃそうか。こうして夢にまで見るぐらいなのだから。

去り行く背中。掴んだ手の体温。振り払われた時の冷たさ。全て覚えている。

あれは夢じゃなかった。現実だ。マキナという少女はもう、俺の傍には居ない。

「──だったら、寝てる場合じゃねぇな」

決めてすぐに上半身を起こす。身体が少し固いが、これぐらいなら少し動けばすぐ取り戻せる。

「急に起きてはダメですよっ。もう少し休んでください」

「休んでる暇なんて無いだろ。ルシルたちがあのデカブツで何を企んでいるのかは知らねぇが、ロクでもないことは確かだ。それに……さっさと、一秒でも早く、マキナを取り戻さねぇと」

「マキナさんを……取り戻す？」

「アイツは多分、ルシルに唆《そそのか》されたんだ。レオ兄《にい》やネネルの時みたいに、心の闇に付け込まれて……だから取り戻す。『六情の子供』だかなんだか知らねぇが、俺の部下を悪魔女の好きにさせてたまるかよ」

だからきっと取り戻せる。目を覚まさせてやれば、きっとアイツは帰ってくる。悪夢を見てうなされるようなことじゃない。やるべきことは既にハッキリとしているじゃないか。

「……そうですか。少し安心しました。思っていたよりも元気そうで」

「ここでうだうだ悩んでたら、それこそ奴らに後れをとる。とにかく今は動かねーと」

ベッドから起き上がり、身体の関節をほぐしていく。まだ若干の疲労はあるが許容範囲内だ。魔力もそこそこ回復している。

「……アルくんは強いですね。倒れたって、あっという間に一人で立ちあがることができるんですから」

そう言って笑うシャルの表情はどこか寂し気のようにも見えた。

「シャル……？　どうした？」

「何がですか？」

「いや……なんか、悩んでそうだったから」

シャルに抱いた感覚を上手く言葉にできない。

「何でもありません。それより何か食べますか？　リンゴならあるんですけど」

俺の問いかけを誤魔化《ごまか》すようにして、シャルは傍に置いてあった小皿を差し出してくる。

皿の上に並んでいたのは、ウサギの形に切り分けられたリンゴだ。つい先ほど、夢の中でマキナがむいてくれたものと似ている。

「……ありがと。もらうよ」

一つだけつまんで口に放り込む。酸味と甘味が程よく混じり合った上品な味わいが、疲労が残る身体に染みわたる。

「ん。美味《おい》しい」

「よかったです。……といっても、私はウサギの形に切り分けただけなんですけど」

「そういう気遣いが嬉《うれ》しいんだよ」

婚約者《シャル》が切り分けてくれたというだけで美味しさは増すものだ。

…………ん？

「…………シャルが、切り分けたのか？」

「はい。そうですけど、何か？」

「いや？　べ、べべべべべ別に？」

落ち着け。深呼吸だ。まずは呼吸を整えて、ゆっくり思い返してみよう。

レオ兄《にぃ》との決闘を控えた時に、シャルがサンドイッチを作ってくれたことがある。

その時の惨状が脳裏に、鮮明に蘇《よみがえ》る。包丁を一振りするだけで吹き飛ぶ刃物。余波で散乱するアイスピックの群れ。

……俺は思い出した。シャルは、とてつもなく不器用なのだと。

それこそマキナ曰く、因果にすら干渉する超次元的な不器用だったということを……！

どういうわけかは分からないが、シャルが料理を始めればその周辺一帯は問答無用の死の嵐《デスストーム》が吹き荒れてしまうのだ。

幸いにして（？）、ただ超次元的な不器用というだけで、完成する料理はマトモだ。

いや、普通《マトモ》どころか絶品《スペシャル》だと言っていい。

忌《い》み子《こ》とはいえ俺とて王族の一員。生まれた時から一流の料理を数多く食してきたという自負はある。その上で、婚約者のひいき目なしに評価しても、シャルの料理は美食家たちの舌を唸《うな》らせることだってできよう（食した者を病院送りにするルチ姉《ねぇ》の料理《デスフード》とは大違いだ）。

だが、シャルの問題は『結果』ではなく『過程』にある。

そして俺は死の嵐が吹き荒れる『過程』の最中に、ベッドの上で眠っていたということだ。

よく見てみればベッドの周囲には壁や天井に何本もの包丁が突き刺さり、更には斬撃痕のようなものまで刻まれている。恐らくリンゴをウサギの形に切り分ける過程で発生したものだろう。

（生きてるって、それだけで奇跡なんだな…………）

どうして俺の周りの女性と料理を掛け合わせると、生きていることに感謝したくなるのだろうか。

永遠の謎だ。

☆

ひとまずベッドから起き上がった俺は、現状の詳細の確認と今後の方針の話し合いをするべく、まずはノエルに会いに行くことにした。

重傷を負ったルチ姉《ねぇ》はまだ目が覚めていない以上、当面の方針は俺たちで決めなければならない。

既に王都には使い魔を送っているとはいえ、何かしらの指示が来るにしても追加の戦力が送られてくるにしても時間《ラグ》はかかるだろうから。

「ノエルはどうしてる？」

「今はマリエッタ王女と共に、こちらの部屋でお休みになられてます」

「そうか。じゃあ、顔だけでも見に行くか」

今や主の居なくなったガーランド家《け》の屋敷《やしき》の扉を軽く叩《たた》く。

「あの、マリエッタ王女。シャルロットです。少しお時間よろしいですか？　ご相談したいことがあるのですが」

「ええ、構いません。どうぞお入りになってください」

ふわふわとした雪のような音色の声に誘われ、扉を開ける。

ノエルと同じ薄水色のウェーブがかった髪は腰まで伸び、豊かな胸に絞ったくびれといった、めりはりのきいたシルエットは流動する水を思わせる。妖精を思わせる優雅さと、佇《たたず》まいからは高貴なる者としての気品を感じさせた。

彼女がマリエッタ。マリエッタ・ノル・イヴェルペ王女。

そして傍には彼女の兄であるノエルが――――なぜか縄で簀巻《すま》きにされた状態で、天井から逆《さか》さ吊《づ》りにされていた。

「…………………」

俺は扉を閉めた。

――――さて。

落ち着こう。一度落ち着いて、今見た光景を改めて思い返そう。

扉を開けたらお姫様がノエルを縄で簀巻きにして逆さ吊りしていた。

………ダメだ。やっぱり意味が分からない。

「もしかしてノエルには、そういう趣味があるのか……？」

「あの、アルくん。そういう趣味って……？」

「妹に縛られて逆さ吊りにされる趣味」

「それは………………かなり個性的な趣味ですね」

かなり言葉を濁したな。

「ご心配なく。お兄様にそのようなご趣味はありませんわ」

いつの間にか開け放たれた扉から、マリエッタ王女がニコニコとした笑顔で佇んでこちらを見ていた。その奥には、今も尚《なお》逆さ吊りにされているノエルもいる。

「おーい、ノエル。生きてるか」

「……問題ない。止めるなよ、アルフレッド。オレはこの罰を受け入れると決めている」

「お前なりに覚悟を決めていることは伝わってきたが、絵面がマヌケすぎるな……」

こいつが『氷雪王子』と謳《うた》われ、第二王子でありながら最も玉座に近いとされている天才、ノエル・ノル・イヴェルペだと言われて、初見の人間は信じてくれるだろうか。

このガーランド領に訪れる前の俺ならばまず信じなかっただろう。

……あの頃のノエルは婚約者を失ったことによって復讐《ふくしゅう》に憑《と》りつかれていた。氷雪が如《ごと》き拒絶をまとっていたアイツを知る者ならば、今の大人しく縄で簀巻きにされているノエルを見て己《おの》が目を疑うことだろう。

「アルフレッド王子。シャルロット様。わたくしの兄を正気に戻してくださり、あらためて感謝いたします」

鈴の音のような透き通った声と共に、マリエッタ王女は優雅な仕草で挨拶を済ませる。あまりにも流れるような動きだったので、この間抜けな絵面のことを一瞬だけ忘れてしまった。

「いや、こっちも助けられたわけだし、お互い様だ。……それはそうと、訊《き》いてもいいか？」

「ええ。なんでしょうか？」

「その、後ろで逆さ吊りにされているアンタの兄について説明を求めたいんだが」

「ああ、これですか？　ふふっ。どうかお気になさらず。インテリアだと思ってくださいな」

「悪趣味なインテリアだな。売り飛ばしたらどうだ」

「とても素敵なご提案ですが、このクソ兄貴にはまだ用がありますので遠慮させていただきます」

クソ兄貴ときたか。ノエルよ、お前は何をやらかしたんだ。

「く………」

シャルが気品溢れるマリエッタ王女から飛び出してきた『クソ兄貴』という言葉に面食らっている。少なくとも、シャルの口からは出てこないであろう言葉だしな。

「あー……その、『用』ってのは？」

「わたくし、負けた分は三倍にして取り返すのが主義ですの」

「負け？」

「拳には刃《やいば》を以《もっ》て報い、刃には銃弾を以て報復し、銃弾には砲弾を以て雪辱を晴らす。平等など話にならない。倍返しすら生ぬるい。三倍に至ってようやく、わたくしも最低限の許しを与えることができるというもの」

どことなく物騒さを感じさせる言葉ではあるが、マリエッタ王女の貼り付けた笑顔に綻びはない。ノエルの拒絶も氷のように冷たく強固ではあったが、マリエッタ王女の方は氷というよりも雪嵐《ブリザード》のようだが。

「つまり、要約すると、そこのクソ兄貴にやられた分を三倍返ししている最中だと」

「その通りです」

「じゃあ仕方がないな」

「アルくん!?」

仕返しは大事だからな。ネネルにもそんな感じのこと言ったし。

「あの、マリエッタ王女。さすがに逆さ吊りはやりすぎなのでは？　あれだけ激しい戦闘の後ですし、ノエル王子もまだ疲労が……」

「このクソ兄貴が復讐に目が曇り、アルフレッド様の言葉で正気に戻るまで、周りの人間に当たり散らすわ危険などお構いなしの行動に出るわで、わたくしをはじめとする周囲の者がどれだけ迷惑をかけられ尻拭いに奔走したことか。わたくしなど頬をぶたれたことだってありますのよ？」

「じゃあ仕方が無いですね」

シャルの理解も得られたようで何よりだ。ついでにシャルのノエルに対する印象も急降下していることだろう。

「……とはいえ、状況はわたくしも大まかにですが把握しております。アルフレッド王子がお目覚めになった以上、このような些事《さじ》に時間を割いている暇などないでしょう。手短に済ませますわ」

マリエッタ王女が縄を切ると、打ち上げられた魚のようにノエルが床に転がった。

更に彼女は流れるように、かつ豪快に、兄の胸ぐらを摑み上げる。

「…………マリエッタ。オレが（バチンッ）お前にしてしまったことは、謝っても許さ（ベチンッ）れることではない。だがせめて、オレにできることなら何でもしよう。それがオレにできる唯一のつぐな（グシャッ）い」

すげぇ。テンポよくビンタ二発と拳一発が叩《たた》き込《こ》まれたぞ。

「最後の拳《パンチ》、綺麗《きれい》に入ったな」

「ええ。お見事な三倍返しでした」

「ありがとうございます」

クソ兄貴を乱雑に床に捨てたマリエッタ王女は、優雅にカーテシーを披露してみせた。

ちなみに当のノエル本人は、頰を腫らしていた。左右で微妙に腫れ具合が異なっているのは、右にビンタ一発と拳一発、左にビンタ一発が入ったからだ。

「それにしても、随分と神妙にしてますのね。もう少し抵抗するかと思いましたが。ヘンなものでも拾い食いしましたか？　ああ、完璧でいらっしゃるお兄様はそんな不良のようなまねはいたしませんか」

「…………どうだかな。オレも不良とやらになってしまったのかもしれん」

「なるほど。どうりで、大人しく殴られていたわけですわね」

「フッ……三倍といわずもう一発入れても構わ『では遠慮なく（ボゴッ）』……逞《たくま》しくなったな。マリエッタ」

腫れ具合が左右均一になったノエルは、妹の成長にしみじみとしている。

かなりシュールな光景だ。マヌケと言い換えてもいいが。

「さてさて。クソ兄貴へのお返しも終わりましたし、本題に進みましょう」

この妹、遠回しに兄に対して『お前のことは些事だ』と言ってるぞ。

最後まで容赦がないな。

「まずは今後の方針について……ですわよね？　アルフレッド王子はどうお考えでしょう」

「『オルケストラ』……アレがどういう機能を持っているのか分からねぇが、最悪の場合は空中から一方的に爆撃なんてこともありえる。侵入手段が確保でき次第、できればこちらから攻め込みたい」

「相手の領域《テリトリー》に自ら飛び込む。その危険性《リスク》がどれほどのものかはご存じでしょうか？」

「相手は空飛ぶ機械仕掛けの王宮なんて代物だ。危険性《リスク》もなしに勝てるほど、頭に花は咲いちゃいないな」

「ふふふ……アルフレッド王子らしいですわね。臆していないようで何よりです」

不敵に口元を綻ばせるマリエッタ王女の手にはいつの間にかコインが握られている。

あれはイヴェルペ王国の金貨か。彼女はそれを雪のように白く、華のように繊細な指先で真上に弾《はじ》いた。

「裏か表か。当たりか外れか。鬼が出るか蛇が出るか。実際に蓋を開けてみなければ解らぬもの。戦いは出たとこ勝負。そして勝負は時の運。運気を逃す前に打って出るのは、実にわたくし好みの戦法《ほうしん》です」

弾いた金貨を手で挟み、開いた中には金貨の表が顔をのぞかせていた。

「多少の危険性《リスク》はむしろ期待性《スリル》。負ければ大損。しかし勝てば大儲《おおもう》け。故にここが勝負時。わたくしならば迷いなく全賭《オールイン》けいたしますわ。むしろ、『ラグメント』の元凶たる『夜の魔女』に連なる者どもを相手に腑《ふ》抜《ぬ》けた戦法《ほうしん》を立てるようでしたら、そのクソ兄貴同様、張り倒してでも引きずり出していたところです」

……ほんと誰だよ、このお姫様に『雪国の妖精』だなんてあだ名をつけたのは。

中身はとんだ賭博師《ギャンブラー》じゃねぇか。

「おい、ノエル。前から思ってたがイヴェルペ王国は妹にどんな教育してるんだ」

「……いや。これに関しては、むしろそちらにも責任があるぞ」

「は？」

「昔、レイユエール王国で開かれた新型魔道具のお披露目パーティーから戻ってきた辺りから既にこうなっていた」

「……こっちで悪い遊びでも覚えたって？　バカ言うなよ」

こんなお姫様に悪い遊びを教えるような不届き者がいたら、それはそれでお目にかかってみたいぐらいだ。

「あ、あの、マリエッタ王女。多少の危険性《リスク》を覚悟して攻め込むことは賛成なのですが、私たちには空飛ぶ王宮へと乗り込む手立てがありません」

「ええ。それは承知の上です。正直言って、わたくしも今のところ手段に見当がつきませんが、戦いに備えつつ、勝機をうかがうことはできます」

「勝機？」

「アレが空を飛ぶ原理や理屈や術式は分かりませんが、魔力で動いていることは確かです。ならばどこかで魔力の補給が必要になるはずですわ。わたくしたちにできることは、いつ攻め時が来てもいいように、備えること。そしてその時が訪れた際に、すぐに動けるようにしておくこと。……もちろん、一番はこちらから乗り込む手段が見つかることですが」

彼女の言うことに特に反対はない。むしろマリエッタ王女が言わなければ、俺が言っていたところだ。

「では、さっそく参りましょうか」

「お望みとあらば喜んで案内させていただくが……一体どこに？」

「『オルケストラ』が封じられていた跡地です。対策を立てるにしても、攻め込むにしても……少しでも情報は拾っておきたいですから」

☆

「これはまた見事な大穴ですわね」

まるで遠くから観光にやってきた客のような、どこか他人事《ひとごと》のような雰囲気を織り交ぜつつ、マリエッタ王女は一目見て感想を漏らしていた。

かつては苔《こけ》むした遺跡があったその場所は、ぽっかりとした円形の大きな穴が空いてしまっている。その部分だけ綺麗サッパリそぎ落とされてしまったような窪《くぼ》みの形は、調理器具のボウルを思わせる。

広さ的にはちょうどどうちの王城の敷地《しきち》面積と同じぐらいだろうか。

幸いにして『土地神』はその大穴からはギリギリはみ出ている位置におり、少しずつではあるがこのガーランド領の浄化を行ってくれている。

「これだけ見事な大穴だと、新たな観光資源として一儲《ひともう》けできるのではなくて？」

「シャレになってねぇからやめてくれ」

他人様《ひとさま》の国の土地で儲《もう》け話《ばなし》をする王女様とか聞いたことないぞ。

俺も真っ当な王族じゃない自覚はあるので、あまり人のことは言えないが。

「この大穴が空いた以外に、大きな被害がなくて幸いでしたね。『土地神』様も無事でしたし」

シャルの言う通り、この大穴が空いた以外に目立った被害はない。苦労して正気を浄化した『土地神』も無事だ。状況は芳しくないが、全てが終わったわけではない。

「…………待て。穴の底に誰がいるぞ」

ノエルの言葉で一気に自分の中にある警戒レベルを引き上げ、いつでも対応《アクション》ができるように身構える。

敵か。ルシルか。ロレッタか。兜の少女か。それとも――――マキナが、戻ってきたのか。

微かな緊張と警戒、一握りの期待を込めて、穴の底へと視線を注ぐ。

人影が二つ。片方は子供だ。体つきからして女性のように……。

「……待ってください。あれって、ネネルちゃんじゃないですか？」

あの小さな背中。腕白な犬を思わせる、やや乱れた栗色《くりいろ》の髪。

……間違いない。かつて『土地神』によって家族を失い、『混沌指輪《カオスリング》』を用いた復讐の道に身を落としたが、こうして未来に目を向けることを選んだ少女。

「ありゃ確かにネネルだな。しかも、傍に居るのは……エリーヌか」

穴の底でしゃがみ込んで何やら地面を調べているらしいネネルの傍にいるのは、遥《はる》か東の国の文化とされる和の装いに身を包んだエルフ族の女性。『伝説の彫金師』と謳われ、その手で魔指輪《リング》を作り出す技術に長《た》けた職人、エリーヌだ。

敵ではなく見知った顔だと分かった俺たちは、慎重に、やや急ぎ足で穴を滑り降りていく。

「お前らなんでこんなとこにいるんだ」

「別に。あたしはただの付き添いだよ。子供《ガキ》の遊び場にしちゃあ、ちょいと物騒な場所だからね」

つまり……ネネルが一人でここに来ようとしてたから、付き添ったということだろうか。

「遊びじゃないよ。調査だよ」

「調査ぁ？」

「………探せば何か、アルフレッド様の役に立つものが見つかるかもしれないでしょ」

ネネルはその復讐心につけ込まれ、『夜の魔女』より力を授かった存在――『六情の子供』となっていたことがある。『土地神』の協力もあって今でこそ、その身から瘴気の力は既に浄化されているものの、こいつなりに責任を感じているのかもしれない。

「ふふふ。優秀で可愛《かわい》らしい助手さんですわね」

「こんなちんちくりんの子供《ガキ》を助手にもった覚えはねぇな」

「……あたしがちんちくりんの子供《ガキ》なら、そっちはエロエロの王子だけど」

「？　アルフレッド王子、どういう意味ですの？」

「ははは。さぁ、なんだろなァ。子供の言うことはさっぱり、まったくもって、なぁーんにも分かんねーや」

相変わらず子供特有の容赦のなさを発揮してきやがって。

そんな無慈悲な凶器《もん》が許されるのは今のうちだからな。もう少し成長して、学校にでも入ってみろ。あっという間にクラスで浮くぞ（俺は浮いた）。

「シャルロット様は何かご存じではなくて？」

「えーっと………」

シャルが困ったように俺に視線を寄越してくるが、思わず目を逸《そ》らしてしまった。

頼む。俺が頼めた義理ではないんだが、なんとかしてくれ。

「……あ、アルくんも男の子ですから……ね？」

「まあ。そういうことですの。それはそれは」

なに？　一体どういう解釈したの？　聞き出してみたいが、それはそれでまた別の爆弾が掘り起こされそうな気がしたので、俺は口を閉ざした。

「――――わんっ」

穴の底に響く、犬の鳴き声。いや。正確には犬の鳴き声を模した音、と表現した方が正しいか。

「犬の形を模したゴーレム？」

首を傾《かし》げるエリーヌを真似《まね》するように、犬型ゴーレムは愛らしく小首を傾げた。

「妙な形をしたゴーレム……偵察用か？」

「いや、そういうのじゃないな。あのゴーレムには見覚えがある」

当然の警戒をしようとしていたノエルを止めつつ、ゴーレムの細部をあらためて観察する。

……やっぱりそうだ。間違いない。

「アルくん？　あのゴーレムに心当たりがあるのですか？」

「あれは多分――――」

「――――にぃにっ！」

遠くから走り出してきたような足音がしたかと思えば、満面の喜びと共に小さな少女が穴の上から跳躍し、俺めがけて落ちてきた。

ワンサイドアップにしたプラチナブロンドの髪。レオ兄《にぃ》やルチ姉《ねぇ》たちと同じ青色の瞳。

愛らしい体軀《たいく》の上からは、特殊な繊維と術式が織り込まれた白衣を羽織っている。

さながら穢《けが》れを知らぬ、純粋で無垢《むく》な天使を、俺は両の腕で受け止める。

「っと……相変わらずだな――ソフィは」

ソフィ・バーグ・レイユエール。

俺たちと同じ、『ラグメント』を討つ者の証、王家の使命を為す者の証明たる、初代国王『バーグ』の名を継ぎし者であり、俺の妹。俺たち王族の末っ子だ。

「にぃに。ただいま……」

「おかえりソフィ。久しぶりだな。……まさか、こんなところで会えるとは思ってなかったけど」

「留学から帰ってきてから大急ぎでここに来たんだよ。でも、にぃにがどこにいるのか分からなかったから、ゴーレムを使って探すことにしたの。一秒でも早く会いたかったから」

「なんだ。寂しかったのか？」

「うん。留学してる間、にぃにと会えなくて寂しかった……でもわたし、がんばったよ。にぃに。褒めて褒めて……♪」

「ああ。えらいぞ、ソフィ。よくがんばったな」

レオ兄《にぃ》たちと同じ色の髪をした頭を撫《な》でてやると、ソフィは心地よさそうに目を細めた。

「アルフレッド。その少女は、もしや……」

「ああ。俺の妹。第二王女のソフィだ」

「オレも噂《うわさ》は耳にしている。魔導技術を十年分先に押し上げた稀代《きだい》の天才。彼女がこの世に生まれたこと自体が、後世にも語り継がれる奇跡とすら称される『鋼の神童』……」

「わたくしたちイヴェルペ王国も、彼女が開発した様々な暖房魔道具による恩恵を受けておりますもの。その人気たるや、下手な貴族では太刀打ちできないほどですのよ」

「第一王女が留学に訪れた時も、第二王女ではないと知って落胆する者もいたほどだ」

「へぇ。そりゃルチ姉《ねぇ》はさぞかし燃えただろうな」

「ふふっ。今ではその落胆していた方たちも、すっかりルーチェ様のファンになってますわよ」

アウェーな状況でも自分のファンを作り上げるとは流石《さすが》ルチ姉《ねぇ》といったところか。

「というか……『にぃに』？　それって、アルフレッド様のこと？」

首を傾げるネネルの問いに、ソフィは静かに頷《うなず》いた。

「……そうだよ。にぃには、にぃに」

「じゃあ……ルーチェ様のことは、『ねぇね』って呼ぶの？」

「それはルーチェ姉さま」

「他のお兄さんたちは？」

「レオル兄さまと、ロベルト兄さま」

「アルフレッドのことは？」

「にぃに」

「…………なんで？」

「にぃにのことが大大大大だーい好きだから……♪」

「…………いくらなんでも妹を洗脳するのは……」

「するか！」

確かにソフィには家族の中で一番懐かれているという自覚はあるけども！

つーかネネルは俺のことをなんだと思ってるんだ！

「レオル兄さまはきらい。だって、向こうがわたしのことをきらってるんだもん。ロベルト兄さまもきらい。おバカだしガサツだしわたしの発明品を壊すしおバカだし」

ソフィは俺たち兄妹《きょうだい》の中だとまだ一番幼いせいか色々と容赦がないな。

「ルーチェ姉さまは、まあまあ好き。魔道具の実験を手伝ってくれるから。あと面白いし」

ルチ姉《ねえ》の魔力量は俺たち兄弟の中ではダントツだからな。そのこともあって、魔力を大量に必要とする実験の時には手伝ってくれることもあった。

「……でも料理をしたらきらい」

わかる。

「にぃには、わたしのこと守ってくれるし、優しいし、褒めてくれるし、かっこいいし、実験にも開発にも協力してくれるから……好き♪」

「ずいぶんと懐かれてるねぇ……で、どんな魔法薬をつかったんだい？」

「エロエロ王子、知ってる？　自首すると少しは罪が軽くなるんだよ」

「お前らは俺をなんだと思ってるんだ。……まあ、あれだ。俺が一番ソフィの面倒を見てたりしたからな。レオ兄《にぃ》たちは『ラグメント』との戦いや鍛錬とかで忙しかったりしたのもあるし。にぃにって呼び方は……俺からちょっと悪い影響を受けたのかもな」

王族らしからぬ振る舞いの一環としてこんな呼び方をしていたのだが、まさかそれで妹に影響を与えてしまうとは。誤算だった。

「……にぃに。レオル兄さまと喧嘩《けんか》したり、婚約者ができたりしたって、ホント？」

「ん？　ああ。お前も聞いてるかもしれないが、レオ兄《にぃ》と色々あってな……シャルが婚約者になったんだ」

「婚約者…………」

「…………？」

ソフィは、俺の婚約者であるシャルの顔をじっと見つめている。

というよりもこれは値踏みするような……いや、姑《しゅうとめ》が嫁を見ているような、そんな感じだ。

「あ、あの、ソフィ様……？」

「…………やだ」

「？　ソフィ、なにが嫌なんだ？」

「にぃにの婚約者なんて、やだ。認めない」

「「えっ」」

思わずシャルと声を揃《そろ》えて驚いてしまった。そのシンクロ驚きがお気に召さなかったのだろうか。ソフィがむすっと頬を膨らませる。

「にぃには、わたしと結婚するんだもん」

頬を膨らませたまま、ソフィは抱っこされた状態のまま俺の腕に抱き着いてきた。

「えぇっ!? そ、そうなんですかアルくん!?」

「違うけど!?」

「ねぇ……はやくこのエロエロ王子を牢屋《ろうや》に入れた方がいいんじゃ……」

「待ってな、すぐに騎士を呼んできてやる」

「待て待て待て待て！」

ネネルとエリーヌの二人は俺の無実など欠片《かけら》ほども信じていないらしい。

「ソフィなりの冗談だ、冗談！ ……そ、そうだよな、ソフィ？ そもそもお前には既に婚約者がいるし……」

「あいつきらい。虫けら以下のクソ野郎だもん」

婚約者になんてこと言うんだ。

「それにわたしは、将来有望。シャルロットやマキナちゃんに負けないぐらいのぼいんぼいんになる予定。にぃにも大喜び」

「しないって！ なんでそう思った!?」

「でも、にぃに。壁の隠し本棚の中に清楚《せいそ》でおっぱいの大きいお姉さんの本を……」

「アルくん…………………………」

「待て！　誤解だッ！」

いや本を持ってること自体は誤解じゃないんだけども！　別にソフィに自分から見せてたわけじゃない！

「シャルロットは、二番目のお嫁さんにならしてあげてもいいよ」

「ソフィ……！　お前、留学先で何を学んできたんだ……!?」

明らかに向こうで悪影響を受けたに違いない。そのうち抗議文を送ってやる。

「わたくしが立候補した場合は三番目のお嫁さん……ということになるのでしょうか？」

「マリエッタ王女!?」

楽しそうだから交ざってみます、とでも言わんばかりのマリエッタ王女がなぜか参戦してきた。

「お嫁さん面接をします。あなたの特技は？」

「賭《ギャンブル》け事を少々」

「合格。二番目のお嫁さんに昇格してあげる」

「ふふっ。ありがとうございます。というわけで、今日からわたくしもアルフレッド王子の二番目のお嫁さんですわね♪」

などと言いながら、マリエッタ王女はここぞとばかりに空いている方の腕に抱き着いてきた。将来有望らしいソフィはともかくとして、現時点で十分に……シャルとマキナにも匹敵するほどのスタイルの持ち主であるところの『雪国の妖精』様の豊かな胸部装甲の感触が腕を包み込む。

まずい。これはアレだ。非常にまずい。何がどうとは言わないけど。

これは誰かに助けを求める必要が……！

「マリエッタ！　どういうことだ！　お兄ちゃんは許さんぞ！」

いいぞノエル！　言ってやれ！

「お黙りなさい。何がお兄ちゃんですか。気持ち悪い」

「…………………………すまん」

役に立たねぇなこの『氷雪王子』。

「あぅ……えっと……えっと……」

一方のシャルはというと、こういったやり取りに慣れていないのか（当たり前だ）、どうすればいいのかも分からずおろおろとしており、それを見たソフィは明らかに勝ち誇っていた。

「ふっ…………勝った」

何が？

「にぃに。デート行こ」

「ふふっ。わたくしもご一緒いたしますわ。二番目の妻として……♪」

「えっ!?　ちょっ!?　今はそんなことしてる場合じゃ……！」

何この二人、力強《ちからづよ》っ！　か、身体が強引に引きずられていく……！

「だ、ダメです――――っ！」

シャルはこれまで一度も聞いたことないような大きな声で叫んだかと思えば、そのまま物凄《ものすご》い勢いで走ってきて、俺の身体を引き留めるように強く抱きしめた。

「あ、アルくんは私の婚約者ですっ！」

「シャル……」

顔を真っ赤にしながら主張してくれている。

シャルからすれば、こんな風に大胆な行動に出るだけでも勇気の要ることだったろうに。それがたまらなく嬉しい。

「だから……私が一番なんですからねっ！」

正直めちゃくちゃ嬉しいけど主張するところはそこじゃない気がする――――！

「……で、この茶番はいつまで続くんだい？」

「さあ？」

壁際で暇そうにしながらもやけに息の合ったエリーヌとネネルは、俺のことを助けてくれる気はさらさらないようだった。

第二章 ──『マキナ』──

Heroic Tale of Villainous Prince

「にぃに。はい、あーん」

「あ、あーん……」

されるがままに口を開け、ソフィからもたらされるフワフワとしたスポンジと生クリームといちごの甘い一口を享受する。

「おいしい？」

「……あ、あぁ。美味しいぞ」

「よかった。じゃあ次、チョコレートのやつ。あーんして」

「あ、あーん……」

留学から戻ってきたソフィと再会した後、俺たちはひとまずガーランド領の屋敷に戻ることにした。肝心の調査の方はと言うと、ソフィのゴーレムが進めておいてくれるらしい。細かな情報はソフィのゴーレムの方が拾いやすいからだ。そして、屋敷に戻った後、俺は……なぜか二人きりになったソフィからケーキを食べさせてもらっていた。

「…………♪」

困惑する俺をよそに、ソフィ本人はとても満足そうにしている。

かわいい妹が満足ならそれでいいのだが。

「あの、ソフィ？　今、どういう状況か分かってるか？」

「もちろん」

「…………じゃあ、念のため兄ちゃんに説明してもらえるか」

「にぃにのお嫁さん同士の、デート三番勝負」

「…………………ごめん。ちょっと頭の中で情報を処理する時間をくれないか」

頭の中で整理するには情報が大きすぎる。

（たしかあの後……）

お嫁さんだの二番だの三番だのとやり取りがあって、ソフィがデートに行こうとか言い出して、最後にシャルまでもが巻き込まれて微妙に方向性のズレたことを言ったところまでは覚えている。

問題はその後だ。

「では、わたくしたちで順番にアルフレッド王子とデートをするのはいかがでしょう？」

という、マリエッタ王女のありがた迷惑な提案によってあの場は鎮圧され、まずはソフィとデートをするという流れになったのだ。ちなみに、俺本人の意思は一切考慮されなかった。

……で、その一番手がソフィであり、俺はこうして妹にひたすらケーキを口に突っ込まれているというわけだ。

「にぃに……♪」

ソフィは俺の口にケーキを突っ込んでいく行為に飽きたのか、するすると猫のように俺の膝の上に乗ると、満足そうに顔を綻ばせる。

「懐かしいな……留学前もこうして、ソフィと一緒に遊んでたっけ」

「うん。留学してる間、おはようからおやすみまで、二十四時間三百六十五日、常々日頃からずっとにぃにのことを考えてた……」

「もう少し他のことも考えような？」

兄としては嬉しいが、もっと別のことに時間を使ってほしい。

(時間、か……)

こうしている間にもあの機械仕掛けの王宮は空に君臨している。

俺の手の届かない場所で。マキナという、俺の大切な部下を奪ったまま。

「大丈夫だよ、にぃに」

「えっ？」

「『オルケストラ』に行くための手段はあるから」

俺の考えなどお見通しとでも言わんばかりのソフィに、思わず目を丸くしてしまう。

「留学先で設計した魔導飛行船があるの。既に全てのパーツを形成して、ここに運んできてる。あとは組み立てるだけ。……ただ、魔導飛行船を動かすには地脈から高密度の魔力を吸い上げて結晶体に加工したものを使う必要がある。その作業が完了するまで、待っててほしい」

魔導飛行船。そんなものを既に完成させていたのか。

恐らくまだ騒ぎになっていないということは、秘匿されている情報なのだろう。

これが世に出れば、また大きな話題となるだろう。ソフィの名も一段と轟《とどろ》くに違いない。

「だから、大丈夫だよ」

「ありがとな。心配してくれて」

他の兄や姉たち譲りのプラチナブロンドの髪で彩られた頭を優しく撫でると、ソフィは気持ちよさそうに目を細めた。

「……報告書を読んだ時から、にぃにはきっと心配してると思ったから……マキナちゃんのこと」

「そういえばお前、マキナと仲が良かったもんな」

「うん……将来は二番目のお嫁さんにしてあげてもいいと思ってたのに……」

「それは一旦置いておこう」

というかそんな前から考えてたのか。いや、嬉しいけどね？　こんな天使の如き愛らしさを誇る自慢の妹から慕われているのは。

「…………向こうに行っちゃったのは、ちょっとショック」

「マキナは…………悪いやつに騙《だま》されてるだけだ」

ルシルは人の心を弄《もてあそ》ぶ手段を得意としている。

レオ兄《にい》だって、元から俺たち家族への嫉妬やコンプレックスといった負の感情を大きく抱いていたけれど、ルシルがその部分を利用したということも事実だ。

「何が『六情の子供』だ……ふざけやがって」

今回のマキナもきっとそうだ。誰にだってある心の闇。弱み。そこを突かれてしまった。それを責めようとは思わないし、思えない。思うことなんてできない。

「……マキナちゃんが裏切ったとは思ってないよ。ただ、きっと。限界がきちゃったんだと思う」

「限界？」

「自分の気持ちとか、抑え込んでいたものとか……いろいろ」

いろいろか。思えばマキナとはずっと一緒にいたけれど、俺はあいつのことをちゃんと理解していたのだろうか。きっと、できていなかったんだろうな。だからこうなった。ルシルに唆される隙を生み出してしまった。

「……にぃに。マキナちゃんは、わたしが連れ戻してあげるから」

「ありがとな、ソフィ」

きっとソフィなりに俺を元気づけようとしてくれているんだ。このデート三番勝負なんていう企画だって、その一環なのだろう。気遣いが嬉しくて、自然と手が妹の小さな頭を撫でていた。

「…………♪」

膝の上で気持ちよさそうに目を細めるソフィ。こうしているとまるで猫みたいな愛らしさがあるな。

「ところで、にぃに」

「ん？」

「……わたしに黙って婚約者を作るなんて、浮気だよ」

「…………どうしよう。ツッコミどころがありすぎて頭が痛くなってきた。…………」

☆

ソフィはひとしきり満足した……ようでもなさそうだったが、そろそろ時間だということでルチ姉《ねえ》の見舞いをしに行った。どちらかというとそっちを先に済ませておくべきなのではと思ったが、

「ルーチェ姉さまに不用意に近づくと……殺人《てづくり》クッキーが待ち受けてる可能性があるから……」という、あまりにも正当性のある理由で思わず頷いてしまった。

あれだけの大怪我《おおけが》を負ってたのにもかかわらず途中までロレッタと戦っていたぐらいだから、隙を見てキッチンに立っていてもおかしくはない。

されど、それでもソフィからすれば姉であり、大切な家族の一人。

見舞いに行かないという選択肢はなかったようだ。俺もまだ目が覚めてからルチ姉《ねえ》に顔を出していない。一緒に見舞いについていこうと思ったのだが、

「あら。どちらに行かれますの？　アルフレッド王子。次は、わたくしと逢瀬《おうせ》を楽しむ番だったはずですが」

「えっ」

なぜか笑顔で待ち構えていたマリエッタ王女に、彼女が使用している客室まで連行されてしまった。そのまま流れるように、さも当然とでも言うかのように、俺の隣にすとんと座る。あまりにも

自然な所作であったがために、反応すらできなかった。

「あー……マリエッタ王女？　これは一体……」

「デート。してくださるのでしょう？」

どことなく艶《あで》やかさを感じる瞳。その視線が俺の頬をなぞる。

「いや、それはソフィが俺を元気づけようとしてくれてただけで……」

「わたくしだって、アルフレッド王子を元気づけてさしあげたいという気持ちはございます」

「そ、そりゃあどうも……」

兄のノエルが他者を全く寄せつけない冷たき氷に閉じこもっていたとすれば、妹のマリエッタ王女は逆にこちらを氷で固めようとしているかのようだ。

「………これでもわたくし、感謝してますの」

「感謝？」

マリエッタ王女個人に感謝されるようなことをした覚えが特に思い当たらない。

「婚約者を失ったことで、兄は元の氷の人形になってしまった……いえ。周囲の心を踏《ふ》み躙《にじ》るだけの復讐者となってしまいました。きっと、兄はいつか取り返しのつかない過ちを犯していたことでしょう。復讐という大義名分でも許されない大きな過ちを……ですがあなたが止めてくれた。あなたが兄を引き戻してくれた。それがわたくしにとって、どれだけ嬉しいことだったか……」

「なんだ。案外ブラコンなんだな」

「ええ。実はそうですの。……本人にはナイショですわよ？」

ウインクしながら、白く繊細な人差し指を唇に当てるマリエッタ王女。

優雅で苛烈なだけではなく、茶目っ気を持ち合わせているのも彼女の魅力なのだろうか。

「俺は別に大したことはしてねぇよ。ノエルが立ち直ることができたのは、アイツ自身の力だ」

「ふふっ。ご謙遜なさらずに。あなたの力が大きかったことは間違いありませんわ」

「なんでそう言い切れる？」

「分かりますわ。あれだけ砕けた兄を見れば。……兄はこの地で、気の許せる友人を見つけたようですわね」

マリエッタ王女は、昔を懐かしむように微笑む。『雪国の妖精』と讃《たた》えられたその微笑は、なるほど確かに。人の心を奪うにたる魅力を持っていた。

「……友人か。そうだったら、嬉しいけどな」

思えば同い年の友達なんてもんとは縁がなかったからな。

なにせレイユエール王国が誇る『悪役王子』様だったわけだから、俺に近づくようなやつなんて学園にはほとんどいなかった。

「それにしても焦ったぜ。最初はソフィのデートなんてもんを本気にしてるかと思ったからな。お礼を言いたいだけなら、こんなまどろっこしいことしなくても、普通に言ってくれれば……」

「本気にしていますわよ？」

「…………は？」

「時に、アルフレッド王子。いつから賭博《ギャンブル》を嗜《たしな》んでらしたの？」

「まるで俺が普段から賭博《ギャンブル》を嗜んでるような物言いだな」

「違うのですか？」

「いや、当たってるけど……別に遊んでるわけじゃないぞ。基本的には情報収集が目的だ」

「ですが……息抜きも、されているのでしょう？」

「………………否定はしない」

「やっぱり」

「なんでそんな嬉しそうに笑ってるんだよ」

「いえ。こちらの事情ですから、お気になさらず」

なんだ。この感覚。別に疚《やま》しいこととか、隠し事なんて一切ないのに、こっちが徐々に包囲されているような……追い詰められているような。

「幼い頃から認識阻害魔法を使って、国が許可を出している賭博場《カジノ》に出入りしていらっしゃったのではなくて？」

「お前なんでそんなこと知ってるんだ!?」

「わたくし、記憶力と観察力には少しばかり自信がありますの」

「き、記憶力と観察力……？」

「たとえば、そうですわね――――幼い頃、わたくしに悪い遊びを教えてくださった男の子の一挙一動、声すらも全て記憶し、観察相手の現在の動きと脳内で照らし合わせることも、できてしまいますの」

「お、おぉ……そりゃ……すごいな？」

どこの誰だか知らないが、こんな愛らしい『雪国の妖精』を賭博師《ギャンブラー》に変えてしまった罪はさぞかし重かろう。

「…………とぼけているわけではなさそうですわね」

マリエッタ王女はなぜか不服そうに頬を膨らませると、その硝子細工《ガラスざいく》のように繊細でしなやかな身体を寄せ、しなだれかかってくる。

「ねぇ。アルフレッド王子？」

「な、なんだよ……」

「賭けをしませんか？」

「は？」

彼女はイヴェルペ王国の金貨を取り出すと、それを慣れた手つきで指の中で弄ぶ。

「コインを弾いて、表か裏かを当てるだけの簡単な賭けです」

「……俺が勝ったら？」

「わたくしが、『なんでも』言うことをきいてさしあげます。『なんでも』、です」

なぜか二回も『なんでも』という言葉と自らの豊かで柔らかそうな胸を強調するマリエッタ王女は、するりと俺の腕に絡みつく。

思わず後ずさろうとしても、ここはソファの端っこだ。腕も押さえられており、完全に逃げ場がないことに遅まきながら気づいた。

「ち、ちなみに、なんだが……負けた場合は？」

「その場合、わたくしの言うことをきいてもらいます。そうですわね。具体的には――――」

マリエッタ王女の瞳が徐々に近づいてくる。今にも吐息がかかりそうな距離。彼女はその距離を楽しむようにゆっくりと耳元まで口を近づけると、甘く囁《ささや》いた。

「二番目でも三番目でも構いません。わたくしを、あなたの妻にしてください」

「はぁ!?」

「仮にあなたが王になったとして、必要でしょう？『第五属性《エーテル》』の力を持った子を産む妻は。『ラグメント』に対抗する時代の力を残し、繋《つな》げることは王の責務。複数人の妻など珍しくもありません。むしろイヴェルペ王国では持つべきとされてますし、実際わたくしには三人の母がおりますもの……ご安心ください。王になれなかったからといって手放すつもりはありませんから」

「待て。ちょっと待て。色々展開が早すぎて頭が追いつかねぇ！」

「わたくしとしては再会を果たした後、もう少し時間をかけてお互いの距離を詰めるつもりだったのですが、どうやら素敵な婚約者がいらっしゃるようですし……これはもう、なりふり構っていられないと思いましたの。端的に言えば、焦っています。いっそ今から既成事実でも作ってしまいますか？」

「きせいじじつ」

「はい。既成事実です」

マリエッタ王女の視線が一瞬だけ、部屋の隅にあるベッドに向いたのは気のせいだと思いたい。

「わたくしとて、『第五属性《エーテル》』の魔力を持った王族です。あなたの妻として収まる資格も身分も不足ないかと。既成事実を作ったところで、大して問題ではありません」

「あるだろ！　色々あるだろ、問題は！」

「そうでしょうか？　まあ、それは作ってから考えればよいことです」

「アバウトすぎる！」

マジだ。このお姫様、目がマジだ……！

「ふふっ。なるほど……アルフレッド王子は、不慣れですのね」

「……何がだよ」

「人から好意を向けられることに」

「んなっ!?」

図星だった。そもそも俺は生まれながらにして他者から好かれるような要素などなかった。なにせ呪われた魔力の持ち主だ。それを利用して『悪役』として生きてきたのだから、当然と言えば当然なのだが、明確に『好意』と言われてしまって、怯《ひる》んだ。

「わたくしでよろしければ、いくらでも好意を向けてさしあげますわ。不慣れだというのなら、わたくしで練習なさってください」

「練習って……そんな冗談めかしたもんに付き合ってたまるかっ」

「でしたら、わたくしの気持ちがどれだけ真剣か……試してみます？」

答えるよりも先に、金貨が指で弾かれた。

表と裏に何度も回転しながら、イヴェルペ王国の金貨が高く高く舞い上がる。

「表」

「う、裏っ」

しまった。マリエッタ王女につられて反射的に口走って……！

「では、そういうことで」

金貨が床に落ちるよりも先に、今にも鼻歌をうたいそうなほど機嫌よくしてみせたマリエッタ王女は俺に全身の体重を預けながら、軽やかに胸元のリボンを解《ほど》いてみせた。まるで金貨がどちらに落ちるか最初から分かっているように。

「『では』じゃねぇ!?　おまっ……なんで服を脱ごうとしてんだ!?」

大胆に押しつけられた二つの大きな膨らみに、甘い花のような香りが一気に頭の中を染める。

「あらあら。このわたくしが、自分で弾いたコインの裏表《けっか》を操作できないとでも？」

「イカサマかよ！」

「テクニックと呼んでくださいな」

なんだこの賭博技術《ギャンブルテクニック》の悪用は！　しかも無駄に説得力があるのが……！

「ふふふ……わたくしもはじめてですので、どうぞお手柔らかに」

金貨よりも速くリボンが力なく床に落ち、雪のように白い素肌と共に胸元が大きく露出して——

「す、すとっぷ！　すとっぷです————！」

勢いよく扉が開け放たれると同時に、顔を真っ赤にしたシャルが部屋に乱入してきた。

「な、なななな何をされているんですかマリエッタ王女!?」

「ご機嫌よう、シャルロット様。見ての通り逢瀬を楽しんでおります」

「お、おお逢瀬って……！　ふ、服っ！　服を脱いで何を……！」

「服を脱ぎ去った男女が肌を重ね合う行為など……限られていますでしょう？」

「〰〰〰〰っ！」

マリエッタ王女は大胆に服をはだけさせたまま、美しい指で俺の胸板をなぞってくる。

それを見てシャルは更に顔を真っ赤にして、頭をくらくらとさせていた。

「ふふっ。わたくしは別に構いませんよ？　シャルロット様が一緒でも。自分の立場は弁《わきま》えておりますので」

「い、いっしょ……」

何を想像したのかは定かではないがシャルの視線は部屋のベッドに注がれ、顔はもうトマトよりも真っ赤になってしまっている。爆発してしまわないかちょっと心配になってきた。

（ま、まずい……このままだとまずい！　色々と……！　何か、何とかする手は……！）

さながら戦場の窮地を打破せんとする戦士のように周囲を観察していると、部屋の片隅で転がっている金貨に気づいた。

「う、裏！　裏だ！」

見えた一筋の光明。部屋に転がっている金貨は、マリエッタ王女が賭けた『表』ではなく、

『裏』になっていた。

「か、賭けは俺の勝ち――――」

「ええ。アルフレッド王子の勝ちですわね」

――――待てよ。確かマリエッタ王女は自分で弾いたコインの裏表《けっか》を操作できる技術を持っていた。にもかかわらず、こうして『裏』が出たということは……。

「…………もしかして、からかってたのか？」

「ふふふっ。随分と可愛らしい反応をされていたので、とても楽しませていただきましたわ」

「「…………」」

いつの間にか身なりを整えていたマリエッタ王女に、俺とシャルは二人して力が抜けたようにへたりこんだ。

「あとは、そうですね……個人的な、しかえしです」

「しかえし？」

「こちらの話ですわ。それより、次はシャルロット様の番ですわよ。もし何もされないというのでしたら、もう一度わたくしが逢瀬を楽しませていただこうかと……」

「あ、アルくんっ！　いきますよっ！」

「お、おぉっ！」

正気に戻ったシャルは心なしか強く俺の腕を摑んで、部屋から引きずり出していく。

俺の方はというと、この部屋から逃げるような気分だった。

☆

「…………やはり、気づきませんでしたか」

シャルロット様に連れられて行く彼の背中を眺めながら、ふと昔のことを思い返す。

あの頃……わたくしがまだ、落ちこぼれだった時のことを。


――マリエッタ・ノル・イヴェルペ。

それがイヴェルペ王国の第二王女として生を受けた、わたくしの名前。

初代国王にして、かつて『夜の魔女』と戦った英雄の一人、ノル・イヴェルペの遺志を継ぐ現代の王族の一員。

わたくしたちイヴェルペ王国の王族に必ず刻まれる『ノル』の名は、この世に遺《のこ》された災いである『ラグメント』から民を護《まも》るという者という証。意志と責務の形。

初代国王バーグ・レイユエールの名を継ぐ『レイユエール』をはじめとする他国の王族を見るに、各同盟国の者たちも思いは同じだろう。

その中でもイヴェルペ王国は『ラグメント』に対する敵意は強い。

厳しく険しい雪の国。そこに『ラグメント』という脅威が重なったことで、失われ奪われた命も多い。だからこそ、故にこそ――わたくしたち王族に課せられる責務もまた重く、苦しいものとなる。

兄たちも、お姉さまも、そしてわたくしも、幼い頃から厳しい教育を受けてきた。

この美しくも過酷な国で強く在るために。

礼儀作法は勿論《もちろん》のこと、王族の責務である『ラグメント』討伐のための技術は特に厳しく叩き込まれた。けれど『ラグメント』討伐のための技術《スキル》に関しては、優秀な兄や姉たちと比べて、わたくしは劣っていた。

他の兄や姉たちと比べて一向に『精霊』と契約できないわたくしを、周りは陰で『硝子姫《ガラスひめ》』と呼んだ。愛らしい見た目しか取り柄が無く、王族として必要な強さを持たぬ、硝子のように割れやすく脆弱《ぜいじゃく》なお姫様――『落ちこぼれ』の一言で済むようなことを、わざわざ『硝子姫』などというお飾りの名に閉じ込めるのだから趣味が悪い。

だから。兄や姉のことが苦手だった。家族というものが苦手だった。

みんなは『ノルの名を継ぐ王族』としての力があって、役目を果たしていて。

わたくしだけが役立たずの脆弱な『硝子姫』だったから。

中でも、ノエル兄様は一番苦手だった。

どれだけ厳しい鍛錬にも音を上げず、淡々とこなしていくその姿が。

……だって、そうでしょう？　わたくしが努力してもできないことを、いとも容易《たやす》く、簡単だとでも言わんばかりにこなされては。目を背けたくもなる。

そんな時だった。同盟国の交流の一環として、わたくしはレイユエール王国で開催される新型魔道具のお披露目パーティーに参加することになった。

見た目しか取り柄が無いわたくしは、こういったパーティーの場に参加することは珍しくない。

いや、こういったことぐらいでしか、『硝子姫』であるわたくしが役に立てる場はないから。

（…………………………………あ、もう無理だ）

ぷつん、と。わたくしの中で何か糸のようなものが切れた音がした。

きっかけがあったわけではない。何か特別なことが起きたわけでもない。

朝ベッドから起きて、ふと天井を眺めていた時、唐突に糸が切れてしまったのだ。

そしてわたくしは、泊まっていた部屋を一人で抜け出して街へと飛び出た。

精霊と契約こそできてはいなかったけれど、わたくしだって王族としての鍛錬は積んでいる。誰にも気づかれずに抜け出すことぐらい、わけはない。

行くアテがあったわけではないけれど、ただがむしゃらに走った。

見知らぬ街。遠くの国。目に映るもの全てが新鮮なはずだったけれど、この時のわたくしには遍《あまね》くものが過ぎ去る景色でしかない。

「はっ……はっ……はっ……」

足を止め、貪るように空気を肺に取り込むと、わたくしは薄暗い路地の中に一人になっていた。

無意識のうちに人目につかない場所を選んで逃げていた結果だ。

当然、帰り道すらも分からない（帰るつもりはなかったけれど）。何がしたかったわけでもない。

わたくしは薄暗い路地裏に座り込み、ただ俯《うつむ》くことしかできなかった。

「家出か？」

「…………え？」

問いかけに対し、思わず顔を上げる。ローブを纏《まと》い、フードを目深《まぶか》に被《かぶ》った同い年ぐらいの少年が、じっとわたくしの顔を眺めていた。

「わたくし……？」

「そ。お前。家出でもしてきたのか、ってきいてんだ」

「えっと…………そう、ですわ……」

特に何か計画があって飛び出したわけでもない。衝動のままに飛び出したに過ぎないので、果たしてこれは家出なのだろうかという戸惑いを浮かべてしまったものの、冷静になって自分の行動を思い返してみればただの家出でしかないということに気づいた。

「どこの貴族令嬢かは知らねーけど、こんなトコうろついてないでさっさと帰れ」

「ど、どうしてわたくしのことを貴族令嬢だと思いましたの？」

「他にそんなお上品な喋《しゃべ》り方をするやつはいねーよ」

「あっ…………」

当たり前が過ぎた指摘に、羞恥で頬が紅くなる。

「それに、そのローブ。隠蔽効果が付与されてるだろ。貴族がお忍びによく使うもんだ。その手のローブは色々見てきたが、あんたが使ってるのはかなり効果が強い。そんなもんを手に入れられるとしたら自作ができる宮廷魔法使いレベルの使い手か、高位の貴族令嬢ぐらいのもんだ」

このローブは擬装用に、見た目の上では普通のものと変わらないようにできている。にも拘《かか》わらず、この少年はわたくしのローブが高位の魔法が付与されたものであると看破した。

「……あなたも只者《ただもの》ではございませんのね」

「さてね。俺は至って普通の、どこにでもいるただのクソガキだ」

「く…………」

自分であまり口にしたくない乱雑な言葉に一瞬だけ頭がくらくらした。

「…………」

彼に対するこの僅かな違和感は、恐らく認識阻害の魔法によるものだ。

確信があるわけではない。わたくしの直感に過ぎないけれど……髪か、瞳か。彼が容姿に関する何かしらものを隠していることは分かった。

しかし、それをつつく気などない。彼はわたくしのことを貴族令嬢（厳密には異国の王族だけど、流石にそこまでは看破しきれなかったようだ）だとは見抜いたが、それ以上のことは深く追及する気はないらしい。探られて痛い腹なのは恐らくお互い様であり、彼もそのつもりのようだ。

「家出するにしても、この辺はやめとけ。お前みたいな弱っちいお嬢様じゃ半日すらもたねーぞ。とびきり幸運なら身包《みぐる》みはがされる程度、ちょっと運が良くて奴隷商行きだろうぜ」

「もし運が悪ければ……？」

「聞きたいか？」

「……遠慮させていただきますわ」

自分の心の安寧のために、それ以上は聞かないことにした。

「ご親切にありがとうございます。では、わたくしはこれで……」

何の計画性もなく家から飛び出したものの、流石に酷《ひど》い目に遭いたいわけではない。

わたくしはその場所から離れようとして――――離れようとして……。

「お前、出口わかってんのか？」

「わ、わかってますわ、それぐらいっ」

「ああ、そう。ちなみにそっちは出口とは真逆だぞ」

「……………」

呆《あき》れたような指摘に、まともに目を合わせることすらできない。

「ったく……しゃーねぇなァ。ほら、こっちだ」

「えっ……と……」

「察しが悪いな。出口まで連れてってやるって言ってんだよ」

その男の子は不愛想だけれども、掴んだ手からは心配のようなものが伝わってきて。

「……俺なんかと手を繋ぐのは嫌だろうけど、離すなよ。お前みたいなほわほわしてる奴、すぐに攫《さら》われそうだからな」

「い、嫌じゃありませんわっ」

「それならいいんだけど」

不器用な優しさを振《ふ》り解《ほど》くことはわたくしにはできなかった。だって、それはきっと、あの凍える国でわたくしが欲してやまなかったものだから。

こんな風にわたくしの手をとってくれる人なんて、あの国にはどこにも……。

「お、お前っ！　急に泣くなよ!?」

「え……？　あ………」

彼の慌てふためいた顔を見て初めて気づいた。

どうやらわたくしはいつの間にか泣いていたらしい。泣いてしまって、いたらしい。

「も、申し訳ありません。すぐ……すぐに、泣き止《なや》みますから………だから……」

……わたくしを見捨てないで。

「………」

彼の手が離れた。途端に心臓が冷たくなって、足が氷漬けになったように動かなくなって。

あの雪国でわたくしを見る、周りの人々の冷たい眼差《まなざ》しが頭を過《よぎ》る。

見た目だけの硝子姫。役立たずの硝子姫。落ちこぼれの硝子姫。

厳しく険しい凍える国で生まれてしまった、弱くて哀れな硝子姫――。

「……別に、置いて行ったりしねぇよ」

彼はローブのフードごしに、わたくしの頭をぎこちない手つきで撫でた。

不器用でぎこちない手。だけどわたくしのことを慰めようとしてくれている、優しい手。

「だから泣くな。慰め方とか、よく分かんねぇし」

「………はい」

ぽろぽろと零《こぼ》れていた涙が止まった。自分でも不思議なぐらいに、あっさりと。

「ありがとうございます。わたくしを、見捨てないでくれて……」

「ロクな人間じゃない自覚はあるけど、こんなとこで見捨てるほど冷たくもないつもりだよ」

「……お優しいですわね。わたくしのお兄様とは大違いですわ」

「なんだ、兄妹《きょうだい》喧嘩でもしたのか」

「違います。……喧嘩になんて、なるわけがありませんわ。あの人はわたくしのことになんて、興味がないんですもの」

「ふーん……ようは、構ってもらえなくて家出したと」

「違います！　わたくしは……」

それが家出の理由だったなら、どれだけよかったことか。

「わたくしは……落ちこぼれなんです。お兄様たちは何でもできるのに、わたくしだけが不出来で…………わたくしだって頑張りました。努力してます。それでも……なんだかもう、頑張るのは無理だと思ってしまって……」

逃げ出した。

事実を並べてみれば、あまりにも惨めで情けない。

「…………なぁ、お前。時間あるか」

「えっ……？」

「あるよな。家出娘なんだから」

彼は再びわたくしの手をとると、そのまま出口とは違う方向に向けてどんどん進んでいく。

「ど、どこに行こうとしてますの？」

「どこって、そりゃあ……良いトコだよ」

「い、良いトコ……？」

そうして、わたくしが連れてこられたのは――煌びやかな内装と静かな熱狂が渦巻き、大人たちの欲望をチップに賑《にぎ》わう空間。

「……あの、ここって………」

「見ての通り、賭博場《カジノ》だな」

「かっ………！」

思わず卒倒しそうになった。賭博場《カジノ》。そんなところに自分がいるという事実に倒れてしまいそうになる。

「大丈夫だ。合法だし」

「そういう問題ですか!?　というか、わたくしたちのような子供が入っていい場所では……」

「何のための認識阻害魔法だよ」

「少なくとも賭博をするためのものではありませんわよ……？　それに、認識阻害魔法はあくまでも見た目を少しいじったり、印象や違和感を調整する程度のものでしょう？　目や髪の色を変えるぐらいならともかく、子供を大人の姿に見せるのは、もはや幻術の領域《レベル》ですわ」

「ああ。俺らの姿もそのまま子供《ガキ》に見えてるだろうよ」

「でしたら、すぐに追い出されてもおかしくありませんわ」

「そこはほれ、ちょっとした魔法で何とかなるもんだ」

そう言いながら彼が見せてきたのは、重みのある金貨の塊。

「ただの賄賂ではないですか……」

「そうとも言うな」

彼はしれっとした顔で言い切った。

「あの……なぜ、わたくしをカ……このような場所に連れてきたのでしょうか？」

賭博場《カジノ》と実際に口にすることはできなかった。

口に出したら二秒で卒倒する自信がある。

「息抜きだよ、息抜き。お前もなんかやってみろ」

「えぇっ!?　お断りします！　こ、このような、不健全な……！」

「だから不健全も何も、ここは国が許可を出してる合法の賭博場《カジノ》だって。凄《すご》いんだぜ、ここ。魔法で造り上げた空間なんだが、入り口は色んな街から転移《はい》れるようになってるんだ。維持費にもけっこーな金がかかってるらしいが、出資者は多いらしくてね。……そうまでして国がこの場所を許してるのはなぜだと思う？」

「わ、分かりませんわ。そんなの」

「息抜きをするためだ」

「い、息抜き？　そんなの、別に賭け事ではなくともよいではありませんか。本を読んだり、綺麗な景色を見たり……」

「こういう不健全な遊びではめを外さないと息抜きできない人間ってのは多いんだよ。お嬢様が思っている以上にな。そういうやつらのフラストレーションをためると、たいていロクなことにならない」

「……わたくしも同類だとおっしゃりたいの？」

「いいや？　ただ、お前の場合は真面目過ぎると思っただけだ。疲れるだろ、良い子でいるのって」

「…………っ……」

疲れる。彼の言葉は不思議と、すとんと胸の中に落ちた。

そう。わたくしはきっと疲れていた。糸を張り詰めるばかりいて、ぷつんと切れてしまった。

役立たずの『硝子姫』。

精霊と契約できないから。『ラグメント』と戦えないから。王族の責務を果たせないから。

だからせめて、良い子でいないと……思っていた。

「良い子でいなくとも……よいのですか？」

「いいんじゃないか。少なくとも、今ぐらいはさ。家族のいない時ぐらい、ちょっと悪い子になってもいいだろ。……ほい、チップ。これを賭けて遊ぶんだ」

「い、要りません！」

「一回ぐらいなんか遊んでみろって。ちょっとだけでいいから」

「お断りします！」

彼の誘いに対して、強い拒絶を示す。

そう。わたくしは王族。見た目しか取り柄の無い『硝子姫』。

真面目に優雅にお淑《しと》やかに。このような不健全な遊びに手を染めるなど、もってのほか。

「わたくしは絶対に、このような不健全な遊びに屈しませんわ！」


「来なさい、黒の十七番！　黒の十七番！　黒の十七番！　落ちなさい！　そこに落ちなさい！　いい子ですから……！」

高速で回転する球が、かこん、と小気味良い音を立てながら――十七番と記された黒のポケットに落ちた。

「きましたわぁあああああああああああああっ！」

「すっげぇえええええええ！　ピンポイントで当てやがった！　お前、やるなぁ！」

「うふふふふふふ！　快感ですわ！　爽快ですわ！　癖になりそうですわ！　さぁて、ルーレットの次はカードでも……………………って、なにをやらせますの!?」

思わず突っ込んでしまった。

「わたくしとしたことが……！　か、かかかかか賭博場《カジノ》で……！」

「あれだけ荒稼ぎした後でよくもまぁ……」

隣の男の子はくつくつと笑っている。なんだかそれがたまらなく、悔しい。

「ビギナーズラックって域を超えてるな。才能あるぜ、お前」

「こんな才能があっても嬉しくありませんわ……」

「嬉しくはなくとも、楽しそうではあったけどな」

「…………まあ。それは認めてさしあげますが」

思えばあの冷たい国の中で、ここまで心を動かしたことはなかったかもしれない。

それがギャンブルというのは、大変不本意ではあるけれど。

「少なくともあの路地裏で転がってた時より、ずっとイイ顔してるぜ。今のお前は」

「…………誉《ほ》め言葉ですの？」

「誉め言葉だ。掛け値なしのな」

彼は手の中でチップを弄びながら笑ってみせる。ローブの下に隠れているので、表情は口元ぐらいしか分からなかったけれども。

「頑張り続けてもしんどいだけだろ。たまには休憩して、自分を甘やかして、自分に優しくしてやってもいいんだ。そうすりゃ、また走り出せるようになるさ。……休憩の手段がちょっと不健全でも、ほどほどならいいだろ」

「…………諦めろ、とは言いませんのね」

「なんだ、言ってほしいのか？」

「いえ…………わたくしの周りにいる方々は、皆が口を揃えて言いますので」

直接的に言われたことはない。あくまでも耳にした範囲での陰口ではあるけど。

「言わねーし、言えねーよ。……むしろ、俺が色々と諦めた側だからな」

「え？」

「俺には欲しかったものがあって、なりたかったものがあった。でも、全部諦めたんだ。だから他の人に諦めろとかは言いたくない。諦めてしまうことの痛みを知ってるからな」

「そう……でしたの」

ローブの下にある彼の表情は何を描いているのか。わたくしには知る由もない。知る術《すべ》も持ち合わせていない。ただ、きっと。痛みが走っているということだけは、伝わってくる。

「だから、ほどほどに頑張ればいいんじゃないか？　休憩でもしながら、ほどほどにさ。諦めてしまえば楽だが、痛みが無いわけじゃないからな」

そのありふれた、ともすれば凡庸な応援《エール》は。わたくしの胸の中に深く突き刺さった。

たぶん、きっと、わたくしは誰かに「がんばれ」って言ってほしかったのだと気づいた。

「…………なんだかちょっと悔しいですわ」

「悔しい？　何が」

「今日一日、アナタには振り回されてばかりですもの！　その上、慰められるなんて……！　ああ、もうっ！　悔しい悔しい悔しいっ！　やられっぱなしは性《しょう》に合いません！　この悔しさ、いつか三倍にしてお返ししますわ！」

「具体的には何するんだよ」

「えっと、えっと……アナタが困ってる時は、力になってさしあげます！　それと、アナタからその余裕を消し去ってさしあげますわっ！」

「お礼をしたいのかしかえしをしたいのかよく分からんな」

「その両方ですわっ！　必ず、必ず三倍返しです！」

「そんだけ元気なら大丈夫そうだな……うん。楽しみにしとくよ」

――名も知らぬ少年との出会いは。過ごした時間は、それっきりだった。

こうして思い返してみれば、わたくしは名も知らぬ少年に『悪い遊び』を教わったことになるのだけれど。わたくしにとっては忘れがたい時間。わたくしの人生《それから》を変えてくれた、魔法のようなひと時。

あの美しくとも冷酷な雪国に戻ってから、わたくしはたまに城を抜け出して、自国の賭博場《カジノ》にこっそりと通うようになった。

どうやら彼の言う通り、賭け事というのはわたくしの肌に合っていたらしい。

気がつけば立派な趣味の一つになっていて、その息抜きが上手くいったおかげなのかは定かではないけれど、少しして『精霊』との契約も成功させた。

賭博場《カジノ》で情報を摑んだり人脈を広げることで、わたくし自身の経験となり、力となり、いつしかわたくしはお兄様やお姉様たちのように実績を重ねることにも成功した。

そしてわたくしは役立たずの『硝子姫』から、『雪国の妖精』と呼ばれるようにもなった。

周囲の手のひら返しには内心で呆れはしていたけれど、それは明確な『結果』として納得して、受け入れた。

自分に自信が持てるようになった。自信が持てるようになって、気づいた。

家族はわたくしが思っていたよりも温かかったこと。自分で自分を貶《おとし》めて、卑屈になって見落としていたものが色々あったこと。

……ノエル兄様に関しては、元から冷たい人だったのかもしれない。

だけど婚約者ができてからのノエル兄様は、少しずつ柔らかくなっていた。

冷たい雪が解けていくように。

「マリエッタ」

ある時、わたくしはノエル兄様に呼び止められた。

「……先日の『ラグメント』討伐だが……見事だったぞ」

内心では緊張していたわたくしに告げられたのは称賛。

三日ほど前のラグメント討伐に対する感想。

それを言うのは、それこそ三日遅いのではないかという言葉が浮かんだけれど、それよりもたくさんの嬉しさの方が勝《まさ》っていた。

周りの貴族たちからの、万《まん》の言葉を尽くした称賛よりも、何よりも。

ノエル兄様のどこかそっけない三日遅れの称賛の方がわたくしの胸には響いた。

――その時になって、ようやく気づいたのだ。

わたくしは自分でも知らないうちに、ノエル兄様のことを尊敬していたこと。

見た目だけしか能がない、役立たずの『硝子姫』だったからこそ、全てを淡々と完璧にこなしてみせるノエル兄様に対する尊敬と憧れがあったことに。

「ふっ……ふふっ……」

「…………何だ。何が可笑《おか》しい」

「いえ？　わたくしはただ、自分でも思っていた以上に……」

ブラコンだった、なんて。

言えるわけがない。

「……何でもありませんわ。お褒めの言葉、ありがとうございます。嬉しいですわ。とても」

「そ、そうか」

「ですが次からは三日遅れではなく、その場で称賛の言葉をいただきたいものですね。まあ大方、リアトリス様に怒られて渋々やってきたのでしょうけど」

「渋々ではないぞ」

「あら。怒られたのは本当だったんですね？」

「…………………」

黙り込むノエル兄様の顔には「しまった」と書かれてある。

どうやらわたくしの兄は、思っていた以上に婚約者に弱いようだ。

この時をきっかけに、わたくしはノエル兄様と打ち解けることができた。

ずっと多くの言葉を交わすようになったし、婚約者のリアトリス様を本当の姉のように慕った。

この幸せはきっと、あのレイユエール王国で出会った彼がくれたものだ。

彼と過ごしたひと時がわたくしに魔法をかけてくれたみたいに。

だけど、その魔法《しあわせ》はある日突然、終わりを告げた。

婚約者のリアトリス様が『ラグメント』に襲われて消息を絶ったのだ。

それからノエル兄様は変わってしまった。いや……戻ってしまった、と言うべきか。

リアトリス様に出会う前の、心の凍《い》てついた人形に。

ノエル兄様は周囲の制止も聞かず、ただひたすらに『ラグメント』を狩り続けた。

まるで己が身に罰を刻み込むように。その眼《め》には、復讐以外の何物も映ってなどいなかった。見ていられなかった。見たくなかった。そんなお兄様の姿を。

「お兄様……少し、お休みになられた方が……」

「……必要ない」

「ですがもう三日間、睡眠すらとってないでしょう？　それではいつか倒れてしまいます」

「黙れ。お前には関係ない」

関係ない。

その言葉がたまらなく痛くもあり、同時に腹が立った。

リアトリス様のことを悲しんでいるのは自分だけだとでも思っているのだろうか。

姉同然に慕っていた人を失《な》くして悲しみに暮れているのは、わたしだって同じだ。

お兄様が抱えている哀《かな》しみはきっとわたくしのものよりも深くて辛《つら》いのかもしれない。だけど、わたくしが何も思っていないわけでもない。わたくしが何も痛みを抱いていないわけがない。

お兄様の痛みがお兄様だけのものであるように。

わたくしのこの痛みもわたくしだけのものだ。この痛みを『無い』ものとして拒絶するお兄様の態度が、たまらなく腹立たしい。

「……冷静になってください！　リアトリス様はこんな風にお兄様が傷ついていくことを望んでないません！　彼女は……！」

「――――黙れと言っているッ!!」

ぱん、と。

頰を叩く乾いた音が、雪の王宮の中に冷たく染み渡った。

ずきずきとした頰の痛みが、紡ぐはずだった言葉を全て引き裂いて。

「貴様に何が分かる！　オレの前で、リアトリスのことを知った風に語るな！」

立ち尽くすわたくしを置いて、ノエル兄様は姿を消した。

それきり、ノエル兄様と言葉を交わすことは殆《ほとん》どなくなった。

レイユエール王国から留学生として、第一王女のルーチェ様が来てくださってからは、ノエル兄様の負担も軽減されたけれど。それはルーチェ様本人の性格や資質によるものが大きい。彼女の破天荒さや強引さ、そして実力が為したもの。

わたくしには、それを成せるだけの実力が無かった。焦って、無茶をして、『王衣指輪《クロスリング》』を破損させる失態までして。

あの頃の……役立たずの『硝子姫』に戻ったような気分になった。

だけど、あの頃とは違う点がある。

「いつか絶対にぶん殴って、目を覚まさせてやりますわ…………クソ兄貴」

わたくしはもう、諦めがちな『硝子姫』などではない。諦めの悪いただの不良王女だ。

だけどきっと、あのクソ兄貴を引き戻すには、わたくしの力だけでは足りないのだ。

それだけあの人は深い哀しみと憎しみに囚《とら》われている。こんな時、どうすればいいのか分からない。あのクソ兄貴を引き戻すための術をわたくしは知らない。

考えて、考えて、考えて。心に浮かんだのは、名も知らぬ少年との思い出。

わたくしを変えてくれた男の子の記憶。あの人なら何とかしてくれるかもしれない。

胸の中に在る思い出という名の宝箱を少し開いただけで、こんなにも思いが溢れてしまう。

それを何とかもう一度押し込める。彼を探したいという思いはある。でも今は、あのクソ兄貴を何とかする方が先だ。兄を止めてくれる人を探す方が。

そんな思いを抱えて、わたくしは兄と共にレイユエール王国へと向かった。

そこで出会った人が――――アルフレッド王子だ。

彼を一目見て、わたくしは不思議と懐かしい気持ちになった。似ていたのだ。あの日、あの時、わたくしを救ってくれた。名も知らぬ少年と。彼を見て、彼と触れ合っていくうちに確信に変わった。何よりあんな賭博場《ばしょ》に行き慣れた王族なんて他に思い当たらない。

そして彼は見込んだ通りに兄を救ってくれた。哀しみと憎しみの渦から引き戻してくれた。

思い出を振り返ったわたくしは、去っていった彼の背中に一人、笑いを零す。

「ふふふ……宣言通り『しかえし』は果たしましたわ」

あの時、わたくしが彼に告げたものはもう一つ。

「約束通り。困っているアナタの力になります」

☆

「…………」

「…………」

かつて、これほど気まずい時間があっただろうか。

かつて、これほど空気が重い時間があっただろうか。

かつて、これほど居心地の悪い時間があっただろうか。

……思い出せる限りではなかったと思う。

あまりにも気まずくて空気が重くて居心地が悪いので、先ほどから何度もカップに口をつけてしまうほどだ。おかげでカップの中身にある紅茶は一滴も残らず空になってしまった。腰かけているソファーは質の良い物のはずなのに、どことなく座り心地が悪く感じてしまう。

「…………ずいぶんとお楽しみでしたね」

隣に座っているシャルの言葉がストレートに刺さる。

気分はまるで浮気現場を妻に発見された夫みたいだ。いや、別に浮気なんてしないし、したつもりもないんだけど。

「別にお楽しみってわけじゃ……」

「マリエッタ王女はとてもお美しい方ですから、アルくんが鼻の下を伸ばしてしまうのも無理はないと思います。男の子ですし」

隣のシャルから、かつてないほどの圧を感じる。言葉の一つ一つが鋭利な刃物のようだ。

……ああ、でも…………。

「…………むっ。どうして笑ってるんですか」

「いや。悪い。なんかちょっと、嬉しくて」

「嬉しい……？」

「ああ、嬉しいんだ。シャルが嫉妬してくれてるんだって思うと」

「────っ……！」

シャルは気づいているだろうか。確かに怒ってはいるようだけれど、むすっと頬を膨らませている顔がとても愛らしいことに。

「し、嫉妬ぐらいしますよっ。だって……アルくんは、私の婚約者なんですからっ！」

「そっか。うん。そっか」

やばい。嬉しい。こうして嫉妬してもらえていることが。頬が緩みそうになる。

「……っ……ご、ごまかされませんよ。こんなことで。答えてください、アルくんっ」

シャルは真っすぐに俺の目を見つめながら詰め寄ってくる。

「私とマリエッタ王女とソフィ様っ。だ、誰が……い、一番なんですかっ！」

「も、もちろんシャルが一番だっ！」

「じゃあやっぱりマリエッタ王女とソフィ様も妻として迎え入れるつもりなんですか⁉」

「そんなつもりないけど⁉」

とんだひっかけ問題だ。

そもそもなぜシャルの中でソフィも選択肢に入ってるんだ。妹だぞ。

「でもマリエッタ王女は、とても美しい方ではないですか！　あんな美人に迫られたら、アルくんだって………鼻の下を伸ばしながら荒ぶる狼《おおかみ》になってベッドに押し倒して子宝に恵まれてしまうのではないのですか⁉」

「シャルは俺をなんだと思ってるんだ⁉」

妄想力があまりにも逞しすぎる。作家にでもなった方がいいんじゃなかろうか。

「でもでもっ、先ほどは狼になる寸前でしたし……」

「それはどちらかというとマリエッタ王女の方だろ……」

ついでに言えば押し倒されたのが俺だ。

やれやれ。このまま誤解され続けたままなのは悲しいものだ。一刻も早く、俺が潔白の身であることを証明しなければ。

下手にごまかすようなことを考えない方がいいな。

潔白であるならば、自然体で、ありのままに答えればいい。

そうすればシャルだってそのうち、俺が無実の身であることを理解するだろう。

無心。そう。無心だ。俺はただ、自分が感じたことをあるがまま答えるのみ。

「押し倒された時に堪能《たんのう》したマリエッタ王女の感触はいかがでしたか？」

「大きくて柔らかくていい香りも漂ってきて危うく理性が崩壊しかけ――」

「…………………………………………………………」

「…………………………………………………………」

し、しまった……！　これは無心が過ぎた！

あの時に感じたことを素直過ぎるほど素直にペラペラと喋ってしまった！

「ふーん。そうなんですか。ふーん……」

「ち、違うぞシャルっ。い、今のはだな……」

「何が違うんですか？」

め、目が……いつもはキラキラと輝いているシャルの目が、イヴェルペ王国も真っ青な、極寒のブリザードが如き冷たさを孕《はら》んでいる……！

「いや……だから……」

「大きくて柔らかくていい香りが漂ってきて、危うく理性が崩壊してベッドに押し倒しそうになって子宝に恵まれそうになったんですよね？」

「そこまでは言ってない！」

「『そこまでは言ってない』ということは、近いことは感じたということですよね？」

「……………………………………………………はい」

ダメだ。今のシャルに何を言っても勝てる気がしない。

むしろ下手に何かを言えばどんどんこっちが不利になる情報だけを搾り取られていく気がする。

「わ、悪かった……俺はもう、婚約者がいるんだから……その、アレだな。不用意に他の女性と二人きりになるべきじゃなかった。シャルが怒るのも当然だ。ごめん」

ここは素直に謝ろう。よくよく考えてみれば今シャルに言った通り、不用意に女性と二人きりになるべきじゃなかった。あまりにも軽率だった。

「…………いえ。こちらこそ、ごめんなさい」

「えっ？」

「確かに、簡単にマリエッタ王女のような綺麗な方と二人きりになったアルくんに、ちょっぴり腹が立ったのは本当です」

うそだろ。あれで『ちょっぴり』？

「でも一番はやっぱり……さっきも言ったように、嫉妬です。マリエッタ王女とソフィ様に対する、嫉妬なんです。私だって嫉妬ぐらいするんです。焦ったりもするんです。だって私は……」

シャルは思い切ったように、その顔を近づけてきた。

頭の中を過《よぎ》ったのは恋人同士の口づけというイメージ。つい目線が追ってしまうのは、その清らかな唇。だけどそれは横に過ぎ去り、シャルの微かな吐息が耳元を掠《かす》めた。

「……私は。アルくんが思ってるよりもずっと、アルくんのことが好きなんですから」

それは。その一言は。病み上がりの俺にとっては、何よりも刺激が強くて。

「……アルくん」

「は、はい」

思わず敬語になって、ぎこちなくなってしまって。

本当だったらまともにシャルの顔なんて見れない。見れないはずなのに、目が離せない。

「……私、これからもっとがんばります。がんばってがんばって、もっと強くなって、アルくんの隣に立てるようになります。そのために……がんばるための、おねだりをしてもいいですか？」

「おねだり」

「はい。がんばるための……おねだり、です」

「……何がいい？」

「……アルくんが、私にしたいことをしてください」

その言葉は熱となって全身に駆け巡る。甘く痺《しび》れる誘いに眩暈《めまい》が起きそうになる。

「なんでも、していいですよ。アルくんがしたいことなら、なんでも」

どことなくマリエッタ王女への対抗心のようなものを感じる言葉。

それに抗《あらが》うことなんて、できるわけがなかった。

「あっ…………」

考えるよりも先に、その華奢《きゃしゃ》な身体を腕の中に包んでいた。

豊かな胸を通じて伝わってくる鼓動。心臓が奏でる音色。シャルという温《ぬく》もりがいるという確かな証。見ていることしかできないと思っていた人を、こうして抱きしめることのできる喜び。

「……これだけでいいんですか？」

「────っ……」

まずい、と理性が訴えているのが分かる。

熱を帯びた顔が。指に絡んだ金色の髪が。何もかもが愛おしくて。

自分の中にある、自分を押さえつけているものが全て解けそうになる。

「……私は……アルくんがしたいこと……全部、受け止めたいです」

囁き、全てを受け止めようとして目を閉じたシャルに、俺は自分の顔を近づけていた。

「────……ぁ……」

全てを委ね切った無防備な顔。その額に口づけを贈る。

ほんの一瞬。だけど自分の中にある熱を伝えるように。愛しいという感情《おもい》を、送り込むように。

額への口づけを終えると、そのまま抱きしめていた腕と一緒に、シャルを離す。

「こんなもんでよかったか？」

「……………はい。ありがとうございます。でも……」

「でも？」

「私は……もっとしてもよかったんですよ？」

「……………あんまり煽《あお》るようなこというな、ばか」

言外にヘタレと言われているような気がしなくもない。

「そっちだって限界だったろ」

「そ、そんなことありませんっ」

「そんな真っ赤な顔してたら、説得力ないぞ」

「あぅ…………」

最後に軽くシャルの頭を撫でてから、俺は部屋を出た。

特に行く当てもなく廊下を歩く。どこかに行くことが目的ではない。どちらかというと、頭を冷やすためだ。

「…………」

一人廊下で、自分の唇をなぞる。

あの時――――シャルに口づけをしようとした時。本当は彼女の唇に触れるつもりだった。だが、その刹那で……不意に、マキナの顔が浮かんでしまって、思わず額に触れるだけにとどまった。ソフィがあんなにも甘えてきて、マリエッタ王女からは迫られて、シャルも積極的になってきて。……マキナが居たら、なんて言っただろうな。なんてからかってきただろうな。

「…………お前が戻ってこないと、イマイチ調子出ねぇんだよ」

☆

天に浮かぶ機械仕掛けの王宮。バルコニーから眺める景色からは、青く。蒼く。どこまでも碧《あお》く、吸い込まれそうな空が彼方《かなた》まで広がっていた。

それはきっと、見る人が見れば胸打たれ心躍るものなのかもしれない。だけど今の私にとっては、色褪《いろあ》せた無機質な景色にしか見えない。

浴びる風は全身を締めつける鎖のようで、王宮中に張り巡らされた鉄の不快な匂いが肺に充満する。

「オルケストラ……」

口にした名は不思議と胸の中にストンと落ちた。どこか懐かしくて、身体に馴染《なじ》んでいて。

まるで自分の中に空いていた穴を埋めてくれたような。

「王女殿下。どうかされましたか」

埃《ほこり》に塗《まみ》れた部屋の壁際、一人の騎士が待機している。

メイド服を着た少女と絵本から飛び出してきたような騎士。ヘンな組み合わせだ。

「王女殿下、ね……」

思わず乾いた笑いが零れる。

「何か？」

「別に。こんな古びた作り物の王宮で、王女と言われている自分があまりにも滑稽で、バカバカしいと思っただけ」

「あなたはオルケストラ王家の血を継ぐ御方《おかた》ですから」

「そんな実感ないけどね。わたしはただ、自分が欲しいもののために、オルケストラってやつを利用したかっただけだし」

「あなたがどのような考えをお持ちであろうとも、自らの使命からは逃れられません」

「使命、か……」

その言葉は、わたしという存在に大きく紐《ひも》づいている。わたしという存在は、使命という鎖からは逃れられない。なぜならわたしは、そういう存在だからだ。そういう存在だと、知ってしまったからだ。

「自分を縛る使命という鎖に思い悩んでるようだね」

学園にいた頃は多くの女子生徒を魅了していた声音《こわね》が、荒れはてた部屋に染みわたった。

陰から音もなく姿を現したのはロレッタ・ガーランド。

今や『六情の子供』の一角にして『喜び』を司る者。

彼女がこうなっていたと知った時は驚いたが、内心に秘めていた本性を知った時はそれ以上に驚《きょう》愕《がく》した。学園での彼女はルーチェ様同様にファンが多く、人望も厚かった。

「気持ちは分かるよ。私も似たようなものだったから。あぁ、でも私の事情と比べるのは失礼だったかな？　あの親だったものは殺せば死んだが、君の場合はどうしようもないから」

ロレッタの父親。シミオン・ガーランド。

彼はアル様たちが浄化に向かい、屋敷を発《た》った際の隙を突かれて既にロレッタの手にかかって惨殺されたらしい。

つまりロレッタは。彼女は既に、自らを縛り付けていた鎖を、自らの手で断ち切ったのだ。およそ考えられる最悪の形で。

「『アレ』を目にした時の君の表情《カオ》。あぁ……是非ともこの目で見たかった。きっと蜂蜜のように、毒々しいまでに身体を溶かすほどの甘美なる喜びを得られただろうに」

「……はっ。趣味がいいですね。それで？　わざわざ自分の歪《ゆが》んだ性癖でも披露しにきたんですか？『六情の子供』とやらは随分と暇を持て余してるんですね」

「どうやら気分を害してしまったようだね。これは失礼なことをした、王女殿下」

他人の不幸は蜜の味。そんな言葉があるように、多くの人間は他者の不幸を喜びとする。

「私の用件は……言わなくても分かっているものかと思っていましたよ」

このロレッタ・ガーランドという少女は、まさに人間が持つ『不幸を喜びとする』性質の化身、権化《ごんげ》だと言えるだろう。『夜の魔女』、もしくはルシルが彼女を選んだことは、これ以上なく正しいと言わざるを得ない。夜の魔女は随分と人間が持つ負の側面を熟知している。いっそ、見事だと手放しの称賛を贈りたいほどに。

「君が欲していた物を、手に入れる時がきた」

ロレッタに誘われるまま、オルケストラの中に蜘蛛《くも》のように張り巡らされた通路を進む。

……私がこの道を通るのは二度目だ。

そして、この重厚な鋼鉄の扉を開いた先にあるものを見るのも。

「フフッ……ここに来てから何度か見ているけれど、やっぱりいいね。素晴らしい景色だ」

「………………」

本当に良い趣味してる。こんなものを素晴らしい景色といえるなんて。

「わたしは吐き気しかしないけど」

そこは広大な空間の研究室だった。所せましと並べられた魔導機械。

中央には大仰な棺のようなカプセルが設置されており、それを取り囲むように、似た形状のカプセルが並べられていた。

……わたしがこの部屋に来るのは二度目だ。

一度目は。前回は――――ガーランド領で浄化作戦が始まる前の夜。

☆

――――マキナさん。私は、アナタの望みを知っています。そしてその望みを叶える方法もね。簡単なことです。

「…………っ……」

何度も。何度も、ルシルの言葉が頭の中で反響する。止まらない。浅ましい考えが止まらない。ただのメイドのくせに。アル様の視界にも入っていないくせに。

「……っ……ぅ……ぅぅぅ…………！」

胸を抑える。苦しい。外傷はないはずなのに、こんなにも心が苦しい。

そうして、うな垂れながら胸を押さえていると――――

「――――ぁ……」

この屋敷の屋根の上から、ソレが視界に入った。アル様とシャル様がいる。二人で、手を繫いで。

月明かりに照らされたキレイな庭の中を歩いていて……それがとても、お似合いに見えて。

「あ、れ…………？　おかしい、な……良いことのはずなのに……なんで……」

胸が苦しくなる。黒くて、嫌なものが溢れてくる。

ルシルの言葉が何度も何度も何度も――私の中に響いてきて。頭の中を塗り潰してきて。

「…………消えろ。こんな気持ち、消えろ。消えろ。消えろ……」

いつもみたいに。いつも通りに。

(わたしは、アル様の隣にいていいの?)

余計なことを考えるな。

(アル様にこの気持ちを伝えてもいいの?)

いいわけがない。

(シャル様に嫉妬しなくて済むの?)

消えろ。消えろ。こんな気持ち、消えろ。消えて、ほしいのに……。

「なんで…………消えてくれないの……?」

わたしが選ぶ道。

それはきっと――影の中にしかない。


「――消えろ、だなんて。そんな悲しいこと言わないでください」


「…………っ……!」

親しい友人を慰めるように、私を冷たい手が包み込んだ。

わざとらしいほど甘ったるい匂い。悪魔の囁きを彷彿とさせる声音。

「ルシ、ル…………」

「いいんです。あなたは、アルフレッドさんを愛してもいいんですよ。人が誰かを愛すること。それはとても素晴らしいことなのですから」

ルシルの手が私の身体に絡みつく。狡猾《こうかつ》な蛇。鈍色《にびいろ》に輝く鎖。

「なに、しに……きたの……」

「マキナさんを慰めに。そして、知るべきことを知らせるために」

白々しいまでの嘘《うそ》。何か他に目的があるのは明白だ。

「返事は……浄化が終わった後、なんでしょ」

「ええ。返事をきくことはしません。……ただ、あなたにはまだ知るべきことがある。それを知らないまま決断するのは、フェアじゃないですから」

公平《フェア》を語るのか。その口で。

「知るべき……こと……？」

「ええ。あなたのルーツ。あなたの真実。あなたがどういう存在かを知ることができるもの。とても素敵なオモチャ箱」

「そんなもの…………」

「過去に興味はあっても執着はない——でしたっけ？　ええ、承知しています。ですが今は違うのでは？　自分の中に王家の血が流れていると知った、今では」

「…………っ……」

「あなたも知りたいはずです。本当に自分の中に王家の血が流れているのか。だってそれは、あなたの愛にもかかわることだから」

わたしは彼女を拒めない。藻掻《もが》くことさえできない。

「一緒に来てくれますよね？　マキナさん」

そしてわたしは、悪魔の手をとり。

夜に屋敷を抜け出して、土地神のいるあの遺跡へと連れてこられた。

瘴気に汚染された土地神をよそに、遺跡の内部に隠されていた地下への通路を潜《くぐ》り抜《ぬ》けたその先にあったのは――――土の中に埋まった機械仕掛けの王宮。

「これって……」

「『オルケストラ』。古の魔導技術大国であり、お母様に歯向かった愚者の国であり、今や滅びを迎え歴史からも消えてしまった国」

「…………っ…………！」

オルケストラ。その名前に、自分の奥深くにある何かが刺激される。

知っている。私はオルケストラという名前を…………知っている……。

「現在は封印されており、動かすことはできませんが……まぁ、本当に見せたいものはこれじゃありません」

私は地下で眠る機械仕掛けの王宮の中へと入っていく。

ルシルの後を追うまでもなく、私の身体は自然とこの廃れたガラクタの王宮に惹《ひ》かれていた。

「……このスクラップを、わたしに動かせってこと？　そのためにそっちに寝返れって？」

「これを飛ばすこと自体はあなたがいなくても行えます。ただ……私たちに必要な機能を使うには、あなたが持つ王女としての権限が必要なんです。その権限を使うためには、あなたに『マキナ・オルケストラ王女』になってもらわなければならない」

マキナ・オルケストラ王女。

「……はっ」

似合わない。わたしが王女だなんて。

そう感じる一方で、どことなくその名前がしっくりときている自分もいる。

「じゃあ、わたしがあんたの誘いを断ったら、計画はご破算ってわけだ」

「断りませんよ。たとえ愚かな選択だと分かっていても、あなたは私の誘いを断らない」

立ち止まったルシルは振り向く。

「だって――愛は人を狂わせる」

その貌《カオ》には、仄暗《ほのぐら》く妖しい笑みが貼りつけられていた。

「人は愛ゆえに変わり、愛ゆえに愚者となる。愛こそが人間が持つ最大の力であり、人が持つ脆弱性。現にこうして、あなたはアルフレッドさんの愛ゆえに愚者として踊っている……ああ、ついでに教えておきましょうか」

わたしがその気になれば一瞬で首を刎《は》ねることができる距離でも、ルシルは笑みを絶やさない。

「『六情の子供』……お母様より選ばれた子供たちの中で、『愛』を司る私こそが最強の存在です」

「…………！」

ルシルは暗にこう言ってるのだ。

仮にここで気が変わってわたしが戦いを挑んだところで、わたしではルシルを殺せない。むしろ殺されるのはわたしの方なのだと。

「ま、その件については、今はどうでもいいんです。それよりもマキナさんのことが大切ですよね」

開け放たれた重厚な鉄の扉。ルシルは「どうぞ」と中に入るように促し、私の足は自然と部屋の中へ入っていく。

「ここは、ついさっき発見したばかりなんですけどね。その時に思ったんです。『ああ、これは早くマキナさんに見てもらわないと！』って」

そこは広大な空間の研究室だった。所せましと並べられた魔導機械。

中央には大仰な棺のようなカプセルが設置されており、それを取り囲むように、似た形状のカプセルが並べられていた。

「なに…………これ……」

わたしの記憶は今もなお真っ白だ。何もない純白。

だけど不思議と、わたしの身体はこの場所に馴染んでいた。

お母さんのお腹《なか》の中ってこんな感じなのかな、とか。そんな感想がぼんやりと浮かぶ程度には。

「そのカプセルの中を覗《のぞ》いてみてください。面白いものが見れますよ？」

「…………」

ふらふらと、覚束《おぼつか》ない足取りで棺を思わせる中央のカプセルへと近づき、その中を覗《のぞ》き込む。カプセルの表面にある透明なガラスの向こう側には、一人の女の子が眠っていた。

「――――えっ…………？」

瞼を閉じて、物語の中に出てくるお姫様のように眠っているのはわたしと同じ顔をした少女。

紛れもない。見間違えようもない――マキナという名の少女。

「なん、で…………？　なんで……顔……わたし……同じ、顔…………」

思わず後ずさる。だけど、そのまま倒れることすら許されなかった。

背後にいたルシルがわたしの身体を優しく、だけど逃げられないように掴み、支えて。

顔を逸らすことなんてできなくて。させてもらえなくて。

「ほら、あそこにも」

「ぁ…………？」

ルシルが何らかの操作をして魔力が供給されたのか、部屋を埋め尽くす無数のカプセルが一斉に淡い光を帯び、中に何が収められているのかがはっきりと目に映った。

「あ……あ……ぁ、あぁ…………」

全てのカプセルの中には、静かに眠る少女が収められていた。

名前は分かる。知っている。あれは、『マキナ』という少女だ。

どれも。これも。全て。全部。どのカプセルにも。いるのは全て……マキナ。

マキナ。

――――無数の、わたし。


「わ、わた、し……なんで…………こんなに……わたしのかお、ぜんぶ……なんでっ……！」

わからない。わからない。なんで。どうして。気持ち悪い。

同じ顔。気持ち悪い。わたし。わたし。わたし……！

「うっ…………！　おえっ…………！」

こみあげてくる吐き気が止まらなかった。

身体が折れ曲がり、研究室の冷たい床に跪《ひざまず》いて、胃の中のものが逆流してくるのをなんとか押《お》し留《とど》める。

気持ち悪い。気持ち悪い。気持ち悪い。気持ち悪い。気持ち悪い。

まったく同じ顔が。一分《いちぶ》の乱れもない顔が。工業製品みたいに大量生産された、均一な品質で収められている自分が、気持ち悪い……！

「情報《データ》上では知ってたんですけど、実際に目にすると壮観ですねぇ」

「なに……これ……どういう、こと……？」

「あれ？　過去に興味はあっても執着はないんじゃなかったんですか？」

「……っ……おね……がい……教えて……おねがい……！」

わたしは地べたに這いつくばったまま、まともに立ち上がることもできない身体を無理やりにでも動かして、必死にルシルに縋りついていた。

「『わたし』は……『なに』？」

「安心してください。あなたは……唯一の完成品ですから」

「そうじゃ、なくて……」

その『唯一の完成品』という言葉の意味を考えたくもない。

「あなたはマキナ。マキナ・オルケストラ王女です」

「うそ……うそだ……わたし、わたしは……！」

「嘘じゃありませんよ――ただ、本物じゃないだけで」

本物じゃない。その言葉に頭を殴られたような衝撃を受けた。それと同時に、それが真実であると、この身体が認めてしまっていることにも。

「少し、昔話をしましょうか」

わたしの動揺なんてお見通しなのだろう。そうと知って、ルシルはわざともったいぶったように話し始めた。

「むかしむかし、オルケストラという王国がありました。世界最先端の魔導技術によって廻《まわ》るその王国は、まさに楽園と呼ぶべき栄華を誇っていました。ですがある日、ある時。『夜の魔女』と呼ばれる脅威が世界を襲います。……そこで、美しくも勇敢なオルケストラの王女様が立ち上がりました。英雄たちと共に『夜の魔女』へと立ち向かい、懸命に戦いました。ですが他の英雄たちを護るために自ら盾となり、犠牲となり、あっけなく死んでしまったのです」

絵本を読み聞かせるような語り口。

その慈愛に満ちた姿がいっそ不気味で、恐ろしかった。

「残された王様は嘆き悲しみました。いかにオルケストラの技術と言えども、死者を蘇らせることはできません。……ですが、それでも。王国一の研究者でもあった王様は決して諦めず、研究をつづけました。全ては愛する娘のために。そして、彼はついに娘を救う方法を発見します。その方法とは――」

わざとらしく一拍置いたルシルは、口の端を歪める。

「本物《むすめ》そっくりの人造人間《ホムンクルス》を造り出し、保存していた娘の記憶を移植してしまうというものでした」

「――――」

頭の中が真っ白になった。

否定したかった。だけど、この身体が認めてしまっている。

ルシルの発した言葉が事実であるということを。

「中央の棺に収まっているのが、本物のマキナ・オルケストラ。そしてあなたは――――この部屋にある無数の失敗作の果てに生み出された、唯一の成功例にして完成品。あなたには記憶がない？そんなの当たり前ですよ。だってあなたは、記憶を移植されるために生まれた、空っぽのお人形さんですから」

「空っぽの……………人形……」

わたしは過去の記憶を失っていると思っていた。

「人造人間《ホムンクルス》を造り出すための技術は、オルケストラでは既に確立された技術でした。ですが王女となる者の肉体は、より高い完成度が求められました。当時の王様は、『娘の肉体を完全に再現し、完璧以上に仕上げること』に重点を置いていたようですから……まぁ、『第五属性《エーテル》』の魔力だけはどうにもならなかったようですけどね。あなたが魔力を使えないのは、そういうことです」

違う。違っていた。

「しかし、当時のオルケストラの技術を以てしても、王が求める完成度には至らなかった。山のような失敗を重ねた末に、王はこの工房を造ったんです。自分の死後も稼働し続ける、完全に自動化された工房。自動で研究・開発を行い、あらゆるパターンを試し続け、理想の個体を造り出すまで止まらない、機械仕掛けの実験室」

わたしには何もなかったんだ。

「この工房を稼働させた後、オルケストラはお母様によって滅びの時を迎えた。ですがあなたの父親は国が滅ぼされる間際、最後にこの王宮だけを分離させて地下へと封印し、その後も主なき工房は稼働し続けた。幾千、幾万、幾億。永い永い時間をかけて実験を繰り返し、その果てにようやく、理想の個体を製造することに成功した。それがマキナさん……あなたです」

最初から、何も……。

「本来であれば記憶の移植《インストール》も自動で行われるはずだったのですが、お母様の襲撃時に負ったダメージのせいか、それとも無理に分離して封印させた影響《ツケ》がまわってきたのかは定かではありませんが、記憶の移植機能は停止しており、誤作動によってあなたの肉体は地上に排出された……って、聞いてます？」

何も……じゃあ……わたしは……。

「あーあ、壊れちゃいましたかね？」

「こわ……れ……る……？」

なにそれ。その言い方。それじゃあ、まるで、わたしが。

「あ、気になります？　物を扱うみたいな言い方が」

「…………っ！」

「あなたは記憶を入れて王女様を蘇らせるための入れ物。器。そして人形。それ以上でもそれ以下でもない。それがあなたという存在…………だった」

ルシルは恍惚《こうこつ》としながら、蕩《とろ》けるように笑ってみせた。

「嗚呼《ああ》、嗚呼《ああ》、嗚呼《ああ》ッ！　素晴らしいじゃないですか！　あなたは本来、ただのお人形さんであるはずだった！　ですがアルフレッドさんへの愛によって、ただの人形でしかないあなたは、一人の人間となった！　あはっ！　あはははははははははははははっ！　これが愛の力！　愛の奇跡！　嗚呼《ああ》……やはり愛は素晴らしいっ！」

「一人の……人間……」

造られた命でしかないわたしが、人間だと。そう思ってもいいのだろうか。

そう思いたい。縋りたい。だって、そうでも思わなければ、アル様を愛してもいいのか分からなくなる。

「違う……違う！　違う違う違う違う違う！　わたしは、普通の人間ですらなかった！　こんな……わたしが好きって言ったって……アル様を、困らせる……アル様の傷になる……！」

瞳に映るのは、機械の中に収められている無数の『わたし』。無数の『マキナ』。

気持ち悪い。見ているだけで吐き気がする。

でも、こんなにも気持ち悪いものが、『わたし』なのだ。

「こんな……気持ち悪い化け物が……どの口で、好きだなんて……愛してほしいだなんて、言えるの……？」

言えるわけがない。

機械で造られただけの肉の塊風情が愛を求めるなんて、分不相応にもほどがある。

もし、アル様に知られてしまえば……ああ、そうか。わたしは怖いんだ。

わたしのことを知ったアル様に――――気持ち悪い、って言われることが。

「いいんですよ」

悪魔《ルシル》は――――切り裂かれた心の隙間に入り込む。

「愛してほしいと、言っていいんです。それにマキナさんは気持ち悪い化け物なんかじゃありません。愛という名の心を持った立派な人間です。愛を育《はぐく》むことは、人間が持つ特権じゃないですか」

「そんな綺麗事《きれいごと》……本当の『マキナ』は……本当の人間だった『マキナ・オルケストラ』は、一人だけ……そこで死んでいる、ただの死体だけでしょ……？」

「だったら、あなたが本物の『マキナ・オルケストラ』になればいい」

「わたしが……？」

「ええ。簡単ですよ。自分が人造人間《ホムンクルス》であることを気にしているのなら、人間の肉体を手に入れればいいんです」

「そんなことができるわけ……」

「『人間としてのマキナ・オルケストラの肉体』なら、あるじゃないですか。そこに」

ルシルが指したのは、この部屋の中央に置かれている機械の棺。

その中に眠る、わたしのオリジナル――――本物の『マキナ・オルケストラ』。

「あなたの父親が計画していたことと、逆のことをすればいいんです」

「逆……？」

「あなたの魂そのものを、王女の身体に移植させる」

どくん、と。心臓の鼓動が大きく跳ね上がった。

「人造人間《あなた》が王女《オリジナル》の身体を乗っ取ればいいんです。そうすれば正真正銘、紛れもなく――――『人間の肉体を持ったマキナ・オルケストラ』になれる」

「…………」

「オリジナルである王女は既に死んでいます。保存されている記憶は、ただの情報でしかありません。仮に記憶の移植を成功させたところで、生き返るわけがないんですよ。だったら、あなたが有効活用した方がいいと思いますよ？　それにこれなら……いいんじゃないですか？　アルフレッドさんと同じ人間として、堂々と彼を愛することができるのでは？」

ルシルは、わたしのことを後ろから優しく抱きしめる。蕩けるような慈愛で包み込む。

「…………ほんとうに、いいの？　わたしはアル様を……愛しても、いいの？」

「ええ。本当です。いいんです。むしろそうしなければならない――だって愛があなたをあなたたらしめている。ならば愛を失えば、あなたはただの人形に成り下がってしまう。そんなの悲しいじゃないですか」

「……………………」

その言葉は、わたしを心の底から安堵させてくれた。わたしの心を救ってくれた。

蕩けるように甘い毒。全身が蜂蜜に包み込まれ、溺れるような感覚。

「マキナさん。あなたは、愛に生きるべきです」

やがて闇に沈んだ意識が戻った時、わたしはガーランド領の屋敷に戻っており、浄化作戦の当日を迎えていた。
その時にはもう――――わたしの心は決まっていた。

☆

わたしは、自分を知った。自分が空っぽの人形であることを知った。

知ってしまった。

造り物の命。造り物の存在。普通の人間ですらなかった。

だから、欲しいと思った。

人間の肉体。造り物ではない、本当の人間の身体が。

「オルケストラの技術を把握するのに多少、手間取りましたが……王女としての『マキナ・オルケストラ』の肉体は万全の状態に仕上げました。あとはこの王女としての肉体に、あなたの魂を移植するだけです」

棺の中で眠る『マキナ・オルケストラ』。

彼女の肉体は最初に見た時よりも綺麗になっていて、血色も良くなっている。

今にも眠りから覚めて、動き出してしまいそうなぐらいに。

……そっか。これが、人間なんだ。

「この肉体でなら『第五属性《エーテル》』の魔力も行使できます。あなたがかつて焦がれていた、『第五属性《エーテル》』の魔力。王族たるアルフレッドさんの隣にいるための資格」

――――ご安心を。あなたの身には既に『第五属性《エーテル》』の魔力が宿っています。今はただ眠っているに過ぎません。封印されているとも、凍結されているとも言えますがね。

あの言葉は、そういうことだ。

わたしの身とはつまり……『マキナ・オルケストラ』の身には既に『第五属性《エーテル》』の魔力がある、ということ。……『わたし』自身にじゃなかった。

ただ眠っているだけ？　封印されている？　凍結？

物は言いようだ。つまりそれは、『保存された死体に眠っている』というだけに過ぎない。

…………もう、どうでもいいけど。

「……どうでもいい。何をすればいいのかだけ教えて」

「これは失礼。では、この中に入ってください、マキナさん」

ルシルが示したのは、中央のカプセルとケーブルのようなもので繋がった棺のような機械の箱。

「この棺の中に入って、目を閉じる。あなたがするべきことは、それだけです」

「……それだけ？」

「ええ。あなたの身体に備わっている機能には幾つかの封印《ロック》がかけられています。ですがそれも『騎士』によって解かれ、徐々に身体に馴染んでいるはず」

現在、部屋の外で待機している『騎士』。

彼はこの肉体が眠っている間、第三者の干渉によって悪用されないようにするための『鍵』の役割を果たしていたのかもしれない。

「そのうちの一つが、記憶を移植するための魔力接続路《パス》。それが繋がった以上、あとはこの装置を使って自動的に魂の移植《インストール》を行うだけです」

ルシルの言葉に嘘はない、と。この『身体』が認識している。

人造人間《ホムンクルス》側から遺体への移植《インストール》は想定していなかったであろうものだけれど、技術的な理屈においては『可能』だということが自然と解った。

理屈的には可能なら。あとは…………この身を委ねるだけ。

「マキナさん」

ルシルがわたしを優しく抱きしめ、耳元で囁く。

「目が覚めた時、あなたは晴れて本物の人間です」

その甘い手つきでアル様からもらったメイド服を解いていく。薄暗い研究室に響く衣擦《きぬず》れの音。

全ての衣服が床に落ち、白い肌が露《あら》わになる。

……同じだ。この肌も、身体も。無数の棺の中で眠る、『わたし』と全く同じ。

ああ、気持ち悪い。自分のこの身体がたまらなく気持ち悪い。

わたしはそんな嫌悪感から逃げるように、生まれたままの姿で空《から》の棺に身体を横たわらせた。

「おやすみなさい、マキナさん。良い夢を――――」

Heroic Tale of Villainous Prince

第三章　機械仕掛けの女神

魔導飛行船。

話し合いの結果、ソフィが自ら設計・開発を手掛けた最新魔導技術の結晶たる船が、空飛ぶ機械仕掛けの王宮へと向かう手段として採用された。

ソフィがサラッと持ってきてはいるが、これは世界を揺るがすほどの大発明である。

元より飛行魔法はかなり高度な魔法ではあるが、それを魔道具に落とし込むことは不可能とさえ言われていた。

大きな壁の一つが、動力源たる魔力である。

通常の魔道具は魔力を消費することで動くが、飛行魔法の魔力消費量は膨大だ。

人が飛ぶだけでも長時間の飛行は難しい。しかもそれが船ほどの巨大なサイズになると更に魔力の消費量は尋常ではないほどに膨れ上がる。

飛行船のサイズだと、たった一分の時間、飛ばすだけでも一ヶ月ほど魔力を溜《た》めこむ必要があった。逆に言えば、一ヶ月分の魔力がたった一分で空になるほど燃費が悪い。魔力を溜めこむ魔力貯蔵タンクの改良で容量を増やすなどの研究は進められていたが、それでもチャージにかかる時間は変わらない。

そういった諸々《もろもろ》の問題があり、魔導飛行船は現在の技術では不可能とされてきた。

だが、『鋼の神童』ことソフィはその不可能を可能にした。

魔道具の動力源に魔力を使用する。それが常識だ。

人が息をするのと同じぐらい当たり前のこと。心臓が動いているから生きていられるというのと同じぐらい当然のこと。

しかし、ソフィはそういった常識に着目した。

飛行魔法の劣悪な燃費にも耐えられる新たなる動力源を生み出したのだ。

それこそが、高密度魔力結晶体――――『フィリアルディーバ』。

地脈に流れている高密度の魔力を結晶体に加工したもので、単なる魔力の塊ではなく、特殊な加工を施したことで魔力の質を極限まで高めることに成功したという代物らしい。

これによって、通常は一ヶ月チャージして一分しか飛ばせなかった魔導飛行船が、たった数日のチャージで数日単位での飛行が可能となった。

画期的な発明であり、後世に残る偉業であることは間違いない。

しかしソフィ本人はというと――

「留学中、にぃにに会いに行きたいなーって思ったから、作ってみた」

王都の研究者たちが聞けば卒倒しそうなことを、けろっとした顔で言っていた。

ちなみに、その時たまたま傍にいたネネルが、

「『フィリアルディーバ』ってどういう意味なの？」

「この結晶体を作るのに協力してくれた人と、わたしと、にぃにの名前を入れてみた」

「……協力してくれた人と、ソフィ様はわかるけど……なんでアルフレッド王子の名前が入ってるの？」

「わたしの将来の旦那様だから……♪」

「…………………」

俺はその時、ネネルとまともに目を合わせることができなかった。

ソフィ……『フィ』リ『アル』ってそういう意味だったのかよ。できれば知りたくなかった。

「じゃあ、『ディーバ』の部分は？」

「結晶体の魔力を消費してる間、歌声みたいな綺麗な音が聴こえてくるから」

「そっちはまともな理由だね……」

そう言ったネネルに、俺は心の中で激しく同意した。

ソフィがこれだけの発明を成して、俺たちは空へと飛び立てる。

しかし、機械仕掛けの王宮はあれから常に空に君臨し続けており、その事実だけでオルケストラの持つ技術が常軌を逸したものであることがうかがえる。

あの得体のしれない超技術を持った機械仕掛けの王宮に対し、ソフィが作り上げた魔導飛行船と『フィリアルディーバ』だけが、俺たちが持つ対抗手段。

つまり、これを失えば俺たちはただ敵の出方を窺《うかが》うことしかできなくなるとうことであり、それは俺たちの明確な弱点だ。

地脈から高密度の魔力を吸い上げる機材と、急ピッチで行われている飛行船の組み立て作業をしている間、俺たちは現場に張り込んで守りを固めることになった。

敵は第六属性《エレヴォス》の力を用いてくる以上、防衛を俺たち王族が担うことは必然だ。

「シャル、ここにいたのか」

「アルくん」

防衛のために組んだ野営施設の外で、周りを警戒し続けているシャルを見つけた。

「そろそろ中で休んだらどうだ？　警戒し続けてるともたねぇぞ」

「大丈夫です。体力なら自信がありますから」

「…………」

どうやら休んでくれる気はないらしい婚約者の隣に座り込む。

「アルくん？」

「俺はこっち側を見張るから、シャルはもう半分を頼む」

「…………はい」

周囲は『影』も放っているので俺たちだけで気張る必要はない。勿論、いつどこから襲撃があるのかは分からないので、常に戦える状態でいる必要はあるが。

「…………俺が言えることでもないけどさ。あんまり一人で抱え込むなよ」

「――――っ……どうして急に、そんなこと」

「今のシャルを見てると、なんかそう言いたくなった」

「…………がんばるためのおねだりをしちゃいましたから」

「がんばるのもいいけど、あんまりがんばりすぎるなよ。俺がシャルに追いつけなくなっちゃうだろ」

「えっ……？」

意外そうな顔をして、シャルは俺の顔を見つめる。

「シャルの諦めない強さに俺はずっと憧れてた。その強さが、間違った道を進み続けていた俺を引っ張り出してくれた。俺はいつか、シャルに並べるぐらい強くなりたいって思ってるよ」

影から光へ。舞台裏から表舞台へ。

踏み出すための勇気をくれたのは他でもないシャルであり、その眩《まぶ》しい強さは今でも憧れだ。

「諦めない強さ……」

「だからさ――」

その先の言葉を紡ぐことはできなかった。

「――……！」

魂の芯から凍えそうになる冷たい気配。周囲に漂う瘴気の霧。

「きたか」

俺たちが陣取っているこの場所の、真正面から瘴気が押し寄せてくる。

闇の奥底からは『ラグメント』の群れとも呼ぶべき塊が進軍しており、その中心より歩みを進めてくる人影が三つ。

一つは兜の少女。一つはロレッタ・ガーランド。

もう一つは――

「ルシル……！」

「ご機嫌よう、皆さん。お元気そうで何よりです」

「真正面から来るとは余裕だな。舐《な》めてんのか？」

「まさか。むしろ評価しているからこそ、こうして惜しみなく戦力をつぎ込んでいるんですよ」

オルケストラは今も尚、空に君臨している。それでもルシルたちは、こうしてわざわざ地上から侵攻してきた。それが意味するところは、少なくともあの機械仕掛けの王宮には空から地上を一方的に攻撃できる兵器が備わっていない。もしくは、まだ使用することができないということだ。

「しかし驚きましたよ。空に手が届くだけの力が、この時代にあるなんて。それに危なくもありました。『オルケストラ』の機能を使って地上を調査していなければ、もう少しでその設備を見逃すところでしたから。まぁ……こんなところに戦力を集約させていれば、何かあると言っているようなものですが」

「お前らに見つかることは承知の上だ」

地脈から魔力を吸い上げるという行為は当然、気配的には大きく目立つ。

だからこそ、最初から見つかる前提で、攻められる前提で護りを固めている。

「『ウンディーネ』！」

その時、氷雪の一撃が閃光《せんこう》のように奔《はし》った。凍てつく魔力が届くよりも先に、兜の少女が刃を以てソレを切り裂き、ルシルを護る。

「乗り込む手間が省けた」

「同感だ」

気配を察知してきてくれたであろうノエル。それに続くようにして、待機していたソフィ、そしてマリエッタ王女が駆けつけてきた。

「……あれが、ルシル。にぃにの敵」

「『鋼の神童』……ふふっ。よかったですね、アルフレッドさん。今回は随分と戦力が揃っているじゃないですか」

「そういうことだ。前までのようにはいかねぇぞ」

「かもですね」

それでもルシルの余裕は崩れない。

何か策があるのか。……あるんだろうな。あの悪魔女のことだ。どんな企みを引っ提げてきているのかも分からない。

「マキナはどうした」

「気になりますか？」

「当たり前だろ。俺の部下だ」

「部下、ですか……ふふっ。可哀そうに」

「可哀そう？」

なんだ。何を言っている？

「いえ。こちらの話ですよ。……ええ、もちろん。マキナさんも来ていますよ」

「……っ！　どこに……！」

「ご安心を。会えますよ。きっと、すぐにでもね」

それよりも、と。ルシルは全身から瘴気を迸《ほとばし》らせる。

「はじめましょうよ。わたしたちとアナタたち。魔女と王族。家族と家族の滅ぼし合いを」

瘴気が溢れ、無数の『ラグメント』が暗闇から姿を現出させる。

「……せんてひっしょー」

先陣を切ったのはソフィだった。

『烈風魔法球《シュート》』。『烈風魔法矢《アロー》』。『烈風魔法斬《クレセント》』。『烈風魔法槍《スパイラル》』

放たれる無数の攻撃系魔法が嵐のように吹《ふ》き荒《すさ》び、次々と『ラグメント』を蹂躙《じゅうりん》していく。

瘴気より這《は》い出《だ》し軍勢はその出鼻を挫《くじ》かれ、勢いを削《そ》がれた。

両手の魔法を同時に発動させ、制御も完璧。ソフィの天才性が成せる業《わざ》といえよう。

「――――……！」

ソフィが繰り出した魔法の乱舞を切り裂く剣閃《けんせん》。その磨き上げられた技を放ったのは……。

「雑魚の相手もいいが、私とも遊んでくれるかな？　ソフィ様」

「ロレッタ・ガーランド……」

「ふふふ。そう睨《にら》まないでくれ。私だって好き好んでルーチェのいない戦場に立っているわけじゃない。しかしまぁ、これもお母様の喜びのためだ」

「……にぃにたちは他に集中して。雑魚とロレッタ・ガーランドはわたしが受け持つから」

「ありがたい！」

次に飛び出したのはノエル。その標的は言うまでもなく、兜の少女だ。

「アルフレッド様。わたくしは兄の支援に参ります」

兄に続いたのはマリエッタ王女。

「『昇華《リミテイジング》』！」

そして俺はアルビダをまとい、同時に『昇華《リミテイジング》』も発動させる。

ルシルを相手にするとなると出し惜しみはしていられない。

最初から全力で、最大加速であの悪魔の女へと刃を振るう。ルシルもまた対抗するように瘴気の刃を生み出し、正面から受け止めてみせた。

「ルシル！　今、ここで、今度こそ！　お前をぶっ潰す！」

「今ここであなたが戦うのは、わたしじゃあないでしょう？」

「なにを……！」

「言ったじゃないですか。すぐにでも、と」

ルシルが何かを感じ取ったのだろうか。彼女の歪な笑みに呼応するかのように、周りの瘴気が蠢《うごめ》いた。

「――――『機械仕掛けの銃撃型《コード・エクス》』」

金色の閃光が、戦場を奔った。

俺とルシルの間を狙いすましたかのような細長い魔力光の熱線が大地を撫で、射線上にいた『ラグメント』を焼き払った。

「今のは『第五属性《エーテル》』の……!?」

シャルが言った通り、今の魔力は『第五属性《エーテル》』によるもの。

そして、暗闇からその姿を現したのは、左半身に機械仕掛けの鎧《よろい》と長い砲身の魔導砲を装備している一人の少女だ。

「マキナ……!」

機械仕掛けの鎧と武装を解除し、上品なドレス姿になろうとも、見間違えるはずがない。

「アル様……」

「無事だったんだな」

なぜマキナが『第五属性《エーテル》』の一撃を放つことができたのか。

なぜ俺とルシルの間を牽制《けんせい》するような一撃を放ってきたのか。

そもそもなぜマキナが俺たちのもとから離れたのか。

「はい。わたしは大丈夫です」

「そうか……そうか。よかった、本当に……」

それ以外にも色々と、数々と、浮かんだ疑問はあった。だけどそんなことはどうでもよかった。

無事だったという事実だけで安堵が全身に満ちる。

「よかったですね、無事に再会できて。わたしも嬉しいです」

「…………っ……ルシル、お前……！」

「あはっ。怖い顔しないでください。むしろわたしは、マキナさんの助けになってたんですから」

「ふざけたこと言ってんじゃ……！」

「アル様」

マキナは俺の言葉を遮ると、一歩、前に踏み出した。

「ねぇ、見てください。わたし、やっとアル様の隣に立てます」

「マキナ……？」

「やっとアル様に言える。言いたいことがあるんです」

一歩。また一歩。器の水が少しずつ溢《あふ》れ出《だ》すような足取りで、マキナは俺に近づいてくる。

「どうした、お前……やっぱりルシルに何かされたんじゃ……！」

「好きです」

「…………っ……!?」

燃え盛る大地。『ラグメント』の咆哮《ほうこう》と断末魔。戦闘の音。

マキナの口から紡がれた言葉はあまりにも場にそぐわないもので、だからこそというべきか、ハッキリと耳に入ってきた。

「アル様のことが好きです。大好きです。愛してます。わたし、ずっとずっと……アル様に、好きって言いたかったんです」

「待て。お前、なに言って……」

「本当です。ルシルに洗脳されてるとか、そういうのじゃないんです。わたしは……アル様のことがずっと前から好きでした。言うつもりはありませんでした。でも、今のわたしは、オルケストラの王女だから」

瞬間。マキナの全身から輝きが迸る。

金色の光。紛れもない、『第五属性《エーテル》』の魔力。

「見てください、これ。わたし、人間になれたんです。オルケストラの王女の身体がある。これはもうわたしのもの。わたしは王族だから、アル様の隣に立てます」

「人間に……なれた？」

「マキナさんは、オルケストラの技術によって生み出された人造人間《ホムンクルス》なんです」

「なっ…………!?」

ルシルは俺の驚愕すらも、くすくすと嘲笑いながら、マキナの傍に寄り添った。

「つまり、造られた命ということですね。ですが今はもう違います。保存されていた『本物のマキナ・オルケストラ』の遺体に記憶……つまり魂を移植させたんです。今のマキナさんは人造人間《ホムンクルス》じゃあない。王女の肉体を獲得した、正真正銘の人間です」

何だ。ルシルは一体、何を言ってるんだ。

マキナが人造人間《ホムンクルス》？　王女の遺体に魂を移植した？

「全てはアルフレッドさん。あなたへの愛。それ故にです。素晴らしいじゃないですか」

「ふざけんな……！　マキナを元に戻せ！」

「無理ですよ。既に魂《きおく》の移植は完了しています。それに……」

「ああ、ずっと言いたかった……」

ルシルが促す先。そこではマキナの瞳が揺れていた。

「隠してた。言うつもりはなかった。困らせたくなかったから。だってわたしはただの捨て子で、アル様とは釣り合わなくて……でも、でもでもでもっ！　今なら言える！　だって今のわたしは――――オルケストラの王女だから！」

そしてその顔は歓喜に塗れていた。今にも涙を零しそうなほどに。

「『第五属性《エーテル》』の魔力！　王族の身分！　これがあれば、アル様の隣に立てますよね？　この想《おも》いを伝えてもいいですよね？」

堪《こら》えきれないとばかりにマキナは走り、俺の胸に飛び込んだ。

抱きしめてくる少女の身体は、思っていた以上に華奢で、繊細で。俺の知っているマキナじゃないような、そんな気すらしてしまう。

「わたしはもう。アル様に触れていい。好きって伝えていい！　わたしはもう、人間だから！　ただの紛《まが》い物《もの》じゃない！　造られただけの存在じゃない！　人間の身体を持っているから！」

マキナから向けられている感情《もの》は、愛や恋といった類《たぐい》のもの。

それは解る。伝わってくる。思いもしてなかった。考えもしてなかった。

動揺していることは否定できない。だけどそれ以上に、マキナの様子がおかしいことが気がかりだった。

「マキナ！　しっかりしろ！　おいっ！」

洗脳されているわけじゃない。そういう類のものじゃないことは解る。

だけどなんだこれは。

「あーあ。肉体と魂の結合が揺らいでますねー。やっぱりバグっちゃいましたか。いけると思ったんですけど、残念」

ルシルは肩をすくめていた。心底残念そうに。期待外れだというかのように。

「『マキナ・オルケストラ』とその人造人間《ホムンクルス》。ほぼ同じ肉体とはいえ、死体は死体。そんなものに魂を移して――――安定するわけがないですよね。魂に負荷がかかって、壊れちゃって当然ですよね。ていうか、そんな方法が使えるなら、死人が出たぐらいでどいつもこいつもしくしく泣《な》き喚《わめ》きませんし」

「こうなると……分かって、マキナを唆したのか……！」

「酷いこと言わないでくださいよ。ほら、人間がよく描いてる、くっだらない絵本にもあるじゃないですか――――『愛の奇跡』ってやつに賭けてみたんですけど」

「ふざけんな！」

「ふざけてませんよ。わたしは『六情の子供』の中でも『愛』を司る者ですよ？　愛の力を信じてますとも。それにそういう話、みーんな大好きでしょう？　『愛の奇跡』に賭ける展開。けど……

あはっ。ダメでした。いやー、ギャンブルって難しい。『雪国の妖精』さんに手ほどきを受けた方がいいかもしれませんね」

殺したい。目の前にいるこの女を、今すぐに八つ裂きにしてやりたい。

頭の中が埋まる。激情が嵐の如く駆け巡り、殺意と憎悪で塗れて埋まる。ルシルを睨む眼から今にも血潮が噴き出しそうだ。

「『火炎魔法槍《スパイラル》』ッ！」

渦巻く魔力の業火《ごうか》が一槍《いっそう》と化し、ルシルを強襲した。その一撃は瘴気で遮られてしまったものの、業火を突き破るようにして剣の一閃《いっせん》を強引に叩き込む人影。

「アルくんはマキナさんを！」

「シャル……！」

「ルシルさんは……私が――――！」

シャルの全身から『第五属性《エーテル》』の魔力が吹き荒れる。

消耗を厭《いと》わない、超短期決戦を前提とした全力解放。だがシャルの持つ桁外れの魔力量で力押しにした方が、下手に小細工をするよりも効果的だろう。『第五属性《エーテル》』の暴力とも呼ぶべき力の猛威に、さしものルシルも圧《お》されている。

（マキナをなんとかするなら今しかない……！　だが、どうする？）

ルシルの言葉が真実であるならば、マキナを救う方法は恐らく一つしかない。

「にぃに！」

『ラグメント』を蹴散らしながらソフィが合流してきた。その表情には焦燥が滲《にじ》んでいる。

「ソフィ！　マキナが……！」

「状況は把握してる。だいたいの話は聞いてたから」

「……お前の意見を聞かせてくれ」

「にぃにの考えてることに賛成。わたしもそれしかないと思う」

「ありがとよ。お前も同じ意見なら、自信が持てる」

眼の焦点が合わず、感情が落ち着かないマキナの肩を掴み、強引に目を合わせる。

……冷たい。こんなにも冷たい身体が、どうしようもなく悲しい。

「マキナ！」

「アル様…………わたし、王女に……アル様の、となりに……」

「マキナ――――その身体を捨てろ！」

「えっ……？」

「心が壊れてしまう前に元の身体に戻れ！　そうすれば、お前は助かるはずだ！」

今のマキナは魂《きおく》を無理やり死体に移植したことで、魂に負荷がかかっている状態。だとすれば、魂を元の身体に戻せばいい。

「……まだ元のマキナちゃんの身体と魔力経路《パス》が繋がってる。その肉体を放棄すれば、元の身体に帰れる。今なら間に合うよ。だから、早く……」

「いやです」

ソフィの言葉を遮るように、マキナが口にしたのは拒絶の言葉だった。

「いや、です……いやです。いや。いや。ぜったいに、嫌だ……」

マキナは自分の身体を抱きしめる。

「わたし……人間になれたんです……王女様になれたんです…………あんな……あんな冷たい身体に戻るなんて、嫌だ……嫌だっ！」

「「……っ……!?」」

全身から暴威が如く魔力が溢れ出し俺とソフィの身体が吹き飛ばされる。

「あんな体に戻ったって……人形の身体じゃ……アル様に触れない……愛してもらえない！」

その叫びは慟哭《どうこく》だった。悲鳴だった。

秘めた想い。造られた命。きっと、様々な事実と真実がマキナを追い詰めた。

「この身体だけは……手放さない！　絶対に！」

「お前自身が壊れるぞ！」

「それでもいい！　わたしはもう、人形に戻りたくない！」

マキナの嗚咽《おえつ》のような叫びに応えるように、高密度の『第五属性《エーテル》』の魔力が徐々にそのカタチを為していく。

「あれ？　なんで？　わたし、どうして？　アル様に？　でも……ああ、嫌だ……嫌だよぉ……もう、あんな体に戻りたくない……だから、だから、だから……！」

不安定な魔力の揺らぎが、マキナに集約され――――弾けた。

「『機械仕掛けの女神《コード・デウス・エクス・マキナ》』ッ！」

告げられた名を引き金に、機械仕掛けの鎧がマキナの身体に構築される。

それはまるで少女を覆い尽くす鉄の殻。機械仕掛けの武装が形作るシルエットの歪さこそが、人知の及ばぬ神を彷彿とさせた。

「『コード』……マキナちゃんが持ってた指輪をもとにわたしが作った物、だけど……あの形態は、知らない……！」

ソフィですら把握していない未知の形態。あれこそがマキナ・オルケストラが本来持つ『霊装衣』なのだろう。

「嫌だ……いやだ……！　身体《これ》を奪うなら……アル様だって！」

銃口が向けられ、光が瞬《また》いた。

「…………っ！」

吐き出された熱線は大地を抉《えぐ》り、咄嗟《とっさ》に躱《かわ》した俺とソフィがつい先ほどいた場所を吹き飛ばす。

そして熱線に巻き込まれる形で周囲の『ラグメント』が跡形もなく蒸発した。先ほど牽制に撃ったものとは威力が桁違いだ。

「あ……れ？　なんで？　わたし……アル様に、こんな……でも？　いや……違う……？　だって、好きだから……愛してるのに？　愛してるから…………身体……渡したくない……嫌……捨てたくない！」

言っていることは支離滅裂で、見ているだけで痛ましい。

何より分かってしまう。このままではマキナが壊れてしまうということが。

「…………ソフィ。お前は、引き続き他の『ラグメント』を頼む」

「にぃに……でも」

「今、他の『ラグメント』を相手にできるのはお前だけだ。それに……あいつと戦うのは、俺でなきゃダメだ」

「……わかった」

マキナの相手をするのは俺だ。俺でなければならない。

ソフィは頷くと、再び『ラグメント』と戦うべくこの場を離脱した。

「アル様……わたし……わたし…………！」

「マキナ」

この場に残ったのは俺と、マキナだけ。

これでいい。こうでなければならない。他の誰でもない。マキナと戦うのは、俺でなければならない。

「お前には伝えなきゃいけないことがある」

刃を構える。心に決める。伝えるべき言葉。伝えるべき想い。それを届けるために、マキナと戦うことを。

「…………っ！　あぁぁぁああああああああっ！」

膨大な熱量を秘めた閃光が瞬き、光の弾丸となって空気を焼く。

速い。だが、躱すことはできる。死体に憑《と》りついていようとなんだろうと、マキナはマキナだ。

「動きの癖がなおってねぇ」

逸らした上体のすぐそばを光が奔る。と、同時に次が来る。それも読んでいる。それすら躱す。

躱す。躱す。躱す。距離を詰めていく。

「何年一緒にいると思ってやがる。その調子じゃあ、一生当たらねぇぞ」

銃撃が止《や》んだ。機械仕掛けの銃を格納し、ブレードを展開。

近接戦を挑んでくることは明白だ。そしてアルビダの装備には銃がある。不意を打って銃撃を叩き込むことも可能だが……。

「……そうじゃねぇよな」

今のマキナを止めるために必要なことは、そうじゃない。

舶刀《カットラス》を強く握る。今から襲い来るであろう、機械仕掛けの刃と正面から打ち合うために。

「真っ向から受け止めてやる、マキナ！」

刃と刃が激突する。……重い。なにより、真っ向からの勝負だと長引くほど俺の方が不利だ。今のマキナは『第五属性《エーテル》』。俺の『第六属性《エレヴォス》』は相性が悪い。

それでも。ここで退《ひ》くわけにはいかない。

「何度でも言うぞ。その身体を手放せ」

「嫌、です……！　いや……絶対に……！」

交える刃が身体を掠める。その度に傷口が熱く痺れ、意識を刺激する。

されど、この剣戟《けんげき》を止めることはない。少なくとも俺の方から、この足も、手も、停止させることなどありえない。

「あんな……気持ち悪い身体……もう、いらない！」

上段からの振り下ろし。機械仕掛けの鎧を身に着けているというのに速い。否。あの機械仕掛けの鎧から放出されている魔力が動きをアシストしているのか。

躱せない。元より躱すつもりはない。マキナが叩きつける思いの限りを込めた一閃に、真っ向からぶつかるまでだ。

「王女様の身体も、『第五属性《エーテル》』の魔力も！　やっと手に入れたんだ！　手放さない！　離さない！　これがあれば……わたしだって、アル様に愛してもらえる！」

慟哭にも近い叫び。きっとそれがマキナの本音であり、今まで隠してきたもの。

「シャル様みたいに……愛して、もらえる…………だから……！」

絞り出した言葉は、マキナの頰を伝う透明な雫《しずく》のように濡《ぬ》れていた。

「…………違う！」

俺がやるべきことは、マキナを叩《たた》き伏《ふ》せることじゃない。

この刃で斬り伏せて打ち負かすことでもない――

「俺がシャルを好きになったのは、相応《ふさわ》しい身分があるとか、魔力があるとか……そんなことじゃない。そんなことは関係ないんだよ」

――ただ、告げることだ。

「たとえ身分がなくても、魔力がなくても……俺はシャルのことが好きだ」

「…………っ……！」

「……ごめん。今まで、お前の気持ちに気づけなくて」

俺の想いを。

「……ありがとう。俺のことを好きになってくれて」

俺が、誰を好きなのかを。

「嬉しかった。でも――――お前の気持ちには、応えられない」

目の前の想いに応えられないことを。

ただ、告げること。それだけだ。

「…………っ……！　わかって、ますよ……！」

叫びと共に振るわれた横薙《よこな》ぎの一撃。咄嗟に刃で防御するが、その衝撃を完全に殺し切ることはできなかった。そのまま大きく後ろに吹き飛ばされながらも、マキナは更なる追撃を仕掛けてくる。

「わかってますよ、そんなこと！　だって、ずっと見てきた！　アル様の隣で、アル様のことをずっとずっとずっと見てきたんですから！」

型も何もない。ただ自分の思いのたけをぶつけるかのような連撃。

かろうじて捌《さば》きながらも、その猛攻に徐々に圧されていく。

「アル様がどれだけシャル様のことが好きか……わたしのことなんて見ていないことだって……ずっと見てきた！　見てきたんですよ！　わかってました！　アル様の目にわたしは映ってないっ

て、最初からわかってた！」

機械仕掛けの刃と共に涙の雫が零れ、風に乗って消えていく。

「わたしなんかが、愛してもらえるわけがないって……」

機械仕掛けの女神が止まる。

「わかって、たのに……」

機械仕掛けの鎧が崩れ落ち、マキナは糸が切れたように地面に膝をついた。

「……『わたしなんか』って言うなよ」

同時に俺も霊装衣を解く。

「俺はずっと、色んな人から疎まれてきた。黒い魔力を持っているからっていう理由で。……でもお前は、こんな俺を好きになってくれた」

膝を折って沈黙した、一人の少女の下へと静かに歩み寄る。

「嬉しかったよ。他の誰でもない。マキナから好きって言ってもらえて。愛してもらえて……本当に嬉しかった」

「アル、様……」

嘘偽りない気持ち。それはきっと、マキナにとってはこれ以上ないぐらい残酷なものかもしれない。それでも……伝えなければならないと思った。

「…………わた、し……」

マキナが口を開いた——その時だった。

「…………っ……！」

「マキナ……？」

「う……ぁあ…………!?」

マキナが頭を押さえて苦しみ始めた。苦痛が肥大化していることを示すかのように、口から洩《も》れるうめき声もどんどん大きくなっていく。

「あぁ……あああぁぁぁあああああああああっっっ！」

「マキナ！　おい、どうした！　マキナ！」

☆

「やぁぁぁあああああああああっ！」

ありったけの『第五属性《エーテル》』の魔力を捻出し、剣にまとわせ叩きつける。

私にはルシルさんに勝てるだけの力がない。だからこそ、後先のことなど考えず全力を振り絞る。

余裕なんてない。自分を使い捨てる気でいかなければ、この人は止められない……！

(今は少しでも……アルくんたちから、ルシルさんを引き離す……！)

遠く。少しでも遠く。この悪魔のような人を、アルくんに近づけるわけにはいかないから。

「……そろそろ、ですかね」

「…………っ!?」

ルシルさんの魔力が膨れ上がった。相性で勝るはずの私の『第五属性《エーテル》』の魔力があっという間にかき消されてしまう。否。瘴気の一撃は防御ごと私の身体を吹き飛ばした。

「がっ⁉」

呆気《あっけ》ないほど容易《たやす》く、私の身体は地面に叩きつけられ転がっていく。

全身に鈍い痛みが奔る最中、私はとんだ思い違いをしていることに気づいた。

「かはっ…………もしかして……誘い込まれた、のは……」

「そう。あなたですよ、シャルロットさん」

「うっ⁉」

陽炎《かげろう》のように現れたルシルさんが、剣を握る手を踏みつける。

鋭い痛みに自分の意思とは関係なく指が解け、剣を蹴飛ばされてしまった。

「…………っ！　『火炎魔法槍《スパイラル》』！」

「無駄ですよ」

もう片方の手で咄嗟に放った炎槍《えんそう》。それは避《よ》けることすらされず、直撃を受けてもルシルさんの身体には傷一つついていない。

「あはっ。ちょーっと熱い……かも？」

「そん……な…………」

いくら力の差があるとはいえ、ここまで……？

私とルシルさんの間にはこんなにも……！

「勘違いしてませんか？」

「勘、違……ぃ……？」

「これは力の差なんていう話じゃない。比べることすら烏滸《おこ》がましい。そういうレベルの話です」

彼女の言葉を否定することができない。事実として私が放った渾身《こんしん》の魔法は、直撃しても傷をつけることすらかなわなかった。

「弱いですねぇ、シャルロットさん」

「…………っ……！」

「あなたは弱い。弱すぎる。せっかく良い素質を持っているのに、わたしが少し本気を出すだけで、傷一つつけられなくなる」

「……たしかに……私は、弱い…………それでも……諦め、ません……！」

私の『諦めない強さ』を、アルくんは憧れたと言ってくれた。

だから私は諦めない。何があっても絶対に。

「諦めない強さ……とか言い出しませんよね？」

「がっ!?」

腹部に蹴りが叩き込まれた。肺の中の空気がごっそりと抜け落ち、私の身体は壊れかけの玩具《おもちゃ》のように地面を転がる。

「かはっ！　げほっ！」

「あのですねぇ。綺麗事っていうのは、力を持ってから吐くべきものなんですよ」

「ぁ…………ぐ……がっ!?」

「諦めないから何なんですか？　その諦めない強さってやつで、わたしに勝てます？　勝てませんよね？」

ルシルさんはそんな言葉を丁寧に塗り込むように、刻みつけるように、何度も。何度も何度も何度も何度も私の身体を踏みつけ、蹴っていく。

「心が強い？　諦めない？　バカバカしい。そんな綺麗事だけで勝てたら誰も苦労しませんよ。そういうのはね、強者が使う理屈なんです。たとえば、あなたの婚約者みたいに」

私は反撃することすらできず、ただ痛みと無力感に耐えることしかできなかった。

「というか、そもそも――――あなたって必要ですか？」

「…………！」

そのルシルさんの言葉に、私の中にある何かが叫んでいた。

やめて、って。言わないで、って。

「アルフレッドさんは強い。王国の影として、悪役として、裏で生きてきたが故の強さがある。しかし最近は表舞台に上がったことで、徐々に人の心に寄り添いつつある。……強さと優しさ。両方を兼ね備えている。ですが……あなたは違いますよね？」

目を背け続けていたものを、隠していたベールを無理やり引き裂いて剝《む》き出《だ》しにされているような。

「ただ綺麗事を叫ぶだけ。力はない。強さがない。実力もない」

――――ああ。そうだ。

「シャルロットさん。あなたは弱い」

私は、弱い。

「アルフレッドさんには必要のない人間なんです。理想や綺麗事なんて、彼の強さだけで叶えられる」

私は、要らない。

「綺麗事を叶えるために必要なのは力です。あなたに足りていないのは強さです」

「……わかってます」

そう。わかってる。わかってたことだ。

私は弱くて、ただ綺麗事を吐くだけで……無力で。

「そんなことはわかってます！　それでも……それでも私は綺麗事を諦めません！　心の強さを信じています！」

何もかも足りていない。それでも、と私は叫ぶ。

絶対に諦めないと決めたから。がんばるって決めたから。

「……………………」

私を見下ろすルシルさんの顔は、ぞっとするような冷たさを孕んでいた。

それでも私は負けずに彼女から目を逸らさない。今の私にできることなんてそれぐらいで、せめて自分にできることからは逃げたくなかったから。

「…………そうですか。だったら、証明してくださいよ」

「証明……？」

「諦めない強さとか、心の強さとか。そういうくだらないものが何の役に立つのか」

ルシルさんが瘴気を生み出し、その中から『何か』を取り出した。

「それは……」

見覚えのあるシルエット。瞼を閉じ、死んだように眠る一人の少女。

「マキナ、さん……？」

絡みついた瘴気に囚われたように眠っているのは、紛れもないマキナさんだ。

「これはあなた方が知っている『マキナ』さんです。今は魂の抜けた死体になってますが……ああ、こうした方が分かりやすいですかね？」

ルシルさんが指を動かすと、マキナさんの身体にいつもの見知ったメイド服が現れた。

やっぱりそうだ。あれは、私やアルくんが知る『マキナさん』の魂が入っていた、人造人間《ホムンクルス》としての肉体だ。

「マキナさんがあの死体を手放した時、魂はこの肉体に戻ります。……逆に言えば、今のマキナさんが元に戻るためには、この肉体が必要不可欠というわけです」

そうだ。あの身体は必要なものだ。マキナさんを助けるために。

「……ねぇ、シャルロットさん。あなたの綺麗事の強さを見せてくださいよ」

「まさか………」

「綺麗事で。心の強さで。諦めない強さで。わたしを止めてみてくださいよ」

何をするつもりなのかを察した時、彼女の顔に浮かんだのは悪魔の微笑み。

「やめて…………やめてください！」

懇願するような声など聞き届けてもらえなかった。

「いやです」

私が手を伸ばしたのと同時――――マキナさんの身体が、漆黒の炎に包まれた。

「あ……あぁ…………！」

燃えていく。マキナさんの身体が。成す術もなく、簡単に。

「あぁああああああああああああああああっ！」

「あはははははははははははははははははっ！」

絶叫と歓喜が重なり響く。

「あ……あ…………あぁ……！」

漆黒の炎が、私やアルくんと同じ時を過ごした一人の少女を容赦なく焼き尽くしていく。

皮膚はただれて焼け落ち、骨は瞬く間に灰となり、血肉が燃える不快な臭《にお》いが辺りに充満する。

（なにも……わた、し…………何もできなかった……）

ただ地面に転がって、見ていることしかできなかった。

一緒に過ごした人を燃やされることを止めることすらできずに。

「弱いですねぇ、シャルロットさん」

「…………っ！」

「あなたが弱いから、マキナさんは死ぬ」

「いや……」

「あなたの弱さがマキナさんを殺したんです」

「いや……いや……！」

「あなたの優しさなんて、なぁーんの役にも立たない」

悪魔の囁きが、亀裂の入った私の身体に流れ込んでくる。

「そんな役立たずのあなたが、果たしてアルフレッドさんの婚約者に相応しいのでしょうか？」

「……っ……！」

「弱いあなたはいつも救われてばかり。助けられてばかり。あなたがアルフレッドさんのために、何ができるんですか？」

「……やめて」

触れないで。触らないで。私の心の奥底に押さえつけていたものを。

「何もできませんよね？　だってあなたは綺麗事だけが取り柄の、助けられるだけの弱者でしかないのだから。それはシャルロットさんが一番よく分かってるはず……わたしが教えてあげたはず」

「……やめて……やめて……！」

「婚約破棄された時、あなたは何をしてました？　ただ助けられただけですよね？　アルフレッドさんを悪役にして。王都で『ラグメント』が暴れた時も結局最後はアルフレッドさんに助けてもらって、『土地神』との戦いにおいても、わたしに成す術もなく倒された」

「やめてっ……！」

「弱い弱いシャルロットさん。あなたよりもマキナさんの方が、アルフレッドさんにずっと相応しい女性だと思いませんか？」

「言わないで！」

耳を塞ぐ。押さえていたものが零れないように、蓋をするように。それでもルシルさんの囁きは、心に入った亀裂に流れ込んでくる。

「彼女は愛故《ゆえ》に愚かな行動をとったのかもしれない。でもそれは、それだけアルフレッドさんを愛しているという確かな証拠であり、強さの証明でもある。強さ。あなたにはないものです」

「…………………………っっっ……！」

「既に気づいてるんでしょう？　綺麗事も。心の強さも。諦めない強さも――――そんなもの、何の役にも立たないガラクタだって」

ルシルさんは私を慰めるように、後ろから優しく抱きしめてきた。

その絡みつくような手つきと共に溢れ出した瘴気が、私の身体を包み込む。

「可哀そうなシャルロットさん。あなたは弱いから、こうして心を砕かれる」

☆

無数の針が頭の中を穿《うが》つような痛み。

刃の群れが肺でのたうち回っているような痛み。

半端な熱の炎が全身の皮膚を撫でているような痛み。

この世に存在するありとあらゆる苦痛を、わたしという身体の中に詰め込んだような痛みが嵐のように吹き荒れ、蹂躙していく。

意識が途切れる暇なんてない。いや、正確には、意識が途切れたところですぐにまた痛みで覚醒する。ただの拷問だったならよかった。この一秒が永遠にも感じられる時間は、いっそ殺してほしいと神様に懇願したくなる。

「────マキナ！」

なのに。そんな中でも、この声だけはハッキリと聞こえる。

「マキナ！　マキナ！　しっかりしろ！」

暴虐の嵐の中に晒《さら》されていたとしても、アル様の声だけは、聞こえる。

……ああ、嫌だな。こんなにもアル様のことが好きなんだって、気づきたくなかった。

「アル、さま……」

「マキナ……！」

アル様が、わたしの手を握ってくれた。

少なくとも今はわたしのことを……わたしだけを見てくれてる。嬉しいな……もう、満足しちゃったぐらいだ。

「今すぐその身体を捨てろ！　元の身体に戻れ！　その後のことは……何も気にすんな！　何があっても俺がなんとかしてやる！　だから……！」

「……だめ、みたいです……」

「…………っ……!?」

「わた、しの……からだ……もう……ない、みたい、です……」

わたしの中で繋がっていた何か。恐らく、この死体と元の身体を繋ぐ糸のようなもの。

それが、漆黒の炎に焼かれて完全に消えてしまったことを感じていた。

「…………っ！」

アル様も察したのだろう――――わたしの元の身体が、ルシルに消されてしまったことを。焦りに染まった顔が凍りついている。

……なんか、ちょっとだけいい気分。シャル様には申し訳ないけれど、今だけはアル様を独り占めしているみたいだから。できれば許してほしいな。だってこれが……最期になるだろうから。

「だからなんだ！　それでも何とかする！　絶対に助ける！　だから……！」

「もう……いいんです……無理……しない、で……」

「もういいって……！　お前！」

「わた、しは……ま、ちが、って、まし……た……心の……底では……まちがって……るって……わかってた、のに……」

止まれなかった。自分のエゴを貫き通した。

「アル、様、への……想い、を……捨てきれ、なかっ、た…………」

これはその報いであり、代償だ。

「わたし、は……もう、いいん……です……最期に……伝え……られ、た……から……言えた、から……もう……満足……です……」

最初からわかってたことだ。アル様がわたしを見ていないことなんて、最初からわかってた。それでも言えた。この想いを伝えられた。だったら、もういい。伝えられただけで満足だ。

「アル……さま…………」

最期にもう一つだけ伝えよう。

感謝を。こんなわたしを助けてくれたこと、拾ってくれたこと、恋する気持ちをくれたこと。

「あり……が……と、う…………」

――ああ、言えた。これでもう、思い残すことなんて何もない。

「さよ……なら…………ルシル、なんか、に……負け……ない、で……」

消えていく。わたしという命が。生命の鼓動が。

深く遠い闇の中に。

「あなたの……勝……利と……しあわ、せ……を、祈って……ま……す……」

それでも不思議と恐れはない。だってこんなにも満たされている。大切な恋を抱きしめて眠ることができるなんて、わたしはきっと幸せだ。

さようなら。アル様。

さようなら。あなたのことを愛しています。

たとえあなたがわたしのことを見ていなくても。わたしを愛していなくても。

それでも、あなたを愛しています――――。

「――――ふざけんな！」

冷たい死体を包み込むように、温もりがわたしを抱きしめた。

「ふざけんな！　ふざけんな！　なに勝手に諦めて満足してやがる！」

「ある、さ……ま……」

アル様の身体がわたしを抱きしめてくれている、ということに数秒経《た》って気づいた。

「全部を諦めて勝手に死ぬなんて、そんなの俺が許さねぇぞ！」

「…………」

全てが遠ざかって、全てが色を失っていく中で……アル様の声と温もりだけが、未《いま》だに鮮明に聞こえてくる。

「お前は俺の何を見てきた！　俺は最初から何もかも諦めて、それで失敗してただろうが！　お前はそれを見てただろ！　ずっと隣で、俺の傍で見てただろ！　一緒に居てくれただろうが！」

もうわたしという存在は何もかもが冷たい闇の中に消えたはずなのに。

「なのに……何もかもを諦めて、自分の命すら諦めようとしてるだと？　ふざけんな！」

熱が伝わってくる。わたしの鼓動を繋ぎ留めている。

「全部分かった気になって諦めるぐらいなら藻搔いてみせろ！　絶対に死なないって意志を見せてみろ！」

……むちゃくちゃなこと言ってるなぁ。アル様らしいといえば、らしいけど。

「俺はお前の命を絶対に諦めねぇぞ！　だからお前も諦めるな！　これは命令だ！　諦めて、俯いて、そんな状態のまま立ち止まることなんて、この俺が許さない！」

頬に落ちてくる雫。これは雨……じゃない。涙だ。

アル様が零している涙。……わたしのために、泣いてくれているんだ。

「やめ、て………くだ……さい……よ……」

やめて。そんなことしないで。そんなこと言われたら。

「死にたく……なくなっちゃう……じゃない……です、か……」

ここから助かる方法なんてない。

ルシルにわたしの元の身体を消されてしまった時から、それが分かっていた。

だから納得しようとしてたのに。分かった気になって、潔く、綺麗に終わりを迎えようとしてたのに。

「諦めた方が……楽なのに……生きたい、って……願っちゃう……じゃないですか……」

叶わない願いを願い続けるなんて、辛いだけなのに。

「だったら願え！　お前の願いを言え！　たとえどんな願いでも！　神様なんざ蹴っ飛ばして、俺が叶えてやる！」

無茶苦茶だ、そんなの。

「…………ない……」

でも……ああ、だめだ……。

「死にたく……ない……」

アル様のせいで、押し込めていたものが出てしまう。

「わたし……まだ……生きて……いたい……です……」

この冷たい闇から抜け出したいと。

叶わない願いを、望んでしまう。

「何も……諦めたく、ない……です……」

☆

「そんな願い、叶うわけないのに」

アルフレッドが必死にマキナを抱きしめる光景を、ルシルは冷めた眼差しで眺めていた。

その傍には、糸の切れた人形のようになってしまったシャルロットが、地面に膝をついて座り込んでいた。

「優しく看取《みと》ってあげればいいのに。早く楽にさせてあげればいいのに。叶わぬ願いを口にさせて、藻掻き苦しめだなんてまあ酷い。……あはっ。シャルロットさんも、そう思うでしょう？」

シャルロットは答えない。頬に伝った涙はとうに乾いており、開いた瞼からは焦点の定まらない瞳を覗かせているばかりだ。

彼女の心は既に砕け散っている。あとはマキナが完全に死ぬところをその眼に焼きつけ、取り返しのつかない喪失感と無力感を心に刻みつけることで、輝きを喰らい尽くすのみ。

「あなたには何もできませんよ。アルフレッドさん」

既に全ては終わっている。ここからの逆転劇などありえない。そんな余白は存在しない。

あとはもう、バッドエンドを書き記すだけだ。

「あぁ……嗚呼《ああ》！　見てくださいシャルロットさん。マキナさんが死にます！」

マキナの目から光が消えていく。命の光が徐々に消えていく。

「あはははははっ！　見てくださいシャルロットさん！　愛に抱かれて、愛に生きて！　マキナさんは死にます！　さぞ幸せでしょう！　思い人の腕の中で死ねるなんて！　まるで物語の美しき終わりのよう！」

冷たき身体でマキナは必死に手を伸ばす。最期の足掻《あが》きだ。無駄な抵抗だ。

「さようならマキナさん。あなたは良い、引き立て役の人形でしたよ」

ルシルは別れを告げる。役目を全うし、あと数秒もすれば命尽き果てる人形に。

「────叶えてやる」

しかし。黒髪の少年は、それを否と叫んだ。

「お前の死にたくないって願いを！　生きていたいって願いを！　諦めなくないって願いを！　俺が絶対に叶えてやる！」

ルシルが作り上げた筋書きを否定する。

「あはっ。あんなに必死に叫んじゃって……可哀そう。あなたには悲劇《これ》を止められる力なんてないのに」

何をしようとエンディングは変わらない。バッドエンドは止められない。

そんなご都合主義など、ルシルが紡ぐ物語には存在しない――はずだった。

「…………っ？」

その異変を、ルシルは見逃さなかった。

「なに……？」

冷たい死体を抱きしめる黒髪の悪役王子の身体から、光が漏れている。その光は輝きとなり、光輝と化して肥大化し、奇跡という概念を具現化したような光景を世界に刻み込む。

「あれは…………！」

全身を覆う魔力光。その光が何を示しているのか、ルシルはよく知っている。

「――『原典魔法』……！」

古《いにしえ》の人々は奇跡を欲した。故に魔力を制御し魔法を顕現させる杖《つえ》が作られ、より簡易的に、より多くの人々に奇跡を普及させたのが指輪による現代の魔法だ。

遥か過去の時代の魔法使い《プリミティブ》は指輪も杖も必要とせず、その身に宿る魔法を自在に行使していた。

それこそが『原典魔法』。限られた者にしか許されず、只人《ただびと》たちが渇望した奇跡。

アルフレッドが行使しているのは原典魔法《それ》だ。

全身から発せられる魔力光がその証。

本来なら、驚くべきことではない。

理由は彼の身に宿る『第六属性《エレヴォス》』の魔力にある。

そもそも『原典魔法』を宿すか否かは、魔力に含まれる特殊な『因子』に左右される。

この『因子』が一定を超えると『原典魔法』が肉体に宿り、心や想い、感情といった精神的な要因で『原典魔法』が目覚める。『因子』の量が多ければ多いほど『原典魔法』は強力になっていくが、同時に覚醒にはより強い心や感情が必要となる。

ルシルたちのような『六情の子供』でもない者に、ごく稀《まれ》に宿る漆黒の魔力。これは『原典魔法』を持つ者の中でも一際膨大な量の『因子』を保有したことで魔力が変質した結果だ。

つまり漆黒の魔力を持つ者は皆、生まれながらにして強力な『原典魔法』を宿している。

この事実は一般的には知られていない。正確には遥か古の時代から、少しずつ情報を抹消させてきた。今や王家の者でさえ知ることのない真実だ。

だからこそ黒の魔力を持つ者たちを虐《しいた》げさせた。差別意識を植えつけ、その特異性を人間たちの手で排除させせてきた。

アルフレッドが知る由もない。故にこれは意図的なものではない。

感情と魔力の高ぶりといくつかの偶然によって起きた奇跡だ。

「だけど今、ここで覚醒させた？　こんな……こんな都合の良いタイミングで!?」

驚くべきはタイミング。こんな絵に描《か》いたような状況《シチュエーション》で、その身に宿る魔法を覚醒させ、奇跡を起こした。

「いや……だから……だからどうした！」

マキナは死ぬ。これは変えようのない運命だ。

いくら黒の『原典魔法』といえども魔法は魔法。ただの魔法だ。仮にアルフレッドの『原典魔法』が回復魔法だったとしても、死体を救えやしない。

「たかが奇跡一つで、この運命は変えられない！」

ルシルの叫びなど知る由もなく、アルフレッドから発せられた輝きがマキナの身体を包み込む。

「…………っ……！」

予感にも似た恐怖を証明するかのように――マキナの身体の血色が徐々に赤みを帯びていく。

「――は？」

背筋が凍る。目の前の奇跡に、ルシルは戦慄を隠せない。

「マキナさんの魂が……王女の肉体に定着した……!?」

オルケストラの技術でさえ、魂を死体に定着させる技術は確立されていない。

だからこそかつての王は記憶の移植を目標としたのだ。

故にマキナの死は予測されていた。万が一、愛の奇跡が起こるかもしれないとは思ったが、それは起こらなかった。

なのに今、目の前で起きている現象は何だ。

「――ありえない！　あのオルケストラの技術でさえ成し遂げられなかった、魂の定着！　そんな奇跡、ありえるはずがない！」

だが現にその奇跡は実現している。そのありえない奇跡は目の前に現実として世界に刻み込まれている。

「こんな魔法が存在するわけがない！　都合の良い方に現実を捻《ね》じ曲《ま》げるような魔法、ありえるはずが――――」

その時、ルシルの頭を過《よぎ》る記憶が在った。

「――――いや。覚えがある。お母様は知っている」

遥かなる過去の時代。『夜の魔女』の前に立ちはだかった者たち。その中に、一人。

「運命を塗り潰し、悲劇を英雄譚《たん》に創り変えるという、ふざけた能力」

流れ込んでくるのは、母の苦い敗北の記憶と共に刻まれた、あの男の姿。

「レイユエール王国初代国王――――バーグ・レイユエールと同じ力！　かつて世界を救った最強の『原典魔法』か！」

☆

刃を振るう度に吐き出される膨大な氷の力。兜をつけた少女はそれに対し的確に漆黒の氷を放ち、威力を相殺――――否。ノエルの氷を食い破って防御と反撃を一度にこなしている。真っ向からぶつかって魔法が圧されたということは、まだノエルと兜の少女との間には力の差があるということを示している。

「マリエッタ、頼む！」

まだ自分と兜の少女との差は埋まっていない。

それを再度、確認したところでノエルは躊躇《ためら》いなく妹の名を呼んだ。

「あらあら。ここまで躊躇いなく助けを請うお兄様を拝めるとは。アルフレッド様に感謝しなければなりませんわね」

マリエッタはその魔力を用いて『王衣指輪《クロスリング》』の力を解放する。

「――遊びましょう、『ジャックフロスト』！」

光を反射して神秘的に輝く雪と氷が空を舞う。形無き氷雪はマリエッタの身体を包み込み、優雅さと気品を兼ね備えた氷のドレスを構築する。

マリエッタは自身の周りに浮かぶ、輝く氷雪のベールを優雅な手つきで操ると、それをノエルの身体にまとわせるように展開した。

「…………」

兜の少女はノエルの身体の周囲を浮かぶように展開された氷雪のベールを警戒したように動きが止まる。その隙を突くようにノエルは仕掛けた。漆黒の氷を振るうよりも先に、魔法を使って一直線に加速する。

いかに兜の少女といえどもこの一瞬の隙を突いた急加速を前に黒氷を出す暇はなかったらしい。

ノエルの一太刀を正面から、かつ冷静に受け止めてみせた。

「おぉぉおおおおおおおっ！」

ノエルの防御を捨てた捨て身の如き連撃に、兜の少女は徐々に圧されていく。しかし、だからといって、それで相手が崩れるとはノエルも思っていない。事実として兜の少女はノエルの捨て身のような攻撃にも冷静に対処している。

そう。この兜の少女は、驚くほど冷静かつ冷徹だ。まるで心なき機械であると錯覚してしまいそうになるほど。

それでもノエルは攻撃の手を緩めない。苛烈な連撃から、今度は隙の少ない速度重視の太刀筋を選んでコンパクトな攻めに転じる。すると、一撃、二撃と相手の鎧に刃が掠り始めた。

ノエルはイヴェルペ王国に伝わる伝統的な剣術を修めているが、リアトリスとの修練の中で様々な剣技を習得していった。それこそ、王道的な剣から傭兵《ようへい》たちが振るうような実践的かつ野蛮で泥臭い剣まで。必要となれば足技とて使う。

天才であるが故の手札の豊富さ。これこそがノエルの強みであり、リアトリスという最愛の婚約者からの贈り物だと思っている。

(奴は冷静にオレの剣を見切ってくる……ならば!)

見切られてしまう、ということはつまり、相手の中にこちらの攻撃パターンを刷り込めているということでもある。

頭に刷り込まれたパターンから外れた攻撃をランダムに繰り出すことで、敵の不意を突く。それがノエルの狙いであり、その狙いは見事にハマった。ノエルの刃は少しずつ、それでも確実に兜の少女に届きつつある。だがノエルの狙いは、その先にある。

「――――……!」

兜の少女は氷結の魔法を繰り出した。大気が凍てつき生まれた巨大な黒氷の刃が振り下ろされる。

わざとらしいほどの大振り。躱すことは容易いが、恐らくはそれが狙いだろう。回避によって生じる隙を利用して自分の体勢を整えようとしていることがノエルからも見え透いていた。

（…………ここだ！）

対するノエルは強引に身体を前に進ませ、刃を振るう。

回避など一切考えていない挙動。このまま激突すれば、後から剣を振るったノエルの胴が真っ二つになることは誰が見ても明白。

——————されど。その結果が現実のものとなることはなかった。

「…………！」

鮮血が舞い、凍てついて凍土と化した地面に滴り落ちる。

「浅かったか」

墜《お》ちた血はノエルのものではない。兜の少女の肩から零れたもの。

理由は単純。互いの刃が交錯した瞬間、神秘の輝きを放つ氷雪のベールが黒氷の巨大な剣を掻《か》き消《け》した。そしてノエルのカウンター気味に繰り出した一撃が兜の少女の肩に届いたのだ。

マリエッタがノエルにまとわせた氷雪のベール。

外見こそ美しく華奢だが、その実態は強固な鎧となりうる守りの力。

ましてや兜の少女が操るのは『第六属性《エレヴォス》』の魔力。相性で勝る『第五属性《エーテル》』の力ならば、防御性能も飛躍的に向上する。

「…………」

さしもの兜の少女も攻め手が止まるが――――それを見逃すほどノエルも甘くはない。

追撃のために踏み込み、此度《こたび》もまた刃を振るう。再び火花舞い散る剣戟が繰り広げられるが、今度は明らかに戦況の天秤《てんびん》はノエルの側に傾いていた。

万全の守りを得たノエルは攻撃だけに集中できる。

対して兜の少女は、攻撃と防御の両方に気を配らなければならない。

いかにノエルと兜の少女で力に差があれど、埋められない差ではない。

アルフレッドとの連携で勝ったように、マリエッタとの連携を得た今ならば、十二分に埋まる……否。凌駕《りょうが》できる程度の差だ。

「…………っ……！」

兜の少女は強引に魔力を漲《みなぎ》らせた刃を返すが、その攻撃の尽《ことごと》くは氷雪のベールに触れた途端、魔力が削がれて容易く弾《はじ》き飛《と》ばされた。

今の行動は恐らくベールの力を測るためのものだろう。少なくとも、ノエルの目から見て兜の少女は無意味で無駄な行動をとる戦士ではない。そして彼女は、この僅かな剣戟の間にベールの力を悟ったらしい。

大きく後ろに跳び、距離をとると、剣に膨大な量の魔力を込めはじめた。

「来るか……！」

漆黒の氷を使った大規模魔法攻撃。ベールの守りを突破するための一撃。

兜の少女が立てた目算は正しい。いかにマリエッタの『王衣指輪《クロスリング》』の力といえども、この攻撃は氷雪のベールで防ぎきれる規模ではない。

「マリエッタ！」

「解ってます！」

膨大な魔力が漆黒の氷となって剣に集約されているその瞬間。

対抗するように、氷雪のベールがノエルの刀身に巻きついていく。

「わたくしの『ジャックフロスト』は御覧の通り氷の力。受けた魔法を凍結させ、溶かし、わたくし自身の魔力へと変換することができます」

無論、無制限に凍結させることができるわけではない。

冷凍保存できる容量の上限が決まっており、その上限を少しでも越えれば保存していた分の攻撃やダメージは全てマリエッタに襲い掛かる。

見極めを誤れば自らの身をも滅ぼしかねないリスクを背負う力。それがマリエッタの契約した精霊『ジャックフロスト』の魔法だ。

「わたくしの魔力。お兄様の魔力。そしてあなたの魔力――――三倍返しですわ」

兜の少女から解き放たれた漆黒の氷が暴威となって襲い来る。

しかしノエルもまた、既に剣に魔力を集約させていた。

「『華吹雪《ブルムザード》・氷博解凍《フロストポット》』！」

マリエッタの魔法と合わさったノエルの氷雪と、漆黒の氷雪がぶつかり合った。

魔力の激しい衝突によって生じた冷気の波が広がり、その中心部から辺り一帯を瞬《まばた》きの間に凍土へと変えていく。

「……オレは弱い」

剣を握る手に力がこもる。

「一人で貴様を討つだけの力がなく、誰かの力を頼っている」

最愛の婚約者の仇《かたき》を討てぬ己が身を呪うように。

「だからこそ――今、お前に勝てる！」

復讐に身を焦がし、全てを擲《なげう》ったまま進んでいれば、ここまではたどり着けなかった。

「…………っ……」

魔力の激突。その果てが訪れる。

漆黒の氷をノエルとマリエッタの放った氷雪が凌駕し、兜の少女を飲み込んだ。

凍てつく魔力が兜の少女の全身を覆い尽くす。が、それも表面に被さっているだけに過ぎない。

一呼吸もすれば、ノエルがマリエッタと力を合わせることでようやく与えた表面の氷は砕け散ってしまうだろう。

「――っ……」

されど。一瞬の硬直。刹那の凍結。その一呼吸という隙は、イヴェルペ王国で天才と謳われた王子からすれば十分すぎた。あまりにも致命的な隙。一呼吸の間に剣が届く距離まで踏み込んでいたノエルと兜の少女の間を阻むものは、最早《もはや》何もない。

「…………！」

「遅い」

一閃。

下から振り上げた氷剣は確かに届き、鋼鉄の兜が吹雪に乗って宙を舞う。

「終わりだ」

硬直が解けた一瞬で躱されることは織り込み済み。兜という防具を削り、回避行動によって生じた更なる隙を突くことが真の狙い。確実に斃《たお》すための布石。そしてノエルは凍える刃を以て少女にトドメの一撃を繰り出し――――

「――――……っ……!?」

剣を振るう手が、止まった。

「……………君、は……」

ノエルの眼に映るは、光を吸い込んでしまいそうなほど真っ黒な髪と瞳。

露わになった貌は記憶の中に焼きついた愛しきひとそのもの。

「――――リアトリス……？」

兜の下から現れたその貌は、リアトリス・リリムベルそのものだった。

「なぜだ……なぜ、君が…………」

「……………」

兜の少女――――否。リアトリスは答えない。

凍えるように冷たく、心というものを感じさせない、人形のような少女。

これがリアトリスだと信じたくはなかった。だがノエルの頭が、心が、目の前にいる物言わぬ人形が如き少女は、紛れもないリアトリス・リリムベルだと告げている。

「生きて、いたのか……？　だが……なぜ……どうして……」

「…………」

「何か……言ってくれ……リアトリスッ！」

言葉が帰ってくることはなかった。リアトリスは剣で地面を切りつけながら漆黒の冷気を叩きつけ、ノエルを吹き飛ばす。咄嗟にマリエッタの氷雪のベールがダメージそのものを『凍結』させるが、リアトリスとの距離は大きく開いた。

「リアトリス！」

呼びかける声は届かない。リアトリスの目からは一切の感情が失《う》せていた。

快活さも。慈愛も。敵意も。憎しみさえも。何も、感じない。

「ああ、バレてしまったのか」

「「…………っ……！」」

破壊の轟音《ごうおん》が響く方向から、軽やかな身のこなしでこの場に着地してきたのは、ロレッタ・ガーランド。

「君たちのその顔……いいね。私の中に在る歓喜をくすぐる、良い顔をしている」

「どういうことだ……貴様！　リアトリスに何をした！　何を知っている！　答えろ！」

「脆《もろ》いね。氷雪の王子様。受け入れがたい現実に直面した時、都合よく眼が曇る」

「何が言いたい！」

「これだけ情報が揃って、まだ解らないのかい？　聡明《そうめい》な君の妹は既に答えにたどり着いているようだけれども」

ロレッタの言葉が事実であることを示すように、傍にいるマリエッタの顔は強張《こわば》っていた。

「リアトリス様は……『六情の子供』となったのですね？」

「正解。流石は雪国の妖精と謳われているだけのことはある」

ロレッタは歪んだ歓喜を貌に現しながら、瘴気に包まれた剣を弄ぶ。

「彼女は『哀しみ』を司りし者。『六情の子供』の一角を担う、私たちのカワイイ妹さ」

「だとしても、おかしいですわ！　ルーチェ王女から聞きました！　仮に夜の魔女の祝福を得て『六情の子供』になろうと、人格が変わるわけではないと言ったのはあなたでしょう！　リアトリス様が自らあなた方に力を貸すなどありえません！」

「そう。本来の彼女の性格は知っている。ルシルも予測していたよ。たとえその心が哀しみの雨に打たれ、満たされようと。その強く眩しく輝かしい意思を以て、私たちの家族になる道を絶つだろうと」

それがノエルの知るリアトリス・リリムベルという少女だ。

冷たきイヴェルペの国においても、太陽のように明るく温かい人。

「だから、余計な記憶を凍結させたんだ」

「…………凍結させた？」

「そう。私たち家族にとって必要なものだけを残し、それ以外の余計な記憶を全て凍結した。もはや彼女に自我はない。私たちの命令を忠実にこなすだけの物言わぬ空っぽの人形さ」

ロレッタの言葉が驚くほどハッキリと頭に入ってくる。

周りの音がクリアになって、聞きたくもない言葉だけが強引に刻まれる。

「彼女の中にはもう君たちと過ごした思い出なんてものはない。在るのは虚無。そして、理由《わけ》も分からぬ『哀しみ』だけ。私は勿体《もったい》ないと思ったんだけど、ルシルとしてはこの子を使って実験してみたいことがあるそうだ。それが何かは知らないけどね」

ロレッタは嬉しそうに笑い、どういうわけか拍手を送ってきた。

「この子が『六情の子供』だと分かった時、心配しただろう？　彼女は君たちを裏切っていたのではないか、と……真実は違う。彼女は既に全てを奪われていたんだ。死んだと思っていた人が生きている上に、裏切ったわけでもなかった――――おめでとう。君たちにとっては、実に喜ばしいことだろう？」

目の前が真っ暗になった最中に、拍手の音が虚《むな》しく響く。

「ふざけるなぁぁああああああッ！」

「いいね。素晴らしい怒りだ。私たち家族に、既に『怒り』の席がないことを嘆きたいほどに」

ノエルが踏み込むよりも先。何かを察知したロレッタが、軽やかな動きでその場から離れた。直後、第二王女の魔法が地面を粉砕する。

「…………あなたの相手はこのわたし」

「フフ……そうでしたね。喜ばしい出来事を見かけたものだから、つい気が逸れてしまった」

第二王女ソフィの乱入。怒りに震えるノエルをよそにロレッタは剣を構えて――――その構えを解いた。

「すまないね。どうやらお開きのようだ」

直後。ソフィとノエル、そしてマリエッタを牽制するように、漆黒の閃光が地を撫でた。

「ん……！」

「くっ……!?」

吹き上げる土煙の隙間から、ロレッタの周りに二つの人影が集まっているのが見えた。

一人はリアトリス。もう一人は――――ルシル。

「………っ!?　あれは……！」

真っ先に反応したのはマリエッタだった。

「シャルロット様!?」

大切に、慈しむようにルシルが両の腕で抱きかかえているシャルロットは意識を失っているらしい。命を奪われているわけではないことにはひとまず安堵する。

「貴様……！」

ノエルが踏み込むよりも先に響き渡る銃声。瘴気によって遮られたものの、叩き込まれた魔力の銃弾がルシルたちの消失を阻止した。

「ああ、来たんですね………」

ルシルの冷めた眼差し。向けた先には、強き意志と怒りを以て銃口を向けた少年が一人。

「…………アルフレッドさん」

☆

マキナをソフィに任せて駆け付けた俺の目に飛び込んできたのは、意識を失ったシャルを両腕で抱きかかえるルシルだった。咄嗟に牽制の銃撃を叩き込んだものの、覗かせた悪魔の少女の横顔は、別人のように冷めていた。

「シャルを離せ。今すぐに」

「お断りします。この人はわたしたちにとって必要なひとですから」

「そうかよ！」

元よりまともな答えが返ってくるとは思っていない。

『加速付与《アクセル》』の魔法を使って一気に距離を詰める。舶刀《カットラス》で斬りかかるモーションをフェイントに使い、本命の『大地鎖縛《バインド》』でまずはシャルを奪い返す！

「くだらない小細工」

地面から飛び出した漆黒の魔力が盾となり、俺の発動させた『大地鎖縛《バインド》』が遮られ、砕け散った。

「……やはり、まだ自由には扱えないようですね」

「自由に扱う？」

頭を過《よぎ》ったのは、先ほどマキナを救った謎の魔法。まだ何が起きたのか俺自身わかっていない。

ただマキナを救うことができたということだけは本能的に理解した、というだけだ。

「お前は何か知っているのか」

「ええ。知っていますとも。その忌々しい魔法を忘れるわけがない」

ルシルの眼に籠る憎しみ。その眼差しは、なぜかルシルではない別の誰かを思わせた。

「……あなたは危険ですね。お母様に会わせるわけにはいかない」

「だったら叩き潰してみるか？　今、ここで」

「本当に男の子って単純。そんなことをしなくても、もっと手っ取り早い方法がありますよ」

「…………っ!?」

ルシルが腕を振るうと、黒い魔力の粒が周囲にまき散らされ、その一つ一つが明滅するように爆《は》ぜ、俺たちは一切を寄せ付けぬ暴力的なまでの爆風に阻まれた。

「しまった！」

これはただの足止め。こちらに手傷を負わせることを目的としたものではない。

奴の狙いは――

「飛行船か！」

「気づくの遅いですね」

踏み出した時には、漆黒の閃光が飛行船めがけて放たれていた。

走っても届かない。魔法で加速しても遅い。『荒波大砲《ワイルドキャノン》』で軌道を逸らす……いや、それすらも間に合わな……！

「────破《は》ッ！」

誰もが間に合わないと確信したその時。

空から舞い降りた流星の如き何者かが、漆黒の光を殴り飛ばした。

「何ですの？　今……魔法を、殴り飛ばした？　素手で？」

その何者かが地面に落下すると同時に、大地を揺るがすほどの振動が辺り一帯を駆け巡る。

舞い上がる粉塵《ふんじん》の中から見えたシルエット。何より、先ほどの覇気ある声。

「奴らの援軍か!?」

「……違う」

この場に突如として現れた乱入者にノエルは警戒するが俺はあれが誰なのかを知っている。

「はっはっはっ！　事情も状況も何一つ解らんが、これだけは解るぞ！」

吹き荒ぶ風の中、その男は威風堂々と佇んでいた。

レオ兄《にい》やルチ姉《ねえ》、そしてここにいるソフィと同じプラチナブロンドの髪。その鍛え上げられた筋肉で形作られた屈強な肉体は、見るもの全てを圧倒し、あらゆる苦難、困難、逆境、危機など笑い飛ばす、豪快なる第二王子。

「オレの弟と妹が困っている！　それだけで、拳を振るうに値する！」

「ロベ兄《にい》！」

ロベルト・バーグ・レイユエール。

レイユエール王国の第二王子にして、俺の兄だ。

「第二王子か。あれは厄介だよ、ルシル。何せルーチェ以上に色々と規格外な男だからね」

「そのようですね。『霊装衣』すら纏わず、わたしの魔法を素手で弾くなんて……ふふっ。レオル君が嫉妬の炎に身を焦がすのも頷ける膂力《りょりょく》です」

ルシルは一瞥《いちべつ》して状況を分析すると、追撃の魔法を放つことなく構えを解いた。

「……第二王子まで乱入してきたとなると、飛行船を壊すのは難しそうですね」

「欲を出すべきではない、ということじゃないかな。本命のシャルロット嬢は回収したんだ。お母様も満足なされるだろうさ。何より……」

「……第二王子の乱入……これも書き換えられた運命の仕業であるならば、引き時でしょう」

「ふざけんな！　シャルを返しやがれ！」

「……ならば追ってくるがいい」

悍《おぞ》ましき瘴気に包まれ、ルシルたちは徐々に浮かび上がっていく。その先には、依然として空に君臨する機械仕掛けの王宮が在った。

「あの機械仕掛けの王宮は我らが手中に収めた。あれこそが我らの家。我らの母が帰る場所」

俺たちを見下ろすルシルの声はどこまでも冷たく、これまでのような人を嘲笑うような熱が消《き》え失《う》せていた。

「決着をつけようか、忌まわしき王族共。我ら『家族』の総力を以て、貴様らを滅ぼしてくれる」

届かない。どれだけ手を伸ばしても、天を昇ってゆくシャルに。手が、届かない。

まただ。俺はまた、肝心な時に大切な人に手が届かない。

「恐れよ。慄《おのの》け。ひれ伏し藻掻け。約束の時は、すぐそこだ」

こうやって離れていくところを見ていることしかできない。止められるだけの力がない。

俺は――――無力だ。

☆

「アルフレッドさんには力がある」

その空間には、光を喰らい尽くす漆黒が広がっていた。

「最強の『原典魔法』を手に入れた今、わたしたちにとって最大の脅威と言えるでしょう」

中央に在るのは玉座。ルシルに座らされたそこに、シャルロットは力なくもたれかかっていた。

「だからこそ――――あなたは解ってしまった。アルフレッドさんは、あなたを必要としていない。あなたなんていなくても、彼は自分の道を往《ゆ》く」

光を失っているシャルロットの目が微かに揺らいだ。その反応を見ただけで、ルシルにとっては十分だ。

「彼の隣に並ぶために必要なもの。圧倒的な力。あなたは、それが欲しいのでしょう？」

アルフレッドの『原典魔法』が覚醒したことも、マキナが生還したことも、全てルシルにとっては完全に予想外だった。気持ちとしては敗北を喫したと言ってもいい。

しかし。それがシャルロットの心を救うとは限らないということを、ルシルは知っている。

「わたしがあげます」

ルシルは玉座のシャルロットの前に跪いた。愛の熱に侵されたような瞳で、白い指を包み込む。

「あなたのほしいものは、わたしがあげます。だから願って。望んで。受け入れて」

シャルロットの指に、瘴気に包まれた闇の魔指輪《リング》がはめられた。シャルロットはそれを以前のように拒むことはしなかった。蛇のように甘く毒々しく這うルシルの指を受け入れていた。

「闇を光に反転させることが瘴気の浄化ならば、光を闇に反転させることもできるということ」

レオルから奪った『王衣指輪《クロスリング》』をもとに創り上げた指輪から、闇の力が泥のように溢れ、零れる。

「だからわたしたちは探していた。ずっとずっと。あなたを探していたんですよ、シャルロットさん」

シャルロットの中に眠る膨大な『第五属性《エーテル》』の魔力が裏返る。

「一目惚れ《ひとめぼ》でした。あなたの持つ無垢にして暴力的な輝きこそが供物に相応しいと」

裏返った光は泥のような闇となり、シャルロットの身体を包み込んだ。

脈打つ鼓動は穢れきった心臓のようでもあり、静かなる胎動はどす黒い繭のようでもあった。

「供物《くもつ》は伽藍洞《がらんどう》でなければならない。空っぽだからこそ、抵抗されることなく喰らうことができる。だからその心を砕きました。心を砕き、あなたを供物に仕立て上げるために」

ルシルは黒い泥の繭に手を振れる。愛おしむように。慈しむように。

「シャルロットさん。わたしはあなたに恋をしていた。その暴力的なまでの無垢なる輝きに、惹かれて、目が離せなかった。あなたの純粋な心を砕き、踏み躙り、闇に染めてしまいたいと、いつも恋焦がれていた。それが叶った……あぁ、なんて愛おしい……初恋が実るって、きっとこんな気持ちなんですね」

耳をあてて、心地よさそうに鼓動の旋律を享受するルシルの姿は、まるで揺りかごで眠る赤子のようでもあった。

「リアトリスさん」

ルシルに呼ばれると、兜を失ったリアトリスが音もなく現れた。

その姿は、命令のままに動く虚《うつ》ろな人形そのものだ。

「あなたには感謝してます。ただ記憶を凍結するだけでは供物たりえない。心を砕くことこそが重要であると……あなたという実験台を経て、ようやくそれが分かった」

労《ねぎら》うようなルシルの手に三つの闇が灯《とも》る。高密度の力の塊は、虚ろな炎のように揺らめいている。

「だからこれは、わたしからのプレゼントです」

心の底からの笑顔を見せながら、ルシルは三つの炎を宿した手をリアトリスの胸に深々と突き刺した。

「…………！　が、ぁ……！」

「かつて存在したお兄様の『怒り』、かつて存在したお姉様の『楽しみ』、そしてネネルの『憎しみ』。『六情の子供』のなり損ないどもから抜き取った、お母様の祝福です。既に必要な分は魔女の指輪に集めてますから……残りをあげます」

「が……ぎ……ぃい……ぁあああ…………！」

「大丈夫。あなたは『哀しみ』と司る者であると同時に、感情なき『虚無』でもある。わたしたちの愛しい実験体。お母様を復活させるための供物の失敗作にして、予期せずして生まれた『虚無』の人形。虚無《からっぽ》の人形だからこそ……『怒り』も『楽しみ』も『憎しみ』も、全てを受け入れることができる」

直接握り摑んだ心臓の艶《なま》めかしい感触を堪能しながら、ルシルの指が這い、炎をじっくりと揉《も》みこんでいく。その力はリアトリスの全身を巡り、そして馴染み始めた。

「ちょっと……いえ。いっそ死んだ方がマシな程度の苦痛ですけど。わたしのカワイイ妹なら……強いリアトリスさんなら、耐えられますよね？」

「いた、い……嫌《いや》、だ……ぁあ……痛い……痛いよぉ……ぁあ……いやぁだぁ！　ぁあああああああああああああああああああああっっっ！」

「ワガママ言っちゃやだーめ。ちょっとの我慢ですからねー」

口元に微笑を浮かべ、ワガママな妹を諭す姉のような口調で、ルシルはリアトリスの心臓を握り、力を塗り込んでいく。その度にリアトリスの口からは喉が張り裂けそうなほどの悲鳴が吐き出された。

「哀しいですねリアトリスさん。ノエル王子のことを愛すれば愛するほど、王位を継いでもおかしくはない彼の足を引っ張るためだけの婚約者という立場が、あなたの心に哀しみの雨を降らせていた。あなたはノエル王子を救ったのに、誰もあなたの哀しみを救ってはくれなかった。あなたの哀しみなんて、誰も気づくことはなかった」

ルシルは血で赤く染まった腕を引き抜くと、リアトリスは一人で立つことすらままならず、足元から崩れ落ちた。胸に空いた孔《あな》は噴き出した瘴気ですぐに塞がったことを確認すると、ルシルは優しく彼女を抱きしめる。

「よくがんばりましたね。もう大丈夫ですよ。わたしたち家族は、あなたの『哀しみ』を知っています。あなたを救ってあげますから」

「…………」

抱きしめられているリアトリスは何も答えない。意思も光もない、焦点も定まぬ虚ろな瞳は、ただ闇を映すばかりだ。そんなリアトリスを優しく包み込みつつも、ルシルは胎動する闇の繭を眺める。

「ええ、そうです。『約束の時』はすぐそこに。わたしたち家族はいつまでも、あなたを、その時を、待ち続けますから」

第四章

約束の時

第一王子のレオ兄《にぃ》は昔から努力家だった。

剣技にしたって、魔法にしたって、勉強にしたって、地道な努力を積み重ねてきた。苦手があったとしても、時間がかかっても、ひたすらに努力して潰していった。

苦手があること、弱点があることを恥と思っていたのかもしれない。

第一王女のルチ姉《ねぇ》や第二王女のソフィは天才肌だ。

その代わり苦手もハッキリとしているけれど（ルチ姉《ねぇ》の場合、本人は得意なつもりだが料理とか）、それでも自分の道を突き進むような姉であり妹だ。

ルチ姉《ねぇ》は苦手や弱点があっても、それすらも自分の個性として受け入れているところがある。それは他者に対しても同じであり、ソフィの場合は苦手や弱点があることを特に気にしていない。

そして、第二王子のロベ兄《にぃ》。

ロベ兄《にぃ》は努力家の天才肌とでも言うべきか。努力することを努力と思っていないなければ苦にも感じていない。そして己の才能というものに無自覚なところがある。

豪快で強引で、細かいことなど気にしない。理屈なんてお構いなし。ルチ姉《ねぇ》も感覚派だけど、それよりもずっと感覚的だ。

たとえば昔、こんなことがあった。

旅行に出かけた先で、俺たちはこっそり別荘を抜け出して森の中を探索する遊びに興じていた。先頭を進んでいたロベ兄《にい》とルチ姉《ねえ》は偶然にも洞窟を発見し、目を輝かせた二人は我先にと洞窟へと入っていった。後を追いかけて洞窟に入ると、奥には一人の男が倒れていた。

どうやらその男は冒険者のようで、依頼を受けてこの洞窟の調査をしていたらしい。

「子供？　ダメだ……！　ここから、にげろ…………ここには、魔物が……！」

俺たちを王族ではなく洞窟に迷い込んだどこかの子供だと勘違いしたのだろう。

逃げるように警告するが、遅かった。

暗い奥の闇から出てきたのは、この洞窟を巣にしていたであろう巨大な蛇の魔物だ。想定以上の力を持った魔物に、この冒険者の男は返り討ちにされてしまったのだろう。

しかしそれでも、その男はボロボロの身体に鞭打《むちう》って立ち上がり、俺たちを守ろうとして剣を構えた。

「こいつは俺がひきつける……だからお前たちは、はやく逃げろ……！」

この時のレオ兄《にい》は、たぶん頭の中で考えていたと思う。

俺や幼い妹の第二王女《ソフィ》を護るために逃げて、目の前の男を見捨てるか。

この時のルチ姉《ねえ》は、たぶん……というか、魔物を倒そうと考えていたと思う。

既にこの時には精霊と契約して『王衣指輪《クロスリング》』を使えるようになっていたし、元より魔法騎使《まほうきし》顔負けの強大な魔力を有していたし、自信もあっただろうから。

二人は目の前の『敵』に対する対処を考えていた。

だがロベ兄《にぃ》は――

「ふむ。勇ましいセリフだが震えているぞ？　もしや恐れているのか、冒険者よ！」

「――っ……！」

「はっはっはっ！　怖いなら怖いと吐き出せばいい！　逃げたいなら逃げたいと叫べばいい！　なに、それは恥ではない。生きたいという願いを持つことは至極当然！　至って必然！　ぶっちゃけて言えばオレとて怖い！」

ロベ兄《にぃ》だけは、目の前にいる冒険者を見ていた。

「あのねぇ、ロベルト。これからデカブツとやりあおうって時に、なーにビビらせちゃってるのよ。この人、なけなしの勇気と漢気を振り絞ってくれてんのよ？　気合を削ぐな、気合を」

「それもそうだな、すまん！　姉上！　……しかしまあ、この人は、醜態を晒してでも生きて帰ることを望んでいるのではないかと思うのだ！　家には妻と子供もいるだろうしな！」

実際にこの冒険者には妻と、ちょうど俺たちと同じぐらいの年頃の子供がいた。

妻と子供を残して死ぬわけにはいかなかったはずであり、ロベ兄《にぃ》の言葉は全ての真実を的確に射抜いていたのだ。

「…………っ！　が、ガキンチョ！　いっちょ前に気ぃ使ってんじゃねぇ！　子供を置いて逃げ出せるわけ、ねぇだろ……！　そんなことしたら、俺は子供に顔向けできねぇよ……！　それに、あの魔物はかなり危険な種類だ。間違っても外に出すわけにはいかねぇし、今ここで戦えるのは俺だけだ……だから……だから……！」

「うむ！　よくわからんが見事だ冒険者よ！　しかし、まあ、なんだ！　ビビっているなら逃げた方がいいと思うぞ！」

「おい、ロベルト。お前は今の話を聞いていたのか？」

「もちろん聞いていたぞ兄上！　だがごちゃごちゃと言われてもオレには分からん！　サッパリだ！　なにせ――――」

「バカだからね、あんた」

「うむ！　それだ！　流石は姉上だな！　はっはっはっ！」

「意味わかって言ってんの？」

「たぶんな！」

ロベ兄《にい》は端的に言ってかなり単純だ。というか、細かいことが苦手だ。

理屈なんてない。自分が感じたままに言葉を発して行動する。

「だが、要するにアレだろう？　とにかくあのデカブツを倒せばいいのだろう？」

「ま、そーだけどね」

「間違ってはないが、な……」

「はっはっはっ！　ならばよし！　倒してしまおう！　なに、オレたち兄弟が力を合わせれば成し遂げられる！」

結局、その後はみんなで協力して魔物を倒し、誰一人欠けることなく生還することに成功した。ちなみに親父《おやじ》にはしこたま怒られた。だけど結果的に言えば、犠牲など出すこともなく最良にして最善の結果を叩《たた》き出《だ》してみせたのだ。

ロベ兄《にい》は自分で自分のことを「バカ」だと断言してしまうことすらある。

しかし——ロベ兄《にい》はいつだって、その時の本質や正解を直感的に引き当ててしまうのだ。


——ルシルの襲来から数日が経っていた。

魔導飛行船を飛ばすための『高密度魔力結晶体《フィリアルディーバ》』も必要分だけチャージが完了し、あとは準備を整えて『オルケストラ』に乗り込むだけなのだが……勢いがあるとは言い難《がた》い状況だった。

兜の少女の正体がノエルの婚約者だったこと。更には共に過ごした思い出を全て消されてしまっていること。そして……シャルが奴らに連れ去られてしまった。目の前に居たのに、むざむざと連れ去られてしまった。

「はっはっはっ！　聞いたぞアルフレッド、兄上と喧嘩したようだな！」

「あー……まあ、な」

留学から帰ってきたロベ兄《にい》は、その足ですぐに駆けつけてくれたばかりだ。

現状を大まかに説明したものの、ここ数日は様々な準備や処理に追われて落ち着いて言葉を交わすことができなかった。……いや。正確には、俺が顔を合わせる気にならなかったんだ。あまりにも自分が情けなくて……ここ数日は俯いてばかりだった。

「元気にわんぱくにヤンチャにしていたようで、オレは嬉しいぞ！　兄上もお前も、家族に対してどこか壁のようなものを感じていたからな！　その壁を自らの拳で壊し合ったのは何よりだ！」

ばしばしと良い意味で遠慮なく背中を叩いてくるロベ兄《にい》。話しているとこっちの調子が崩れそうになるけど、こういう距離感の近さは嫌いじゃない。思えばロベ兄《にい》はいつも、俺が俯いてばかりになりそうだった時にやってきて、こうして豪快に笑ってたっけ。

「『土地神』の浄化という大役も見事にやりきったそうだな！　偉いぞ！」

「あ、ありがとな。つーか、やったのは俺じゃなくて……」

「分かってる分かってる！　シャルロット嬢や、皆と力を合わせて成し遂げたことだというのだろう？　よくやった！　皆、よくやったぞ！　はっはっはっ！」

この分かってるのか分かってないのか分からない不思議な感じ、久々だな。

「少し見ない間に大きく成長して、兄としても誇らしい！」

「成長、してんのかな……」

「む？　どういう意味だ？」

「…………俺は、いつも肝心な時に手が届かない」

あれからマキナは目を覚ましていない。ソフィの話だと、命に別状はないのでいずれは目を覚ますだろうとのことだ。本来ならマキナはあそこで死んでいたはずで、奇跡が起きたとしか考えられないと……何が起こったのか、俺自身よくわかっていない。確かなのはあれが『魔法』であったこと、ルシルが何か知っているらしいということぐらいだ。

「どんな魔法があったって……」

ベッドで静かに眠るマキナの姿を思い出しながら、俺は自分の空っぽの手のひらを見つめる。

「成長して力をつけたって、大切な人すら守れないんじゃ……なんの意味もないよな」

レオ兄《にい》も、マキナも、シャルも。

いつもいつもいつも。自分が強くなっても、俺は大切なものを取りこぼしてばかりだ。

「意味がないわけではないと思うぞ？」

「えっ？」

「確かにお前は大切な者を護れなかったのかもしれん。状況的には最悪に近いのかもしれん。しかしだ——まだ、全てが終わったわけではあるまい？　幸運なことに、オレたちには進むべき道がある。だがこの道も、力がなければ道半ばで果てるのみ。その時こそ本当の終わりだ」

「…………」

「そもそも力があったところで何もかも上手くいく保証などない。オレたちは人間だ。できることもあれば、できないこともある。……何より、お前に力があったからこそ、最悪の状況は免れ、救われた命があり、まだ進むべき道があるのだと思っているぞ」

ロベ兄《にい》の言葉を見計らったようなタイミングで、部屋の扉が勢いよく開け放たれ……否。蹴飛ばされた。

「いつまで俯いてんの！　このバカ弟！」

「いってぇ!?」

背後から容赦のないチョップが脳天に叩《たた》き落《お》とされた。

視界にちかちかと星が瞬いて、活を入れられたような痛みを感じながら振り向く。

「る、ルチ姉《ねえ》!?　まだ安静にしてなきゃいけないはずじゃ……」

「あたしを誰だと思ってるの。あんな傷もうとっくに治ったっての。まさに電撃復帰ってやつね」

「はっはっはっ！　流石は姉上だな！」

ロベ兄《にい》は笑い飛ばしているが数日で完治できるような傷じゃなかったはずだ。

確かにルチ姉《ねえ》の治癒力は人並み外れているが、それを差し引いてもまだ万全とは言い難い。こうやって平気そうに振る舞っているが、かなり無理をしていることは間違いないだろう。

「うだうだ悩んでないでさっさと顔を上げなさい！　それともここで何もかも諦めて、立ち止まるつもり？」

「…………」

「自分の無力さを嘆いて、立ち止まって、俯くままで終わるつもり？」

今は静かに眠っているマキナに、俺は言った。諦めるなと。その時の思いは変わっていない。

「……そんなわけないだろ」

マキナは諦めなかった。だったら今度は、俺の番だ。

たとえ何が起きても、自分が無力だったとしても――

「このまま終わりになんかさせるかよ」

――――諦めることだけはしない。

「あの機械仕掛けの王宮に乗り込んでシャルを取り戻す」

拳を握る。強く強く、握りしめる。

「レオ兄《にい》の腕を奪ったこと、マキナの心を踏み躙ったこと、シャルを連れ去ったこと。全部の借りをまとめて返してやる。……それが俺のやるべきことだ。止まるつもりはない」

「それがわかってんなら、いつまでもここにいないで、さっさと準備を済ませなさい。マキナちゃんだって、きっと似たようなことを言うはずよ」

「……だな」

落ち込んでる暇なんてない。無力を嘆いてる暇もない。

今の俺がやるべきことはそれじゃない。ルチ姉《ねえ》とロベ兄《にい》の言葉で、それを思い出せた。

「……ありがと、ルチ姉《ねえ》。ロベ兄《にい》。なんか、心の整理がついたわ」

「別に。あんたの腑抜けたツラなんざマキナちゃんも見たくないだろうなって思っただけよ」

「オレはお前の兄だからな！　弟の笑顔は、いつだって願っているとも！」

俺はルチ姉《ねえ》とロベ兄《にい》に礼を言いながら、自分にできることをするべく部屋を飛び出した。


「…………まったく。手間のかかる弟だわ」

「はっはっはっ！　姉上は相変わらず優しいな！　面倒見もいい！」

「別に。あいつの腑抜けたツラなんざマキナちゃんも見たくないだろうなって思っただけよ。……

それに、当分の間はこれが最後よ。姉として弟にお節介を焼くのはね」

☆

イヴェルペ王国でもその名を轟かせている『鋼の神童』が創り上げた魔導飛行船。

運び込まれたパーツはこの数日であっという間に組み上げられ、あとは最終点検の完了を待つのみであった。あと数時間もすれば飛行船は空に君臨する機械仕掛けの王宮に向かって飛び立つだろう。

「こんなところにいましたのね」

即席の組み立て場で飛行船を眺めていたノエルに声をかけたのは、マリエッタであった。

「準備は済みましたの？」

「…………」

マリエッタの問いに対し、ノエルは頷き返すことができなかった。そんな反応は予想の範疇《はんちゅう》だったのだろう。マリエッタは特に驚いた様子もない。

「やはり迷っているのですか。リアトリス様と戦うことを」

「…………っ……」

マリエッタの言葉は容赦なく、ノエル胸の内を穿つ。

リアトリスは死んだと思っていた。自分の世界を変えてくれたひと。何よりも大切で、愛しいひと。ノエルという人間の真ん中にいるひと。彼女を失った時は目の前が真っ暗になった。世界の全てから光が失せた。そんな暗闇の世界を、復讐という名の炎を灯して進んできた。それがノエルにとっての全てとなった。

そんなリアトリスが生きていた。だが、既に全ての思い出を消され、ノエルに刃を向けている。その上ノエルはこれまで復讐の対象として、殺意を込めた剣を向けていたのだ。兜で正体を隠していたとはいえ、殺意に塗れた刃をリアトリスに向け、傷つけていた。

混沌。混乱。様々な情報と現実と過去が、胸の内を嵐の如く吹き荒れている。

ノエルの胸の内にある闘志や戦意という名の一振りの剣。それを鍛えるための復讐という名の炎が、嵐によってかき消されようとしていることも感じていた。

「……なるほど。確かにあのルシルという方は、人の心を弄ぶのがお得意のようですわね」

マリエッタもまた感じているのだろう。

既に――――ノエルの中に在る戦うための意志が、折れかけているということを。

「最初から計算に入れていたのかもしれませんね。天才と謳われたお兄様の戦意を喪失させることができるように」

「……そうかもしれんな」

頭では理解できている。そして、その効果は絶大と言わざるを得ない。

「王族としての義務だの責務だの……そんなのは……嘘だ。オレはリアトリスの仇を討つために戦ってきた。復讐のためだけに戦ってきた。そしてこれからは未来に進むために戦う覚悟をした……」

それは、リアトリスという最愛の人を失ったという前提のこと。

「だが相手はリアトリスだ。オレがこの世でもっとも愛する女性だ。訓練でも模擬戦でもない実戦で、倒すべき敵として、彼女に刃を向けることなど…………オレにはできない」

「なら、刃を向けなければいいだけですわ」

「…………こんな時にふざけたことを言うな」

「ふざけたことを言っているのはアナタでしょう」

マリエッタの声が鋭く研ぎ澄まされる。氷を絶つ剣のように。

「復讐に目が曇り、心配する周りを顧みず戦い続け、その果てがこれですか。ふざけるのも大概になさい」

「…………そうだな。すまない」

「謝るなッ！」

烈火の如く跳ねたマリエッタの手がノエルの胸ぐらを掴み、そのまま組み立て場の壁に叩きつける。

「今更になって謝るな！　リアトリス様を失って哀しかったのがアナタだけだとでも!?　わたくしも、シスターも、教会の子供たちも、彼女のご両親も！　みんなみんな哀しかったんです！　悔しかったんです！　その気持ちすらも蔑《ないがし》ろにして、勝手に一人で突き進んでおいて！　今更になって謝るな！　勝手に諦めて、全てを終わりにするな！」

「マリエッタ…………」

妹の瞳は真っすぐに兄を捉え、逃げることを許さない。

「そもそもわたくしには理解できませんね。彼女は生きていた。死んでいるのではなく、生きていたんですよ？　死んだわけじゃない。だったら、アナタの腕の中に取り戻せばいいではないですか！」

「お前も聞いていただろう。もう、リアトリスの記憶は……」

「それがなんですか。消されたのなら、思い出させてあげればいいだけのこと。刃を向けたくないのなら、彼女の全てをその身で受け止めなさい。アナタとの記憶を思い出すまで」

「…………無茶苦茶だな」

「それでも――頑張りなさい」

あまりにもありふれた、凡庸な応援《エール》。マリエッタは胸の前で拳を作る。その内に眠る大切な思い出を握りしめるように。

「可能性も勝算も限りなく低いのかもしれません。ですが、ゼロとは限らない。ならば、賭ける価値はある。己が持つ手札の全てを使い、この分《ぶ》の悪い賭けに乗り、勝ってみせなさい。諦めてしまえば楽ですが、痛みが無いわけじゃないのですから」

全てを吐き出して気が済んだのか、マリエッタは摑んでいた胸ぐらを手放した。

「殿方の悪い癖ですわよ。小賢《こざか》しい理屈をこねるのも結構ですが、たまには心のままに動いてみなさいな」

「心のままに、か……」

目を閉じる。暗闇の中で己の心と向き合う。

ノエルは迷っていた。今この時まで、迷っていた――そう。迷っていたのだ。

戦うことはできない。だが、完全に諦めることもできずにいた。

以前の心を凍てつかせたノエルなら迷うことはなかっただろう。凍てついた心を動かすことなどできなかっただろう。だが今のノエルは違う。その心は迷いに揺れている。

最愛の人と戦う痛み。全てを諦めてしまう痛み。

そのどちらをとるか。考えたのは一瞬。ノエル自身でも驚くほど、一瞬で答えが出た。

「…………マリエッタ」

迷いに揺れていた心は今、定まった。

「ありがとう。お前のおかげで、分の悪い賭けに挑む覚悟ができた」

「まったく……手間のかかるお兄様ですこと。あまり妹の手を煩わせないでください」

「……これからは善処する」

正直、ノエルからすれば想像もしなかった。マリエッタがここまで深く踏み込んでくることなど。

だがそれはきっと、マリエッタが変わったのではなく、ただ自分が今まで色々なものを見落としてきただけなのだ。

今も復讐に目が曇っていた状態だったなら、もっと様々なものを見落としていたのかもしれない。妹の言葉も届かなかったかもしれない。未来を捨てていれば、この分の悪い賭けにも乗れなかったかもしれない。

「…………ありがとう」

その感謝は妹だけに向けたものではない。

自分の目の曇りを払い、未来を見る勇気をくれた黒髪の王子にも向けたものだった。

☆

「あら」

先んじて組み立て場を出たマリエッタが目にしたのは、ルーチェの姿だった。

「腑抜けの兄の尻を蹴飛ばしにきたのでしょうか？」

「そのつもりだったんだけどね。あたしの出番はなかったみたい。アホな弟だけで済んで手間が省けたわ」

「留学していた頃からそうでしたが、人の面倒を見るのがお好きですのね」

「そんなんじゃないわ。……昔、諦めたことがあってね。それの代わりっていうか……未練がましくしがみついてるだけっていうか……」

その諦めたこと、が何なのかをマリエッタは知らない。しかし、ルーチェの目は完全に諦めている者のそれではなかった。

「今も諦めているのですか？」

「…………やめにしたわ。だからこうして、最後にお節介焼きなお姉ちゃんをしてるのよ」

ルーチェの眼には決意と覚悟が漲っていた。

「諦めるのはやめにした。あたしはそれを伝えに、あそこに行く」

その眼が指し示す先。そこには、機械仕掛けの王宮が空に君臨していた。

☆

魔導飛行船の準備も終え、遂《つい》に『オルケストラ』へと出発することになった。

飛行船を動かす乗組員を除くと、実際にあの機械仕掛けの王宮に乗り込むのは俺、ルチ姉《ねえ》、ロベ兄《にい》、ソフィ、ノエル、マリエッタ王女の六人。残りは地上で待機だ。あそこが瘴気を操る『六情の子供』たちの拠点となっている以上、『第六属性《エレヴォス》』の魔力に対抗できる者しか戦力としてアテにはできない。

「ネネル、エリーヌ。マキナのこと、頼むな」

「ん。任せといて……って、あたしが言うのもヘンだけど」

マキナは今もなお眠りについている。様子を見てくれたソフィの話によると命に別状はなく、いずれ目を覚ますだろうということだ。ただ、肉体的にかなり疲労している状態なので、目を覚ましても安静にしている必要はあるらしい。

「クソガキ王子。こいつを持っていきな」

「これは……『王衣指輪《クロスリング》』？」

「以前《まえ》からシャルのために造ってたもんだ」

最高位の指輪である『王衣指輪《クロスリング》』は誰にでも作れるもんじゃない。

並の職人では魔法石を砕いてしまうことだってあり得る。だからこそ、わざわざ『宮廷彫金師』という役割を設けている。

「こんな高位の魔法石、一体どこで手に入れたんだ」

「……そいつは、ネトスの心臓だ」

その名は、かつてエリーヌと共に過ごし、全身が石と化してしまう『石華病』に侵され、命を落とした少女の名前だ。彼女の心臓は魔法石となって遺され……今、エリーヌの手によって『王衣指輪《クロスリング》』に生まれ変わったということか。

「シャルはあたしに大切なことを気づかせてくれた。ネトスの魔法石を託すとすれば、この子以外にはないと思った。……だから、それを必ずシャルに渡しな」

「……ああ。必ず渡す」

託されたものの重みを感じつつ、俺は指輪を仕舞う。

この重みが背中を押してくれているような気がして、エリーヌなりに俺を前に進ませようとしている、遠回しな気遣いを感じた。

今は沈黙している『オルケストラ』だが、ソフィの見解だと今はただ別の『何か』にリソースを割いているだけに過ぎない。もしもその『何か』を終えた場合、地上に対する何らかの攻撃がはじまってもおかしくはない。

だから俺たちの行動はスピード勝負となる。地上のことは残りの人員に任せるしかない。

「ロス。『影』を総動員してもいい。地上のことは任せた」

「承知しました」

「それと……マキナのこともな」

「……はい」

地上に何かあった場合、眠ったままのマキナは無防備だ。後のことはネネルやエリーヌ、俺の部下に託すしかない。

「…………」

見上げた先。青空の最中、機械仕掛けの王宮は不気味なほど静かに浮かんでいた。

「…………待ってろシャル。今、そっちに行く」

☆

魔導飛行船の旅路はあっさりとしたものだった。空に浮かび上がった後、何の妨害を受けることもなく、『オルケストラ』にたどり着いた。

「……拍子抜け。せっかく秘蔵の試作品を地上に置いて船を軽くした分、たくさん武器も用意してたのに」

「消耗もなく無事にたどり着けたならいいじゃねぇか」

「……そうだけど。空戦データ、とりたかった」

俺の言葉に同意はしつつ、ソフィはやや肩を落とし気味だ。

「はっはっはっ！　『夜の魔女』の本拠地に乗り込んでも尚、実験！　開発！　研究か！　我が妹ながらその貪欲さにはいつも驚かされるな！」

その貪欲さこそがソフィを神童たらしめているのかもしれない。いつだったか、レオ兄《にい》がソフィのことを『神童』ではなく『怪物』だと称していたこともあったっけ。

「その本拠地だけど……」

ルチ姉《ねえ》が送る視線の先。目の前には、怪物が口を大きく開けたかのような、巨大な入口。

そこから一本の廊下が、ひたすら奥へと続いている。

「……明らかに『こっちにいらっしゃい』って感じの道ね」

「まあ、少なくとも、迷子にはならなさそうですわね」

「普通なら罠《わな》を疑うがな」

警戒するのはもっともだ。しかし、ここが敵の本拠地である以上、どこから何が飛び出してきてもおかしくはない。今回はこちら側が完全にアウェーだ。

「……とはいえ、俺たちを直接排除するような罠は、ルシルなら使わないと思うけどな」

「ほう。アルフレッドよ、なぜそう言い切れる？」

「あいつは今まで、ずっと人の心を弄ぶような手段をとってきた。レオ兄《にい》の時も、ネネルの時も、マキナの時も。わざわざ手間暇かけて、他人の心で遊んできたやつだ。……だから、あいつが何か仕掛けているとすれば、こっちの心を揺さぶり、弄ぶための何かの可能性が高い」

「ふむ。なるほど。しかし、だとすれば尚のこと厄介だな。敵の出方が読めん」

「そうですわね。むしろ普通にわたくしたちを排除するだけなら、ある程度は予測もたつというものですが……」

「……どっちにしろ考えてる暇はなさそうよ」

恐ろしいほど統一の取れた……否。一切の乱れなく重なった無数の足音と共に、まったく同じ甲《かっ》冑《ちゅう》、まったく同じ体格、銀色の髪に、まったく同じ顔をした――――騎士の群れがどこからともなく現れ、あっという間に、入口を背にしている俺たちを包囲した。

「全員同じ顔……こいつら、もしかして……！」

「……人造人間《ホムンクルス》。やっぱり、『オルケストラ』の権限はルシルに掌握されてる」

「素晴らしいご慧眼《けいがん》です。小さなお嬢さん」

と、ソフィを称賛したのは騎士の群れの中心に立つ、黄金を溶かしてカタチにしたような髪を持った騎士だった。……周りの奴らの髪は銀色だが、こいつだけ違う。

「この『オルケストラ』の権限は『マキナ・オルケストラ』王女から、ルシル様へと移行しました。よって、ルシル様の命令に従い、あなた方を排除させていただきます」

金色の髪をした騎士の命令を受け、残りの銀髪騎士たちが一斉に剣を抜いた。

「はっはっはっ！　ここはオレが残ろう！　アルフレッド、皆を連れて奥へと行け！」

「ロベ兄《にい》？」

「ここで戦力を無駄に消耗させるわけにはいくまい！　多勢を相手にし、この入口を死守する戦いならば、この中で最も頑丈なオレが適任でもある！　何より……他の者は、ここで決着をつけねばならん相手がいるのだろう？」

「…………っ！」

ルチ姉《ねえ》はロレッタさんと。ノエルたちは自分の婚約者と。

そして俺は……ルシルからシャルを取り戻すために。

「オレとて王族であると同時に、武人の端くれだ。決着をつけるべき相手と、己が手で決着をつけたいという気持ちは理解もできる。そうした運命に挑む心の拳が、此度の戦いには不可欠だろうよ」

俺たちを背に前に踏み出すロベ兄《にい》。

その大きな背中は、迫る無数の騎士たちの姿を完全に覆い隠し、俺たちの視界から消し去っていた。

「……ロベルト。そいつらを電撃的に蹴散らして、さっさと追いつきなさいよね」

「はっはっはっ！　姉上からの命令ともなれば、きかないわけにはいかないな！」

相手の数は十や二十どころではない。本当に数えきれないぐらいに並んでいて、それをこの入口を死守しながら一人で相手取ることが無謀であることは明白。しかし、そんな窮地を前にして、ロベ兄《にい》は豪快に笑い、恐怖など欠片ほども見せることはなかった。

「――――ロベ兄《にい》、ありがとう！」

「うむ！」

自らここに残り、騎士の大群と戦うことを選んだロベ兄《にい》の覚悟に水を差す者はいなかった。俺たちは決して振り返ることなく、ただ前だけを見据えて……ひたすら奥に続く廊下を走ることを選んだ。

☆

アルフレッドたちの気配が徐々に遠ざかっていくことを確認しながら、ロベルトは目の前の敵に集中する。いくらこちらが警戒していたとはいえ、アルフレッドたちが奥へと進むまで手を出さなかったのは恐らく、ルシルからそういう類の命令が下されていたからだろうと、ロベルトは推測した。敵は最初からここにロベルトが残ることは想定していた……否。そうなるように、こうして駒を配置したのだろう。

ルシルの思惑は見え透いていた。解っていて乗った。

小賢しく邪悪な思惑を正面から打ち砕くのが、ロベルト・バーグ・レイユエールの生き方だ。

「さて！　金髪の騎士よ！　見たところ、貴様が指揮官か！」

「肯定します」

「オレはロベルト・バーグ・レイユエール！　貴様の名を聞こう！」

「個体名称は与えられておりません。製造ナンバーはCT-7110です」

「しーてぃー……はっはっはっ！　一気に覚えるのは難しいな！　できれば紙か何かに書いておいてくれると助かるのだが！」

「なぜでしょう？」

「オレは決めているからな！」

ロベルトは拳を握り、全身から溢れんばかりの魔力を漲らせ、肉体を活性化させる。

「この拳で叩き潰した相手の名前を、心に刻むと！」

☆

王宮の中は不気味なほどに静まり返っている。先ほどの人造人間《ホムンクルス》の騎士のような兵が襲い掛かってくる気配もない。

内部の構造が分からない以上、ある程度の探索が必要かもしれないと思っていたが……奥から感じる恐ろしく冷たい気配が、俺たちに進むべき道を示していた。

「……にぃに」

道中を急いでいると、ある曲道で突然ソフィが立ち止まった。

「……わたし、ここからは別行動をとるね」

「何か理由があるんだな？」

ソフィはこくりと頷き、冷たい気配とは異なる道へと視線を移す。

「……こっちの道に制御室があるはず。わたしはそっちに行って、この機械仕掛けの王宮を掌握できるか試してみる」

「制御室がそちらの道に？　そんなことがどうして分かりましたの？」

「……この王宮の設計者や製造者の癖はもう把握した。あとは地上にいた時に観察した外観と、ここに来るまでの内部構造からの推測。ほぼ間違いない」

「たったそれだけの情報で……驚きましたわ。さすがはソフィ様ですわね」

ソフィの技術方面の才能はずば抜けている。こういう時は本当に頼もしい。

「……今はまだ沈黙してるけど、地上への攻撃手段はあるはず。最低限、それだけでも封じておかないと」

「ああ。この中で一番その役割に向いているのはお前だ、ソフィ。悪いけど頼むな」

ソフィの頭に手を乗せて撫でてやる。可愛い妹は気持ち良さそうに目を細めながら、噛《か》み締《し》めるように頷いた。

「……うん。にぃにたちも気をつけて」

ソフィと別れ、俺たちは先を急ぐ。邪悪で冷たい気配に沿って進んでいくと、大きな広間にたどり着いた。闘技場を思わせる、周囲を頑強な壁で覆われた円形の大広間。華やかな舞踏会を開くこともできるであろうその空間には、余計なものは一切置かれていない。そして中心には、剣を携えた一人の女性が佇んでいた。

「やあ。待っていたよ」

「…………ロレッタ」

その人物を見て、ルチ姉《ねえ》の眼差しが、刃が如き鋭さに変わる。

「王の間へはここから一本道だ。どうぞ、通っていくがいい」

「へぇ。随分と親切なのね。愛しのお母様とやらを裏切る気にでもなった？」

「まさか。ルシルから言われているからね。客人はお通しするようにと。ただし……通っていいのは、三人だけだ」

今、この場に残っているのは俺、ルチ姉《ねえ》、ノエル、マリエッタ王女の四人。

つまり誰か一人はこの場に残る必要があるということであり、ルシルは俺たちがここで四人になることを予測していたということでもある。

「……予想通りってわけ」

「そうみたいだね。今頃、ソフィ様も人形と遊んでいるはずだよ」

☆

「…………！」

制御室へと進んでいたソフィ。だが技術者としての直感が、進む足を止めた。

その三秒後。進行方向の床から無数の魔法陣が浮かび上がり、機械仕掛けのゴーレムが次々とその巨軀《きょく》を顕現させていく。前だけではない。背後からも魔法陣が輝いたかと思うと、ゴーレムの軍団がその姿を現す。

「…………罠」

退路は断たれた。包囲は完了した。ソフィは完全に孤立させられた。

この場所にピンポイントで罠が仕掛けられていたということは、ルシルはソフィが単独で制御室に向かうことを予測していたということだ。

「…………構わない。予想通り」

されどソフィにとっても、そんなトラブルは予測の内。

ロベルトを分断した駒の配置を見た時点で、ルシルがソフィを分断させるつもりだったことは、こちらとて読んでいた。

「全部壊して、解体して、にぃににたくさん褒めてもらう」

☆

ソフィの魔力の波が激しくなった。恐らく戦闘が始まったのだろうということを、ルーチェは感じていた。

「本来ゴーレム程度じゃ彼女の足止めにもならないだろうけどね。配備されたゴーレムの数は全部で五十八万九千六十三体。百や二百倒したところで、また次のゴーレムが魔法陣から顕現する。一人で捌《さば》ける物量じゃあない。君たちの妹の命は諦めた方が賢明かもしれないね」

「そうやってあたしたちを絶望させて、『喜び』たいってわけ?」

「流石はルーチェ。私の考えなんてお見通しかな」

「そんなんじゃない。あんたが大して落胆もしてないからよ」

身体から抑えきれなかった雷の魔力が迸る。そして背中で身構えているアルフレッドたちの方を一切見ることもなく、視線はロレッタというかつての親友にだけ注ぐ。

「アルフレッド、ノエル、マリエッタ。あんたたちは先に行きなさい。あたしはここで、このバカと決着《ケリ》をつける」

元からそのつもりだった。そのために、ルーチェは遥々《はるばる》この空飛ぶ機械仕掛けの王宮にまで来た。

「……分かった。ルチ姉《ねえ》、負けるなよ」

「生意気言ってないで、さっさと行きなさい」

アルフレッドたちはロレッタの隣を横切り、奥の通路へと消えていく。その背中が見えなくなるまで見送った後、ルーチェはあらためて目の前に居る敵へと意識を集中させる。

「すんなり通してくれるのね。てっきり背中から刺すもんだと思って身構えて損しちゃったわ」

「傷つくな。私がそんなことをするとでも？」

「違うの？」

「違うとも。背中から刺したら、絶望に歪む顔が見えないじゃないか」

「………………そう」

「私たちは分かり合っていたと思っていたのだけれど」

「そうね。あたしも、そう思ってた」

分からなかった。ルーチェはもう、目の前に居る親友だった者のことが、何一つとして分からなくなっていた。

きっと最初から、分かっていなかったのかもしれない。親友のことなど、何一つ。

「ルーチェ。君はもう、私と分かり合ってはくれないのかい？」

「ロレッタ。あたしはもう、あんたと分かり合うことはできない」

今、互いの道は完全に分かたれた。

「そうか。ならば、決着をつけよう」

ロレッタの身体から漆黒の風が吹き荒ぶ。力の奔流は渦巻く疾風となり、剣を染める。

「前回は手負いの君に合わせて使わなかったけれど、今回は使わせてもらうよ。私の『混沌指輪《カオスリング》』を」

ネネルの時とは桁違いの瘴気がロレッタの指輪から溢れ出していた。

間違いなく全力。殺意のこもった魔力。されど、その佇まいや構えはどこまでも、ルーチェの知るロレッタ・ガーランドそのものだ。

「君も使ってくれるよね？　『王衣指輪《クロスリング》』」

「……安心なさい。言われなくても、全力で戦う」

ルーチェの身体から迸る金色の魔力が雷となって、この場を覆い尽くす邪悪な風を焼き尽くしていく。

「あたしの持つ全ての力を使ってあんたを殺してあげる。『ロレッタ・ガーランド』の、親友だった人間として」

「それは喜ばしい」

拮抗《きっこう》する紫電《しでん》と漆黒の風。二つの力は鬩《せめ》ぎ合い、削り合い、相手の命を引き裂くための牙を振るい合っていた。しかし、それすら所詮は前哨戦《ぜんしょうせん》。幕を開ける死闘の前座。

「雷を従えろ――――『ゼウス』！」

「病める風を齎《もたら》せ――――『風魔王《パズズ》』！」

解放され、膨れ上がった魔力が激突する。

死闘は今まさに、幕を上げた。

☆

ルーチェが死闘を開始した一方で、ノエルたちもまた次なる敵との遭遇を果たしていた。

「やはり君か」

「…………………」

ノエルたちの前に立ちはだかったのは『兜の少女』――――否。

リアトリス・リリムベル。

「アルフレッド」

「分かってる」

彼女はノエルが決着をつけるべき相手。戦うべき相手。それを理解している異国の友人は軽く拳を突き出した。

「必ず取り返せ」

「お前もな」

突き出された拳に、己の拳を軽く合わせる。

それ以上の言葉はいらない。互いにやるべきことは分かっている。そして予想の通り、リアトリスはアルフレッドだけを通した。

「……まったく。殿方同士でお熱いこと」

「お前のことも頼りにしている」

「付け足したような言葉をどうも」

アルフレッドが奥へと進んだ後、それがスイッチになったかのように、リアトリスから瘴気が立ち昇った。

「……………リアトリス。オレたちは君と戦いにきたわけじゃない」

ノエル。そしてマリエッタもまた、応戦するように魔力を展開する。

「君を取り返しにきた」

既に覚悟は決めている。分の悪い賭けだとしても、決して諦めない覚悟を。

「だから君も覚悟しろ。オレの腕に抱かれる覚悟をな」

☆

「お待ちしていましたよ。アルフレッドさん」

ノエル、マリエッタ王女、ルチ姉《ねえ》、ソフィ、ロベ兄《にい》。

みんながそれぞれの役割を担い、それぞれの相手と決着をつけるべく別れ、一人となった俺がたどり着いた広間。そこに待ち構えていたのは、予想した通りの人物だった。

「…………っ！」

どういうつもりか今も尚、学園の制服に身を包んだ悪魔の女。

ここにたどり着くまで、俺はルシルを視界に入れたら、一気に切りかかるつもりだった。何をしてくるか分からない相手だ。弄した策を使われる前に先手を叩き込むつもりだった。

「……おいテメェ。説明しろ」

だが、ここに来るまでに感じていた気配。その根源であろうソレを目にした瞬間に、俺の身体はその場に縫い付けられたように動けなくなった。

「そいつは一体、なんだ」

吸い込まれる夜のような漆黒の球体。

重苦しい鼓動を刻みながら鎮座しているソレは、どす黒い繭を思わせる。

「大切な人ですよ」

「人？　冗談言うな。化け物を育ててるようにしか見えねぇぞ」

「まぁ酷い。言ったじゃないですか。大切な人だって」

表面が泥のようなもので覆われている漆黒の繭をルシルは愛おしそうに撫でる。

「この中に入ってるのは、わたしにとって大切な人。そして……あなたにとっても大切な人なんですよ？」

「…………！」

この悪魔の女は告げている。

繭の中に囚われているのはシャルなのだと。

「…………ああ、そうかよ」

アレが何なのか分からない。だが、根源的恐怖に縫い付けられていた身体はもう万全に動く。体内を駆け巡る怒りが、四肢の戒めを完全に粉砕してくれた。

「だったら話は簡単だ」

ルシル相手に出し惜しみするつもりはない。最初から『アルセーヌ』と『昇華《リミテイジング》』を発動させ、一気に最大戦力を解放する。

「さっさとお前をぶっ潰して、その妙な繭もぶっ壊して、シャルを助け出す！」

「その必要はありませんよ」

繭に、亀裂が入る。

「あなたはわたしと戦う必要はない」

亀裂は広がり、漆黒の繭がひび割れ――――

「あなたと戦うのは、わたしではない」

――――爆ぜる。

「あなたと戦うのは、わたしたちのお母様」

舞い散る欠片。崩れ落ちる殻。漆黒の泥の中心から、一人の少女が目を覚ます。

「ひれ伏せ人間。伏して拝み、今こそ万雷の喝采を捧げよ。我らの絶対なる母――夜の魔女に！」

黒い泥から漆黒の髪が解かれ、夜色のドレスに包まれた肢体が起き上がる。

その闇の瞳からは輝きが失せ、見慣れた貌は別人のように冷たく虚ろな感覚を抱かせる。

まるで別人。異なる誰か。けれど容姿は俺の知る婚約者そのもの。

「シャルじゃない…………」

彼女はシャルだ。少なくとも黒く染まった髪と目を除けば見た目は、その身体は。紛れもない、俺の知るシャルロット・メルセンヌそのものだ。だけど違う。物理的な証拠も根拠も挙げることはできないが、俺の心が、本能が、訴えかけている。

「お前は、シャルじゃない……誰だ……!?」

「だから言ったじゃないですか。わたしたちのお母様。夜の魔女だって」

夜の魔女。その名は、この世界における厄災そのもの。今も尚、世界に爪痕を残す呪いそのもの。かつての王族たちが倒したはずの存在であり、のちの王族たちが何代もかけて戦い続けてきた『ラグメント』を生み出した根源。

ルシルは目の前にいる少女を、そうだと言う。

混乱している俺をよそに、ルシルは恭しくシャルへと頭を下げる。

「おはようございます、お母様」

「…………ああ。おはよう、ルシル」

「…………っ！」

違う。

今、ルシルから『夜の魔女』と呼ばれた少女から発せられた声は、間違いなくシャルの声だった。聞き間違えるはずがない。違うはずがない。なのに、違う。こいつはシャルじゃないという事実だけを、より色濃くしていくだけだ。

「いかがですか？　身体の調子は」

「悪くない。いや。悪くないどころか……」

少女は自分の身体の調子を確かめるように手のひらを見つめると、虫を握り潰すような動作で指を畳む。

「素晴らしい。お前が話してくれた通りの素材だ。流石は我が娘。愛しい我が子」

「ふふっ。喜んでくれて何よりです。お母様のために、たくさん頑張りましたから」

「そうだな。お前はこの母のために、よく働いてくれた」

慈愛に満ちた微笑みを零しながら、少女は全てを受け入れるべく、両手を広げる。

「おいで、ルシル」

「……お母様っ！」

そしてその胸の中にルシルは躊躇いなく飛び込み、抱き着いた。少女もまた、懐に我が子を抱きしめる。

「お母様、お母様、お母様っ！　嗚呼《ああ》、ずっと会いたかった……こうしたかった……！　この目で見、この耳で聞き、この手で触れ、あなたを直《じか》に抱きしめたかった……！」

「ああ。これから幾らでもそうするといい。わたしたち家族には、悠久の時間があるのだから」

その声はとても穏やかで、目の前の娘に対する愛に満ちていた。

「そうか……これが『愛』か。そうか。そうか。わたしはもう、目覚めに喜ぶことができる。愚者に怒ることも、喪失に哀しむことも、蹂躙を楽しむことも、奴らを憎むことも、家族を愛することもできるのだな」

「ええ、そうです。お母様はもう人間です。お母様がなりたくてたまらなかった、愚かな人間です」

「これが喜びか。ああ、分かるぞ…………ん？」

ルシルを抱きしめるその少女の視線が、冷たい瞳が、俺の姿を捉えた。

「…………ルシル。あそこにいる人間は、何だ？」

「アルフレッドさんですよ。取り込んだシャルさんの記憶を覗けばすぐに出てくると思います」

「ああ、確かに出てきた。そうか。この身体の元となった少女の『婚約者』という存在だったか。そういえばお前が話してくれていたな。すまない。失念していた」

シャルと同じ顔をした少女は抱擁を終えると、俺に向かって微笑みかける。

「――――はじめまして」

「…………っ！」

目の前にいる少女は、シャルと同じ顔で、シャルと同じ声で、「はじめまして」と言った。

何の変哲もないただの挨拶。それが、胃の中に高熱の鉛となって落ちてくる。

「挨拶……は、まずこちらから名乗るのが礼儀だったな？　わたしは『夜の魔女』と呼ばれている。お前たち人間がつけてくれた名だ。あまり私の知る『名前』らしくはないが、これでも気に入っているぞ」

喋れば喋るほど、言葉を重ねるほど、目の前に居る少女がどんどん『シャル』から遠ざかっていくような気がする。それが怖い。たまらなく、どうしようもなく、怖い。恐ろしい。

「…………ルシルよ。なぜ、アルフレッドは名乗ってくれない？　自己紹介とは互いにするものではなかったか？」

「ふふっ。アルフレッドさんも混乱してるんですよ。だって、自分の婚約者がいきなりお母様に……『夜の魔女』になったんですから」

「なぜ混乱する？」

「だってアルフレッドさんは、シャルさんのことを愛してますから」

「そうか……相手は王族。憎むべき相手ではあるが……今のわたしならば分かるぞ。愛する者を失う哀しみが」

目を伏せ、痛ましいと言わんばかりの顔をしながら、そして俺に哀れみを向けながら、『夜の魔女』を名乗る少女は告げる。

「アルフレッドよ。申し訳ないが、お前の婚約者が帰ってくることはない」

「どういう、意味だ……！」

「言葉通りだ。『シャルロット』という人間は、私が喰らった」

「…………っ！」

「元より私は、喰らう現象。瘴気が動物を喰らい、情報を咀嚼《そしゃく》し、咀嚼した情報を基に欠片《ラグメント》を吐き出している。例えば蜥蜴《とかげ》がいたとしよう。瘴気は蜥蜴を喰らい、蜥蜴の情報を咀嚼し、蜥蜴を元にした『ラグメント』を吐き出す。これと同じだ。瘴気を以てシャルロットという人間を喰らい、情報を咀嚼し、その情報を基に、こうしてこのカタチを獲得したまでのこと」

喰われた？　つまり目の前にいるのは、ただシャルの形をしただけの……瘴気の、塊……？

「ルシルが作ってくれたこの指輪は光を闇に反転させる。お前たちの言葉で言うところの浄化の魔法だ。これによりシャルロットの『第五属性《エーテル》』の魔力を全て瘴気に反転させ、そのまま喰らった。まぁ、その前に心を砕き、抵抗力を失くす必要があるのだがな。……つまり。私がこうなる前から、シャルロットという人間の心は既に砕けていた。だったら別に構わないだろう？」

目の前が真っ暗になった。闇に染まり、足元が消え去ってしまったかのようで。

「私も哀しいが、仕方がないことだ。お前の婚約者はもう諦めてくれ」

諦める。諦めるしか、ないのか。

「――――諦めるかよ」

否だ。その選択肢だけは、もう選ばないと決めている。

「方法は分からねぇ。見当もつかねぇ。それでも決めたんだ。シャルと約束したんだ。俺はもう二度と諦めないってな」

振るう刃。その切っ先を、目の前の魔女へと向ける。

「必ずシャルを取り戻す」

「何度も言わせるな、アルフレッド」

漆黒の指輪から溢れ出した濃い瘴気が形作った杖を、夜の魔女は摑《つか》み取《と》る。

「諦めろ」

第五章　それぞれの決戦

Heroic Tale of Villainous Prince

「破《は》ッ！」

ロベルトが拳を振るうだけで、発生した衝撃波が周囲の騎士を薙《な》ぎ払《はら》う。

恐るべきはアレは魔法ではなく元の膂力に練りこんだ魔力を乗せているだけ。つまり、魔法とすらいえないただの力技だという点だ。事実、ロベルトの右拳には指輪がつけられてすらいない。

金髪の人造人間《ホムンクルス》、CT-7110はその冷静な眼差しで、豪快かつ情熱的な男の戦いを観察する。

「さて、これで粗方の騎士は片付けたか。残るはお前だけだな！　金髪の騎士よ！」

「そのようですね」

「はっはっはっ！　追い詰められた割には冷静だな！」

「否定します」

騎士は言葉を否定する。少なくとも現状で、ロベルトの言葉に肯定する要素はなかった。

「ほう？　何か策でもあるのか？」

「前提が違います。そもそも私は、追い詰められてなどいません」

騎士は己の内部に刻まれた魔法を発動させる。

戦闘用の人造人間《ホムンクルス》は指輪を必要としない。彼らの肉体には、オルケストラで開発された魔法石が埋め込まれている。

「……ふむ。盾か」

その手に顕現されたのは、ロベルトが零した通り、盾。

マキナ・オルケストラを守護する騎士、CT-7110専用に開発された防御用の魔道具。

「面白い！　その盾、砕いてみせよう！」

魔力を練りこんだ拳。他の騎士たちを諸共《もろとも》に吹き飛ばしてきた一撃を――

「…………！」

――鋼鉄の盾は、容易く受け止めた。

『模倣《ニア》・災除楯《イージス》』

「恐ろしいほど何も響かぬな！　ここまで堅い盾ははじめてだが……しかし！」

この盾を前にして、ロベルトは一歩も引かない。

それどころか更に拳を握りしめ、更なる魔力を右腕に注《つ》ぎ込む。

「これならば……どうだぁ！」

先ほどとは明らかに桁違いの魔力と膂力。紛れもない本気の一撃であることは明白。

当たれば致命的などとは言うまでもない。掠《さら》っただけでもかなりのダメージだろう。

たとえるなら流星。宙《ソラ》より降る岩石が如き拳。

「――なに……!?」

鋼鉄の盾は流星を飲み干すように、全ての一撃を無に変えた。

「まったく響かん……オレの拳、衝撃。手応えすらもないとは！」

「あなたの攻撃は全て遮断可能と判断しました。『火炎魔法槍《スパイラル》』」

「ぐおっ!?」

至近距離で炎の槍を叩き込む。無論、至近距離での攻撃は自分をも巻き込む諸刃《もろは》の剣《つるぎ》。特に火属性の魔法は爆炎が発生する。しかし、この『模倣・災除楯《ニア イージス》』はそれすらも無効化する。

対し、至近距離で『火炎魔法槍《スパイラル》』を叩き込まれたロベルトはその巨体が吹き飛び、地面に転がった。

「……あなたを排除します」

炎に包まれた巨体に近づこうと一歩、足を踏み出したその時。

「はっはっはっ！　今のは効いたぞ！」

爆炎を振り払い、最中からロベルトが悠々とした足取りで姿を現した。

「驚きました。今のを喰らって、まだ立っていられるとは」

「身体の頑丈さには自信がある！」

比喩でも冗談でもないのだろう。第二王子ロベルト。圧倒的な膂力を生み出す彼の肉体は、明らかに突出している。

「しかし、こちらも驚いたぞ！　その盾、まさかオレと同じ力で受け止めてくるとは！」

「…………！」

ＣＴ－７１１０が装備する『模倣《ニア》・災除楯《イージス》』。

この盾が持つ機能は至極単純。

敵の攻撃を受ける瞬間、盾の表面に相手の攻撃力と同じ量の魔力を放出し、攻撃を相殺させるというものだ。

百の攻撃力なら、百の魔力を。千の攻撃力なら、千の魔力を。

同じ量だけぶつけ、相殺し、完全な虚無《ゼロ》へと変える。

たとえそれがどのような属性であろうと、絶対の破壊力を持つものであろうと、必殺の一撃であろうと、ありとあらゆる性質の攻撃・魔法を防ぐ。

ロベルトの攻撃とて同じこと。仮にこれが絶対的な硬度を持つ盾であったとすれば、いずれ強度の限界が訪れ、砕かれていただろう。しかしこの盾は砕けない。彼の攻撃は無《ゼロ》になる。無《ゼロ》の拳で盾が傷つくことはない。

「感服いたしました。これほど早く見切られるとは」

「見切る、か。少し違うな」

「違うとは？」

「オレは拳を突き合わせれば、たいていのことは見えてくる。たとえそれが剣であろうと盾であろうと、拳越しに感じることができる。しかし……お前の盾から感じるものは、まるで鏡を見ているような感覚だった。オレの力に対し、ただ同じ力で応えるだけだとな」

「あなたは感覚的なものが優れているのですね」

「はっはっはっ！　感覚派だとよく言われる！　……ところで、金髪の騎士よ！」

「なんでしょう」

「見ての通り、オレは頑丈だ！　故に遠慮することはない！　お前の持つ本音、本心を、オレにぶつけてくるがいい！　全て受け止めてやるぞ！」

「…………意味を理解しかねます」

ロベルトの突然の言葉に反応が遅れた。彼の言葉に、なぜか身体が硬直する。

「私はただの、空っぽの人造人間《にんぎょう》に過ぎません」

「ほう。お前には、お前というものがないと？」

「肯定します」

「嘘をつくな」

なぜか己の胸に剣を突き立てられたような錯覚を抱く。

なぜ、という言葉が騎士の頭の中をノイズの嵐となって吹き荒ぶ。

「言ったはずだ。拳を突き合わせれば、たいていのことは見えてくると」

「……何を仰《おっしゃ》りたいのでしょう？」

「お前は、己の在り方に揺れている」

「何を根拠に。拳とやらで何が分かるのでしょうか」

「本当に空っぽの人間は、己を空っぽの人造人間《にんぎょう》とは表現しない」

「────っ」

ただの感覚派。奥底での侮りから、足元をすくわれた。

「……攪乱《かくらん》のつもりですか？」

「はっはっはっ！　オレはバカだからな！　頭を使った作戦はめっぽう苦手だ！」

しかし、とロベルトは拳を握る。

「オレは後悔している！　兄上から感じていた壁、苦悩。それがあると分かっていながら、オレはその壁を砕くことをしなかった！　頭の悪いオレでは力になれぬと、悪戯《いたずら》に兄上の心を傷つけてしまうだけだと逃げた！　そして兄上は暴走し、腕を失ったと聞いて、死ぬほど後悔した！　そして決めたのだ！　もう二度と己の頭の悪さを言い訳に、逃げることはしないと！　お前のように苦悩する者あらば、力になるとな！」

「私は苦悩しません」

「はっはっはっ！　お前も中々に頑固だな！　だがオレも頑固だぞ！」

ロベルトは唯一、装備している指輪を輝かせる。

金色の魔力が指輪を通じ、弾けるように世界に響き渡る。

「始まりを告げよ！　『ポリュデウケス』！」

王族が持つ高位指輪。契約した精霊の力を引き出し、その身に纏う『王衣指輪《クロスリング》』。現在確認されているものの多くは武器を使用するタイプだったが、ロベルトの手にそれらしい武具は顕現していない。

「オレの武器はこの拳！　この身体！　そしてここは、オレたちの闘技場《リング》となった！」

騎士の心の内を読んだかのように叫ぶロベルト。

彼は肉弾戦を仕掛けてくることは間違いではないのだろうが、ルシルからもたらされた情報によれば、彼の『王衣指輪《クロスリング》』の力はこれだけではない。

事実、既に周囲一帯の空間が歪み、この場一体が異なる摂理に支配されたことを知覚する。

背中にチリチリと伝わってくる魔力の壁。魔法で作られた空間に閉じ込められた。

「魔法空間を構築し、敵諸共《もろとも》に己を閉じ込める。あなたが入口を死守するべく単身で残ったことも領けます。足止めに適した魔法ですね」

「うむ！　入口を明け渡すわけにもいかんからな！　何よりこれで、存分にお前と殴り合える！」

「構いません。私がルシル様から下された真の命令もまた、あなたをここに足止めすることですから」

「はっはっはっ！　違うな！　言っただろう！　お前と殴り合える、と！」

このロベルトという男はとことんまで殴り合うつもりだ。盾を構え、防御に徹するスタンスを崩すつもりだ。

（……ありえない）

己は人形だ。空っぽの人造人間《ホムンクルス》だ。

命令こそが絶対で、命令とあらば仕える主すら容易く変わるだけの人形。

「いくぞ！」

「…………！」

掛け声の直後、間髪容《い》れずに拳が盾を叩く。元の規格外の膂力に『王衣指輪《クロスリング》』の魔法が合わさり、先ほどまでとは比べものにならない速く重い一撃。しかし、強化された肉体を持つ戦闘タイプの人造人間《ホムンクルス》による眼と反応速度が防御を完璧に合わせる。

「まだまだぁ！」

拳の雨、否。拳の流星群とも称するべき連撃が襲い来るが、名も無き金髪の騎士は全てを盾で防ぎきる。拳の一発に対して寸分も違《たが》わぬほど均一の魔力をぶつけ、威力を相殺する。

「無駄です。あなたに私は砕けない」

「無駄だ！　お前にオレは止められない！」

先ほどのように『火炎魔法槍《スパイラル》』のような攻撃魔法を繰り出せるだけの余裕はない。しかし、防御に徹すれば止められないわけはない。

「はっはっはっ！　やはり伝わってくるぞ！　オレの拳に！　お前の盾から、お前の苦悩が！」

「戯言《たわごと》を」

「お前は自分の騎士としての在り方に苦悩している！」

盾の防御魔法を維持するための魔力は潤沢。

戦闘タイプの人造人間《ホムンクルス》は魔力量を増やすための機能を仕込まれている。

「現在《いま》の主に仕える己に対し、怒りを抱いている！」

「…………っ！」

「そう……怒りだ！　少しずつ分かってきたぞ！　貴様の苦悩に込められた心は、怒りなのだな！

金髪の騎士よ！」

ロベルトの言葉などただの攪乱。こちらを動揺させるためのもの。

そう理解しようとしても、言葉の拳は盾をすり抜け心を穿つ。

戦闘タイプ人造人間《ホムンクルス》CT‐7110。

彼はマキナ・オルケストラを守護するために造られた。彼女の盾となるべくして造られた。

盾となるために必要な情報の取集として、休眠状態であっても、活動中の『マキナ・オルケストラ』からは常に情報が送られてくる。彼女が過ごした月日。日々。日常。彼女の想いも、何もかもが、情報となって送られていた。

マキナ・オルケストラ。自分と同じ空っぽの人造人間《にんぎょう》。

だがCT‐7110は共に視《み》ていた。彼女が人間となっていく姿を、その軌跡を。

人造人間《にんぎょう》という枠組みから外れ、心を育んでいく日々を。

護りたいと思った。予《あらかじ》め組み込まれた命令ではなく。一人の騎士として、この主に仕え、護ることができる時を夢見ていた。

――――夢から覚めた時、そこに居たのは育んだ心を弄ばれた主だった。

権限を書き換えられ、自分はマキナ・オルケストラの心を砕いた女に仕えることになった。

当然のように従った自分に腹が立った。そう。怒りだ。コレは、怒りなのだ。

マキナ・オルケストラの心を弄んだ悪魔の女への怒り。そんな悪魔へと容易く仕える人形である自分への怒り。人造人間《ホムンクルス》である自分への怒り。

「違う！」

そんなものを抱いてはならない。自分は人造人間《ホムンクルス》なのだから。忠実に、命令だけに従っていればいい。

「違わん！」

咆哮が如き叫び。打たれた拳に、盾が圧された。攻撃に対する魔力の均衡が崩れたのだ。

「怒りがあるなら叫べ！　解き放て！　曝《さら》け出《だ》せ！　今ならオレが受け止めてやる！」

「私は……空っぽの、人造人間《にんぎょう》だ……！」

「その割に先ほどからよく喋る！」

均衡の崩壊が止まらない。相手の攻撃力に対し、こちらの魔力が下回っている。

「空っぽの人造人間《にんぎょう》だと？　それが真実であるならば、言葉が溢れることはない！　貴様には言いたいことがあるのだろう？　心に秘めたことがあるのだろう？　そうでなければ、言葉が零れるものか！」

「……………！　しかし、私は……！」

「苦悩し、怒り、心を壊すぐらいならば、人造人間《にんぎょう》であることなどやめてしまえ！」

盾の魔力が乱れる。拳が常に護りを超える。言葉の拳が、心に満ちる。

「なぜだ……なぜ、あなたはここまで……！」

「お前はきっと、善いやつだからな！」

「…………っ!?」

「かつての主を思い、悪《あ》しきに逆らおうと苦悩するお前は、きっと善いやつだ！　善いやつならば助けねばな！」

それだけ。たったそれだけの理由で、ここまで堂々とぶつかってくるのか。

「あなたは今、世界を賭けた戦いの最中のはずだ」

「そうだ！」

「夜の魔女。王家の宿敵。最も優先すべき敵がいるはずだ」

「そうだ！」

「あなたはきっと、全力を出さずとも私を倒して先に進めたはずだ」

「そうだ！」

「そして私は、あなたの敵だ」

「そうだ！」

「なのに――善いやつだから助ける。たったそれだけの理由で、わざわざ消耗してまで、私に手を差し伸べるというのか？」

「そうだ！」

言い切った。迷いもなく。

「それがオレの目指す、王としての在り方だからな！」

「は…………」

思わず笑いが漏れた。嘲笑ではない。あまりにもバカバカしくて、その真っすぐさに心からの笑みが零れたのだ。

（ああ、羨ましい）

ここまで真っすぐに心を発露できる目の前の男が。

羨ましいと、思ってしまった。

情けないと、思ってしまった。

この期《ご》に及んで命令に逆らえず人形である自分が。

「私は盾だ。盾は逆らうことはない。怒りを抱くことはない。私は盾だ。私が盾である限り、この苦悩と怒りを押し込め、盾に徹する。それが私という人造人間《ホムンクルス》に与えられた使命です」

「やはり頑固だな、お前は！」

「自分ではどうしようもないのです。あなたの言う通り、私はルシルに怒りを抱いている。人形である自分に怒りを抱いている。ですが人造人間《ホムンクルス》とは、そういうものなのです。権限という鎖。命令という呪縛。そうであれと命じられれば、そうであるしかない。マキナ様はイレギュラー。私は彼女のように、自由にはなれない」

「ならば砕く！　その盾を！　その戒めを！」

恐らくこれが最後の激突。ロベルトの拳に漲る金色の魔力が、渾身の破壊力となって迫る。

「そしてオレが命じよう！　お前は今この時、この瞬間から！　このオレが認めた戦士であり、人間《ヒト》だ！　オレがそう決めた！」

全身に輝きを纏い直進するロベルト。その姿はまさに流星。宙《ソラ》を走る光。

「騎士よ！　オレの命令に従い、自由となれ！」

繰り出される拳は盾を砕き、騎士の心を貫き穿つ。

そして感じた。目の前のロベルトという男に惹かれたこと。憧憬《しょうけい》という名の拳が、ルシルからの命令を跡形もなく粉砕したことを。

☆

「『鳴神《なるかみ》』！」

「全身に高密度の雷の魔力を纏う高位の強化魔法……本気ということか。君と分かり合えないのは残念だよ、ルーチェ」

「どの口が……！」

風魔王《パズズ》と告げられた『混沌指輪《カオスリング》』の力をまとったロレッタの姿は、最早あたしの知るものじゃない。背中に広がる四枚の翼も。獅子《しし》や蛇を思わせる衣をまとった姿も。何もかも。それなのに、ロレッタの顔も、振るう剣も、全てあたしの知るロレッタそのものだ。

「本当さ。その証拠に、私は今も君のことを親友だと思っている。分かり合えないと分かった今でもね」

なのに……ああ、くそっ。分かりたくないのに分かってしまう。

ロレッタは心の底からそう思っている。何の嘘も欺瞞《ぎまん》もない。

あたしの知るロレッタ・ガーランドと何一つ変わっていない。

「あたしの中にいた親友は、もういない！　もう死んだ！」

たぶんいなかったのかもしれない。あたしの親友であるロレッタ・ガーランドなんて少女は、最初から存在していなかったのかもしれない。

それが苦しい。哀しい。どうしようもなく胸がしめつけられる。痛くて苦しい。声が枯れてしまうまで泣き叫びたいほどに。

「『万雷』！」

泣き叫ぶ代わりに、あたしは手から雷の雨をぶん投げた。

一つ一つの雷が、鋼鉄すらも灰にする火力と威力を備えている。だがロレッタはそんな雷の雨を涼しい顔をしながら躱してみせた。学生時代、独自に作り上げ、研磨したステップ。放課後になると二人で技を磨き合った。あれもその共に磨き合った技の一つだ。

「相も変わらず凄い迫力だ。『ゼウス』――――君が契約することに成功した最高位精霊。その身に宿した規格外の魔力の結晶。まさに君の才能そのもの」

ロレッタは独自のステップを駆使し、雷の雨の中をすり抜けるようにして接近してくる。

剣に纏ったのは瘴気の風。あたしは腕に雷をまといながらその刃を受け止める。

「攻防一体の雷も相変わらずか。……あぁ、ルーチェ。君は眩しいよ。本当に。輝く君は、本当に美しい」

雷と風。交わる魔力を幾度もぶつけ合い、鍔迫《つばぜ》り合《あ》い――――こうしていると、どうしてもロレッタと共に鍛錬した日々が頭を過《よぎ》る。

どうして頭を過るの。そんな記憶、思い出、今は邪魔でしかないのに。

「でもね。どれだけ輝こうと、どれだけ雷を纏おうと、最強の精霊を従えようと……君自身はただの人間だ」

「…………っ⁉」

がくん、と。あたしの身体は、突如として膝から崩れ落ちた。

「かっ……ぁ…………？」

苦しい。呼吸《いき》が上手くできない。苦しい。痛くて、苦しい。

「かはっ……はぁっ……はぁっ……！」

全身から力が抜けていく。身体が熱い。汗が滝のように流れ落ちていく。

まるで風邪でもひいたみたいな寒気もして、徐々に脱力感や疲労感も重くなっていく。頭も痛い。吐き気もこみあげてくる。

毒を盛られた？　いや、仮に刃に毒が塗られてたとして、ロレッタの剣には掠りもしていない。全て雷で防いでいる。だとすれば魔法？　あいつの攻撃は一撃も当たっていない。設置型の魔法を踏んだ覚えもない。だとすれば……。

「風、か……！」

「正解だ」

地面に膝をついたあたしを見下ろしながら、ロレッタは学園で見せた時と同じように笑ってみせた。

「この風は病を運ぶ。たとえ直撃はしていなくとも、君は風に乗って運ばれた病を、十二分に肺に取り込んだ。それが私の『混沌指輪《カオスリング》』……『風魔王《パズズ》』の力」

「…………っ！」

身体に纏った雷が弱々しく明滅を繰り返し、そして消えた。

あたしの契約したゼウスは最強の精霊と言ってもいい。でもそれを操るあたしはただの人間。病に侵されてしまうような、ただの人間なのだと。ロレッタは、そう言いたかったのだろう。

「ふふっ……」

「なに、を……嬉《うれ》……し……そう、に……！」

「嬉しいさ。これが喜ばずにいられるものか」

ロレッタは優雅に片膝をつくとあたしの顎に指を添えて、強引に目線を合わせさせる。

その眼は心の底からの喜びに満ち、染まっていた。

「あのね、ルーチェ。私もよく考えてみたんだ。私にとっての喜びとは何なのか。なぜ、他人の未来を奪うと嬉しいのか。なぜ、君の歪んだ顔を想うだけでこんなにも喜びを抱けるのか」

簡単なことだった、とロレッタはどこか色気すら感じさせる笑顔のまま告げる。

「私はね。元から他人の不幸に喜びを感じる人間だったんだ」

「なん、ですって……？」

「うん。驚くほど平凡な理由だろう？　でも、色々考えてみたんだけど、やっぱりこれが一番しっくりくる理由だった。君が誰かを見下す側だとすれば、私はただ見上げる側だ。見上げてばかりだとね、悔しいし、寂しいし、惨めになる。見上げた先にいる者が妬ましくなって、破滅を願うようになる。それって自然なことじゃないかな？」

「…………っ……」

「君は私を異常だと思っているようだけれど、私はそうは思わない。むしろ普通のことだよ。たとえば、莫大《ばくだい》な富を持つ権力者がいたとしよう。その権力者が幸せであることに喜びを見出《みいだ》す庶民など、居たとしても一握り。ほとんどの人間は妬み、恨み、僻《ひが》むだけ。だけど、もしその権力者が地位も名誉も富も、全てを失ったとしたら。そういう時の大衆はね——喜ぶんだよ。ざまぁみろ、ってね」

　ロレッタの言葉を否定することができなかった。

　喜び。その感情が、ただ善いことだけではないことは、理解できる。

「大衆は、他人の不幸を喜ぶ。それが権力者だったり、上位の者であればなおのことね。それと同じさ。夢を一方的に絶たれた私の傍に、同じく夢を絶たれた者が転がり落ちてくれると、たまらなく嬉しい。だから、他人の未来を奪ってやると嬉しくなるんだ。こういうの、なんていうのかな。他人の不幸は蜜の味？」

「だから、って…………誰か、の……不幸を……作り、だし、て……いいわけ、が、ない……！」

「そうかな？　うーん、やはりこの辺りの考え方は合わないね。私からすれば君の方が異常だよ」

「なん、ですって……？」

「君は常に周りにいる人の幸福を願っているよね。自分の一番の夢は諦めてしまったくせに、他人だよ。それは」

が最善を掴むためなら全力を尽くす。……いやほんと、素晴らしいよ。でもね、やっぱり異常なんだよ。それは」

こうして話している間にもどんどん体が重くなっていく。

全身に回る熱。思考も徐々に乱れて、意識も遠ざかりつつある。

「一番欲しいものは手に入らなかったが、それ以外は全部いただく？　誰かが幸せなら自分も幸せ？　この戯言を聞いた時はね、私は心をかき乱されたよ！　その時は分からなかったが、今なら分かる！　私が君に抱き続けてきたこの感情は――――殺意だ！　この戯言を吐く女の全てをこの手で否定し、苦痛に歪ませ、殺してやりたいという衝動！」

「…………っ！」

「一番欲しいものが手に入らなくても平気でいられるのは、君が恵まれているからだ！　大勢の人間はね、自分が幸せだから幸せなんだ！　私もそうだ。一番欲しいものが欲しいんだ！」

ルーチェの手があたしの首を捕らえた。握る力は徐々に強くなり、喉を圧迫していく。

「ねぇ、ルーチェ。苦しいかい？　地べたに転がって、こうして見上げることしかできないのは、とても苦しいだろう？　それが私の感じていた苦しみだよ。あんなクズみたいな父親の下に生まれて、ずっとずっと抱いていた苦しみだ。一番大切なものを掴めなくても生きていけるような、恵まれた君には一生理解できないものだ」

「かっ……くっ……！」

「最期に教えてあげるよルーチェ。喜びというのはね、他人の不幸を貪って生まれるものだ。暗くて、深くて、どす黒いものだ！　それこそが真の喜びだ！」

意識が遠のいていく最中、心の底からの喜びに塗れた笑い声だけが聞こえてくる。

「嗚呼《ああ》、ずっとずっとこうしたかった！　幸せそうな君の全てを否定して、君をこの手で殺してやりたかった！　ついにそれが叶うんだ！　実に喜ばしい！」

……あぁ、そっか。これがロレッタの本音なんだ。

今、ここで見たこと聞いたこと。全部、あたしの知ってるロレッタの顔で話してた。

お昼休みにご飯を食べている時みたいに。

技や魔法について意見を交わしてた時みたいに。

休みの日にケーキの店でお喋《しゃべ》りしてる時みたいに。

その時と同じ顔で、口で、あたしを殺せることが嬉しいって、言ってる。

「さようなら、恵まれた異常者！」

何も変わっていない。変貌していない。だから、これは……ずっと前から、あたしと一緒にいた時から感じていたこと。思っていたこと――本音なんだ。

「…………なる、かみ……！」

「ぐっ!?」

気力を振り絞って発動した魔法。発した雷に弾かれ、ロレッタの手が解ける。

圧迫されていた喉が解き放たれ、肺が空気を貪り始めた。

「げほっ、がはっ……かはぁっ……はぁっ……はぁっ……はぁっ……！」

「……っ！　まだ『鳴神』を出せるだけの力が残っていたとはね。けど、君の身体は病に侵されきっている。今更、強化魔法ではどうにもならないよ」

あたしを警戒したのか、ロレッタは剣から大量の瘴気の風を生み出した。

病を齎す死の風は瞬く間に部屋中に満ち、逃げ場の一切を蹂躙する。

「君が最強の精霊を従えようと、規格外の魔力を持とうと、最後の力を振り絞ろうと！　所詮は脆弱な人間だ！　この病に抗えはしない！」

ロレッタが出して見せたこの瘴気の風は、言うなれば致死量の猛毒だ。

ただの人間なら、一息吸い込んだだけで死に至るほどの。

「はははははははははははははははっ！」

こうして黙って突っ立っているだけでも、あたしの中には大量の病める風が入り込んでくる。人間にとって呼吸とは止められるものではないのだから。

「ははは、は…………」

笑い声が、止んだ。

「…………なぜだ」

瘴気の病める風で包まれた闇の中でも、向こうはあたしのことが見えるらしい。

「なぜ、君はまだ生きている……！」

「…………なんでだと思う？」

「ふざけるな！　普通の人間なら、とっくに――――！」

「そうね。普通の人間なら、とっくに死んでるかもね」

でも現に、あたしも、ロレッタも、まだ立っている。

「今のあたしは、普通の人間じゃない」

「なんだと？」

ロレッタはあたしの言葉に眉を顰《ひそ》めるが、すぐにその答えにたどり着いた。

「……なるほど。先ほど発動した『鳴神《なるかみ》』か。あれは強化魔法の一種。身体を強化することで、病に対する抵抗を強化した。しかし無意味だ。そんなものは時間稼ぎにしか――」

「違う」

だけどその答えは、とんだ見当違いだ。

「さっき発動したのは『鳴神《なるかみ》』じゃなくて――『成神《なるかみ》』。『神』に『成』る魔法よ」

「神に成る魔法だと？　ただの傲慢な物言いだろう！」

ロレッタは踏み込み、暴威の風を纏う剣を突き出したが、その切っ先は何も捕らえはしない。

「消え…………がぁっ!?」

驚愕の表情に成っている間に、あたしはもうロレッタの懐に飛び込み、拳を叩き込んでいた。

「いま、の……感触は……精霊……!?　ルーチエ、まさか、君は……!?」

一撃喰らって気づいたらしい。そこは流石と言わざるを得ない。

「そう。『成神《なるかみ》』は精霊と一体化する魔法。つまり今のあたしは、精霊《ゼウス》そのもの。『人』を侵す病が、『神』に効きやしない」

そもそも『王衣指輪《クロスリング》』とは精霊の力を『纏う』魔法。

あたしの『成神《なるかみ》』は更にその先――――精霊との『融合』を果たす。

アルフレッドやレオルたちみたいに、『王衣指輪《クロスリング》』使用後は顕現する武器が、あたしにはないのもそのため。あたしの場合は、この身体、全身、存在そのものが武器になるからだ。

「そんな魔法が、あったとはね……！　知らなかったよ」

「留学してる間に身に着けた魔法だから。あんたが知らないのも無理ないわ」

本当は、使いたくなかった。

「本当は使いたくなかったんだけどね。魔力の消耗が激しすぎる上に、使った後は全身が痺れて三日間はまともに戦えなくなるから」

あんた相手に、使いたくなかった。あんたと戦うために身に着けた魔法じゃなかったのに。

「『万雷』」

精霊状態で放つ万雷。幾千幾万もの雷の雨が降り注ぐ。ロレッタはステップで躱そうとするが――――無駄だ。

この雷の雨は直線ではなく、軌道を幾らでも修正し、狙った場所に必ず当たる。

「がぁあああああああああ!?」

降り注ぐ閃光が殺到する。躱せないとロレッタは瘴気の風で防御を張るが、それでも貫通した雷がその身を焦がし、今度はロレッタが膝をついた。

「くっ……！　今のは、効いたよ」

『六情の子供』になった効果だろうか。かなり頑丈な肉体になっているらしい。普通の人間なら、今ので気絶ぐらいはしてたはず。

「……ねぇ、ロレッタ。他人の不幸を喜ぶ気持ちは、あたしにも解るわ」

レオルが王になれないと聞いた時、知った時、分かった時。

あいつに同情もしたけれど、そこに喜びが無かったと言えば嘘になる。

「あたしの中にもそういう黒い心はあって……そういう暗い喜びはあった」

これであたしも王様になれるかもしれない。そう思わなかったと言えば、嘘になる。

「でもね……『助けてくれてありがとう』って言われると嬉しいし、友達が魔導技術研究所の試験に合格した時も、自分のことみたいに嬉しかったし、あんたがあたしの歌を褒めてくれた時も、最高に嬉しかった。心の底から喜べた」

瞼を閉じるだけで、こんなにも出てくる。嬉しかったこと。喜んだこと。

学園の実習中、魔物に襲われてる商人をロレッタと一緒に助けて、『助けてくれてありがとう』って言われた。

魔導技術研究所の試験勉強をする友達を、ロレッタと一緒に手伝った。合格発表の時は三人で泣いたっけ。

歌を褒められることもたくさんあったけど、ロレッタから褒められるのが一番嬉しかった。

「この喜びはね。全部……あんたに教えてもらったことよ」

「私はまったく喜べなかったよ。君たちに合わせて喜んでいただけ。あの頃は、まだ自分のことがよく分かっていなかったからなぁ……今思うと、くだらないとすら思っていたんだろうね」

それがあんたの本音か。残念だ。本当に。

「あんたの言い分も理解はできる。でも、それだけが喜びとは思えない」

「……やはり無理か。君は前から殺してやりたかったけど、分かり合えるとは思っていたのに」

「あたしが一番の夢を叶えられないから？」

「そうさ。レオルという不出来な弟が『男』であるというだけで王位を継げない。ならばレオルに不幸が起きた時、君はきっと喜びを抱く。暗く、どす黒い喜び。その一点において、分かり合えるとは思っていた」

「そうね。嬉しくなかったといえば嘘になるけど、心の底からは喜べなかったわ。……それとね、ロレッタ。あんた一つだけ間違ってるわよ」

「なに？」

「あたしはまだ、王位を諦めていない」

「────は？」

やっと言えた。あたしとしたことが、身体が少し震えてる。

まだ誰にも言ってないこと。誰にも言えなかったことを、ついに口に出せた。

「ううん。違うわね。正確には……諦めないことにした」

……まったく。アルフレッドのやつ。我が弟ながら凄いわね。

黒髪黒眼《こくはつこくがん》で国中から忌むべき者と呼ばれている身でありながら、こんな風に堂々と、あたしに宣言してみせたんだもの。こんなにも怖いコトを、堂々と。

「待て。君は、何を言っている？」

「あたしは王様になる。もう諦めない。あたしの一番欲しい最善を、この手で掴む。そして……あたしやあんたみたいに、夢を自由に持つこともできない子を少しでも失くしたいから。それがあたしの叶えたい夢」

「だから……！」

「弟に倣って、諦めることをやめにしたの。今日は、これをあんたに言いに来た。これだけは、伝えておきたかった」

「――――黙れ！」

ロレッタが咆《ほ》えた。これまで見せたことのないような顔をした。

「やっと、見たことのない面《ツラ》を見せてくれたわね」

「黙れ黙れ黙れ黙れ！　何が夢だ！　何を……今更！　そんな綺麗事！　くそっ！　今更なんだよ！　全部！　何もかも！　やっぱり君は最低の女だ！　恵まれていることに胡坐《あぐら》をかいて、そんな戯言ッ！　見下して！」

「あたしは恵まれてる。そこは否定しない」

「それが本音か！　本性か！　やはり君は、下々《しもじも》の者のことなど理解できやしないのさ！」

あたしが傲慢だったのは、親友のことを理解してやれると思っていたところだ。

そんなことは最初から無理だった。親友だろうが家族だろうが、全てを理解することなんて、できない。

「それは裏を返せば、あんただってあたしの気持ちなんか理解してないってことでしょ」

今のあたしがどんな気持ちでここにいるのか。あんたと戦っているのか。

それを理解していないのは、ロレッタ。あんただって同じだ。

「恵まれているからって、全部が上手くいくわけじゃない。苦しんだりしないわけじゃない。傷つかないわけじゃ、ない……」

分かってないんでしょう？　今、あたしがどれだけ苦しんでいるかなんて。

「何を言い出すかと思えば……くだらない！　恵まれている者の気持ちなんて理解する必要はない！　ただ黙って私に殺されていればそれでいい！」

「…………そう」

「もう殺すだけだ。不愉快な戯言を吐く、その口を閉ざすだけだ！」

「もう親友とは思えない？」

「思いたくもない！」

ロレッタの剣から風が溢れ、そして刃を中心として渦を巻く。

さながら暴威の嵐。触れるもの全てを飲み込み、切り刻む牙が如き瘴気の暴風。

「私の前から消えろよ！」

「消えてやらない。絶対に」

あたしの渾身。あたしの全力。

「あたしは恵まれてる。それは変わらない。だったら恵まれてるなりに、これからはやれることをやっていく。恨まれたって傷つけられたってね」

「黙れと言った！」

この右手に魔力を集め、全てを込める。練り上げ、凝縮した雷の魔力が高密度の紫電となって、一筋の閃光と化す。

「『嚙風《カミカゼ》』！」

「『雷霆《ケラウノス》』！」

凪と雷。

魔法同士の激突は轟音を奏で、この空間一帯を大きく揺らし、鳴動する。

均衡も、決着すらも、一瞬だった。瘴気の闇が裂け、視界が真っ白に染まって——あたしの目の前で、人影が床に倒れ伏した。

「やっぱ強いわ、あんた」

「それは…………嫌味かな？」

「あんたが心を乱していなければ、もう少しでこっちの魔法が裂かれた。力じゃなくて、練り上げられた剣の技でね。……『成神《なるかみ》』を使ったあたしが紙一重の段階まで追い詰められるなんて、普通はあり得ないから」

「やっぱり嫌味だ。殺さないように魔力を加減してたくせに」

ロレッタの声には悔しさが滲んでいた。こんなにも余裕が無くて、悔しさを剝き出しにした声は、今まで聞いたことのないものだ。

「なぜ殺さなかった。私を殺しに来たんじゃないのか」

「……ここに来た時は、あんたを殺すつもりだった。でもそれはね、逃げてただけなのよ。親友だと思っていたあんたの本音から……逃げてただけ。怖かった。向き合えなかったから、殺して終わりにしようとした。怖い思いをするぐらいなら、って……ガキよね。ほんと」

「殺せばいい。言ったはずだ。私は君を殺したいと思っていた。ずっとだ」

「嫌よ。殺してあげない」

「なぜだ」

「……あんたのことも、諦めないことにしたから。自分の夢を諦めないって決めたように」

「なんだよ…………それ……」

ロレッタの声が震えたかと思うと、やがて左目から透明な雫が零れ、頬を伝う。

「くそっ……くそぉ……なんだよ……今更になって諦めない、なんて……なんだ、それは……なぜ君は、先に行ってしまうんだ……」

「……ごめん」

「私たちは、同じだったはずだろう……同じ、諦めた者同士だったはずなのに……一番の夢は、最善は掴めなくて、次善を追いかける……地の底で、一緒に見上げてくれるんじゃなかったのか……」

「ごめんね。あたしはもう、あんたと一緒の場所には居られない」

「私を……置いて、いくな……置いていくなよ……ルーチェ……自分だけ、前に進むなんて……ズルいじゃないか……」

心を乱すほど許せなかったのだろう。

あたしだけが諦めることをやめて、前を向いて、先に行ってしまうことが。

結局のところ、ロレッタはあたしに一緒に堕《お》ちてほしかったんだ。

摑めなかった者同士、地の底で、見上げるだけの存在でいてほしかった。

自分と同じように、不幸なままでいてほしかった。

世界中の誰もが、自分と同じように不幸でいてほしかった。

……今になって、分かるなんてね。いや。これも分かった気になっているだけかもしれないけど。

「あたしは、先に行く」

「待て……待てよ、ルーチェ……！」

ロレッタは今、どんな顔をしているのだろう。手を伸ばしているのだろうか。解らない。

私は前だけを見て、あいつには背を向けているから。その表情を見ることはできない。

「待って…………私を、置いていくなぁあああああああああ！」

☆

「顕現しろ、『ウンディーネ』！」

「遊びましょう、『ジャックフロスト』！」

リアトリスを相手に半端な力で戦うという選択肢はない。

戦いの開始と同時に精霊を纏った二人だが、霊装衣を身に着けた瞬間に、強化された感覚が目の前に立ちはだかる少女の圧をより強く感じ取る。

「なんて禍々《まがまが》しい魔力……お兄様、前回戦った時とは……！」

「明らかに違うな。……ルシルに何か手を加えられた可能性が高い、か」

しかし、だからといって、ノエルがすることは変わらない。

ただぶつかるだけ。取り戻すために、戦うだけだ。

「…………誰？」

「──っ……!?」

これまで沈黙を貫いていた兜に身を包んだ少女が、言葉を発した。

なぜなのかは分からない。ルシルによる何らかの処置が原因であろうということが、かろうじて推測できるだけ。

ルシルによる罠か。悪戯か。定かではないが、ここで逃げるという選択肢だけはあり得ない。

「……ノエル。ノエル・ノル・イヴェルペ。君の婚約者だ」

「ノエル……」

その声も。考え込むような仕草も。瞳からは光が消えていたって、紛れもなくリアトリス・リリムベルのもの。

「……あぁ。なんでだろう。その名前を聞くと……」

されど──

「…………どうしようもなく、怒りと憎しみが込み上げてくる！」

その貌は、彩られた闇に歪んだ。

「うふっ……あはっ……あははははははははははははははは！　あぁ、なんでだろう！　どうしてだろう！　とても度し難くて、とても憎々しいお前をこの手で始末できることが、こんなにも楽しみに思えるなんて！」

「……そうか」

自然と、それがリアトリスの本心であることは理解できた。

ルシルは洗脳の類を使用することはない。今回も同様だろう。記憶を消すことはしても、偽りの記憶を植えつけるような行為はしない。彼女は、人間というものの心を……否。『愛』というものに対し、歪んだ感情を抱いている。『愛』に踊らされる人間を愉しんでいる。今回も同じだ。愛する者同士の殺し合いを、愉しむための趣向。

「それでも構わない」

もしもこれが、地上の時に起きていたならば。

心を打ち砕かれ、膝をついていたのかもしれない。だが、今は違う。既にノエルの心は定まっている。

「君を諦めないと決めている。どれほどの怒りや憎しみや楽しみが在ったとしても――――その全てを受け止めよう」

禍々しい瘴気が蠢き、漆黒の焔《ほのお》へと変わる。リアトリスの指で闇の輝きを放つのは、『混沌指輪《カオスリング》』。

「燃やし尽くせ、『焔豹騎《フラウロス》』！」

噴き上がる灼熱《しゃくねつ》。焔の豹《ひょう》が顕現し、リアトリスの身体を包み込むと、新たに炎の鎧が形成されてゆく。頭部の兜は豹を思わせる獣が如き形状と成り、装甲の表面で揺らめく火炎は触れるもの一切を灰塵へと変える。

「熱が、広がって……!?」

リアトリスを中心に深紅の魔法陣が広がっていく。紅い光から吐き出された灼熱の焔が広間に満ち、周囲一帯が炎に包まれた。

「水属性の氷をも溶かす獄炎か……！」

ノエルとマリエッタは水属性の『霊装衣』を身に纏っているため、熱への耐性は高い。

しかし、それでも尚、ただ立っているだけで『ウンディーネ』が消耗していくのが分かる。

「ベールを耐熱に割きます！」

氷雪のベールがノエルを包み込むと、『ウンディーネ』の消耗が止まった。

水属性の精霊同士、重ねることで水の力を高め、熱への耐性を飛躍的に向上させたのだろう。ノエルとマリエッタが兄妹であることも幸いした。兄妹同士の魔力ならば相性も良い。

「魔力による熱を常時『凍結』させ、魔力に変換し、排出し続けます。これで獄炎による消耗は防げますが……代わりに、相手の魔法を凍結させることはできません。恐らくこれは、リアトリス様による『ジャックフロスト』対策でしょう」

マリエッタの契約精霊『ジャックフロスト』の力は、あらゆる魔法の凍結。

凍結した魔法は魔力に分解・解凍することで自分の力に変換することができる。対魔法戦においては無敵に近い魔法ではあるが、凍結にも許容限界が存在する。その限界を超えた量を凍結してしまえば、暴発した魔力がマリエッタに襲い掛かる。

そこでリアトリスは、この空間一帯を魔力による熱で支配した。

この熱は全て魔力によるもの。『ジャックフロスト』で凍結することは可能だが、際限なく燃え続ける獄炎を凍結し続けるということは、常に限界まで容量を使うということ。

凍結と解凍、解凍した魔力を空気中に放出することで容量をオーバーしてしまわないようにコントロールしているが、ここに他の魔法を吸収してしまえば、魔力の解凍・放出スピードが間に合わず、先に暴発が起きる。つまるところ、魔法を吸収することはできなくなった。

前回のように兄妹の力を合わせてリアトリスを打倒する、といったことは難しいだろう。

「……リアトリスらしいな。魔法や戦闘に対する機転は相変わらずといったところか」

懐かしさが胸を刺す。リアトリスの戦闘に対する天性の勘。そこから生まれるユニークな機転にはいつも驚かされていた。いつもノエルが予想もしない方向・方法での攻撃が飛び出してきて、ノエルが模擬戦で負け越す要因となっている。

「だが今日ばかりは、勝たせてもらうぞ！」

先に動いたのはノエル。かつての模擬戦ではリアトリスにばかり先手をとられていた。いや、正確には、開始と同時に持ち前の明るさと真っすぐさが身体を突き動かしていたというべきか。しかし今回はその逆。加速の魔法を使った先攻。

「遅いね、お前」

「────っ……!?」

声の方向は懐。理屈ではなく直感で剣を置く。自分でも分からぬ間に、構えた刃に焔剣が叩き込まれていた。かろうじて反射で食らいつく。剣で反撃────と見せかけ、足元から氷の刃を伸ばすが、既に視界からリアトリスの姿は掻《か》き消《き》えていた。

「あはっ！　あはははははっ！　遅い遅い遅い遅い遅い！」

接近も。攻撃も。回避も。ありとあらゆる挙動が、ノエルの記憶の中に在るリアトリスよりも一回り速い。

(原因は……全身に纏う、あの黒炎か！)

鎧から放たれる黒炎の噴射がリアトリスの全ての挙動を加速させている。

それでいて、行動に音が無い。ノエルの懐に潜り込むような低い姿勢。高速で消えたかと思えば気配を絶ち、一気に襲い掛かってくる。獰猛《どうもう》な獣。否。豹を彷彿とさせる、狩人《かりゅうど》が如きスタイル。

反応。反射。追い切れず、全身には徐々に切り傷が蓄積していく。

傷は浅い。敵の熱で傷口は焼け焦げ、斬られた傍から止血されていく。だがそれでも熱による痛みは全身を苛《さいな》むだけ質《たち》が悪い。わざと致命的なダメージを与えず、ノエルが傷つくことを愉しんでいる戦い方だ。

「楽しいっ！　あぁ、楽しいっ！　どうしてだろう！　お前をなぶることが、こんなにも楽しいだなんて！　あはははははははははははっ！」

「君が楽しいなら構わない……だが教えてくれ！　君の心を！　オレを憎む理由を！」

「知らない……いや、知ってる？　あれ？　なんでかなぁ……ちょっとずつ思い出してきたかも」

リアトリスは鈍い痛みを堪《こら》えるように、片手で頭を押さえる。

「憎かった。怒りを感じていた。あたしの黒い髪。黒い眼は不吉で、忌むべきものとされて……虐《いじ》められてた。そうだ……そうだよ！　あたしはずっと、どいつもこいつも殺してやりたかった！」

炎が舞う。熱が高ぶる。

「あたしに詰め寄ってきた令嬢ども！　陰口をたたいて嘲笑ってくる貴族の大人！　汚らわしいものを見るような眼を向けてくる王宮の騎士！　みんなみんな、殺してやりたかった！　ああ、でも何よりも憎くて、怒りを向けていたのは――――お前だ！　ノエル・ノル・イヴェルペ！」

憎悪。怒り。込められたどす黒い感情が漆黒の焔と化して剣に宿る。

「お前の婚約者になんかなりたくなかった！　ただずっと、お父さんの背中を追いかけるだけの『彫金師』でありたかったのに！　それだけでよかった！　あたしには指輪を作る時だけが幸せだった！　それをお前が奪ったんだ！」

「…………っ……！」

それは、ノエルも感じていたことだ。目を背けていたものだ。

確かに自分はリアトリスに逢《あ》って世界が変わった。人生が彩られた。

ではリアトリスは？　ノエルは彼女に何をあげられたのか？

彼女が『彫金師』になりたいこと。父の後を継ぎたいことは知っていた。立派な職人になりたいと。だが王族側の都合が、彼女の夢に余計な重荷を足した。

「なんで忘れてたんだろう、こんなにも大事なことを！　怒りと憎しみの根源を！　あたしを哀しみの海に沈めるモノを！」

炎による加速。連撃。叩きつけられる剣戟は烈火の如く燃え盛り、より苛烈になっていく。

「あたしはお前を憎んでいる！　心を哀しみに沈めるお前に怒り、お前をこうして傷つけることを愉しんでいる！」

「それが、君の本心か……!?」

「そうだ！　これがあたしの心だ！　お前の見ていたリアトリス・リリムベルは偽物だ！　幻想だ！　だからもう消えろ！　あたしの前から消え失せろ！」

リアトリスが剣を振るい、炎の波が襲い掛かる。

目の前に迫る赤い光。照らす深紅。それが近づくにつれ、肌を焦がす熱が濃くなっていく。

このまま全てを受け入れれば、きっとリアトリスは満足するのだろう。喜んでくれるのだろう。

少なくとも、彼女についている枷《かせ》の一つを外すことはできるのだろう。

「…………オレはそれでも、君を諦めたくはない！」

「…………っ……!?」

振るう一閃。『華吹雪《ブルムザード》』。氷雪の斬撃が、炎を正面から受け止める。

獄炎に侵された氷は瞬く間に蒸発し、水となって部屋中に散り、雨となって降り注いだ。

「君の笑顔が好きだ！」

「なに、を……！」

「どんな時でも前向きで、真っすぐなところも好きだ！」

「言ってる……!?」

「オレは君の黒い髪も！　黒い瞳も好きだ！　何度見惚《みと》れたか分からない！」

「ふざけるな！　何が言いたい！　何を……！」

「――――君がどれだけ自分を嫌っていても、オレは君を愛している！」

「…………っ……！」

リアトリスの言葉はきっと、どれも本心なのだろう。

ノエルの婚約者になったことで彼女の人生は変わった。運命が変わった。

ただの職人として生きたかった。本心だろう。

父親の背中を追いかけていたかった。本心だろう。

ノエルのことを憎んでいた。これもきっと……本心だろう。

だが、そうした本心の裏に隠れ潜む本音があった。

「気づかないとでも思ったのか？　君がオレを突き放し、遠ざけようとしていることを」

「違う……」

「怒りも憎しみも、オレを傷つける楽しみも。全て本心なのだろう。だが……君が一番最初に目覚めたのは――――哀しみだ」

「違う……違う……！」

「自分では婚約者に相応しくないと。そう思っていたんだろう？　相応しくない自分に、哀しんでいたんだろう？　だから自分を卑下し、オレを遠ざけようと……オレを解き放ち、自由になってほしいと！　そう願ったんだろう⁉」

「違うッ！」

激昂《げっこう》と共に黒炎が爆ぜた。ノエルが振るった氷の全てが蒸発し、水気となって周囲に広がる。

「あたしは……君、の……ことなんか…………！」

リアトリスの顔が苦痛に歪む。頭に痛みが走っているかのように。

「君……？　お兄様！　もしや、リアトリス様の記憶が……！」

「……戻り始めているのか？」

記憶。マキナ・オルケストラの一件が脳裏を過る。彼女は魂を移しかえることで、記憶を保ったまま人間の身体を獲得しようとした。事実、彼女は不安定ながらもマキナとしての記憶を持ったまま別の肉体で活動していた。

それを思い出した瞬間、ノエルの中で仮説が立った。

記憶とは脳に保存されるものであり、同時に魂にもバックアップが存在するのではないか。

そして、恐らくルシルの手によって組み込まれた怒りや憎しみ、楽しみといった心をきっかけに、魂に保存されていた記憶が蘇りつつあるのではないか。

ルシルはこの現象を予測できたはずだ。では、なぜわざわざ消した記憶が蘇るようにしたのか。

それはきっと、リアトリスの中に秘されていたノエルに対する怒りや憎しみを引き出し、ノエルの心を折るため。

「………リアトリス。君と出会って、オレの世界は変わった」

誤算があったとすれば――――

「今更、君以外の人を愛することなど考えられない！　勝手に突き放されてもオレは諦めることなどできそうにない！」

――――ノエルの持つ、リアトリスに対する迷い無き愛情。

「オレは未来を諦めないと誓った！　前に進むと決めた！　そこに君がいるのなら、諦めるつもりはない！」

「黙れ……！」

炎と水の剣戟。リアトリスが激昂のまま叩きつける刃の尽くを、ノエルは真正面から受け止めていく。彼女の中に在る思い。その全てを受け入れるように。

「もっと吐き出せ、リアトリス！　君の怒りを！　憎しみを！　哀しみを！　楽しみを！」

「黙れ！」

「その全てを受け入れる！　受け止める！　オレは絶対に、君を諦めない！」

「黙れって、言ってるだろ！」

リアトリスが目の前から掻き消えた。だが、

「今度は見えているぞ」

「………っ……!?　なんで……！」

「周りをよく見てみろ」

広間に敷かれた魔法陣。そこから燃え滾《たぎ》っていた憎悪の焔は、既に勢いを失っていた。

その原因は、室内に降り注ぐ――――雨。それがいつの間にか周囲の焔、そしてリアトリスが全身に纏う加速の黒炎すらも沈静化させていた。

「この雨は……さっき、炎で溶かした氷の……？」

「そうだ。オレが放った水の魔法……。自らの陣地となる魔法陣を展開し、能力を飛躍的に向上させる。それが君の『混沌指輪《カオスリング》』の力のようだが、既にこの空間の魔力はオレが支配した。君の全身を纏う炎も、足元の魔法陣も、既に鎮火させている」

「君の力は氷のはず！　それがどうして！」

「いいや、違う。氷というカタチより解き放たれた水こそが、本来の『ウンディーネ』の力だ」

「なっ……!?」

「これまで氷の力をとっていたのは、オレの未熟さゆえ……。契約者であるオレの精神の影響を受けていたからだ。君を失い、心を凍てつかせてしまっていたからだ」

「…………！」

「だが、既に覚悟は決めた。君の全てを受け止め、君の全てを愛する覚悟。オレの中に滾る愛という名の焔が氷を溶かし、『ウンディーネ』を本来の姿に戻した」

足元の魔法陣を掌握。輝きは紅から蒼へと変わり、魔力の水が噴出した。

大量の水は広間を満たし、リアトリスの足元を拘束する。

「あ、ぐ……！」

「覚えているか。このペンダントは、君がくれたものだ」

「うるさいうるさいうるさいうるさいっ！　もう黙れ！」

「アルフレッド……オレの友から教えてもらったんだ。七つの魔法石が混じり合った特殊な石に込められた言葉は『未来』。扉を開ける鍵の形と合わせ、『未来を切り開く』という意味になるそうだな」

「目障りだ！　頭に響くんだよ！」

「君は最初から未来を諦めるつもりはなかった。だからこれを贈ってくれたんだろう？」

「う……る、さい……！」

「オレが切り開きたい未来は、君がいる未来だ。君と共に在る未来だ」

「…………っ…………！」

「だから……帰ってきてくれ」

炎が、止んだ。

「……………………ノエ……ル……」

泣きじゃくったようなその顔は紛れもなく。

ノエルが知る、リアトリス・リリムベルそのものだった。

戻ってきた。記憶も。忘却の彼方に消えていたはずの、婚約者も。

「オレはもう、君と離れることに耐えられそうにない」

「あたしは…………………」

「帰ろう」

もう、言葉など要らなかった。ただ手を差し伸べるだけでよかった。

「ノエル…………あたし……」

そして。リアトリスの手が、ノエルの手に重なろうとして――

「…………ぐっ!?」

――瞬間。リアトリスの全身から、漆黒の焔が息を吹き返した。

全身に迸る熱は拒絶の業火。この部屋に満ちた水の魔力すらも焼き尽くし、蒸発させていく。指先一つ触れただけで遍く生命を灰塵に変えるであろうもの。

「ぐっ……がぁ……ぁあああああああああああああっ!?」

否。それは、使用者本人の生命すらも、灰にするほどの力。

際限なく膨れ上がる熱は、リアトリス本人でさえ燃やし尽くそうとしていた。

「炎が……制御？　できない？　なんで…………！」

「リアトリス！」

魔力が暴走している。黒い炎の根源。リアトリスの中で邪悪な輝きを放つ、禍々しい四つの何か。

四つ――哀しみ。怒り。憎しみ。楽しみ。

（ルシルの仕掛けか……！）

その推測は用意に立った。最初からこうするつもりだったのだ。

消した記憶を敢《あ》えて呼び覚まさせ、ノエルの心を折ろうとしたのもこのため。恐らくこの仕掛けの起動条件は、記憶を取り戻すこと。そうしてノエルの心を折り、倒せたのならそれでいい。倒せなかったのなら、諸共《もろとも》に壊してしまえばいい。

「離れて……ノエル！」

泣きじゃくりそうな顔。ぽろぽろと零《こぼ》れ落《お》ちる涙は、伝う傍から蒸発してゆく。

「離れるものか！」

「なに、を……!?」

燃え盛るリアトリスの全身を抱きしめることに、雫ほどの躊躇いもなかった。

「くっ……！」

いかに真の姿に覚醒した『ウンディーネ』の魔力といえども、これだけの黒炎を鎮静化しきることはできない。抑えきれなかった熱が抱擁するノエルの肌を徐々に焼き焦がし、苦痛となって全身を侵食していく。

「もうやめて！　離れて！」

「言ったはずだ……離さないと…………！」

「死ぬつもり!?」

「オレは死なない……！　君も死なない……！　頼れる妹が、いるからな……！」

ノエルの行動の意図を察していたのだろう。『ジャックフロスト』のベールに蓄積されていた魔力がノエルに供給され、水の魔力が黒い炎を抑え込んでいく。

「ノエル……！」

「オレも マリエッタも諦めてなどない！　だから君も諦めるな！」

爆発的な炎の魔力。その鎮火させることができなければ、暴発した魔力はノエルとリアトリス諸共《もろとも》、この部屋を、マリエッタすらも焼き尽くす。

「共に未来を生きよう！　リアトリス！」

炎と水がせめぎ合う。苦痛と鎮静が互いを喰らう。

明滅する視界。霞《かす》んでいく景色。それでも、抱きしめる腕だけは離さない。

意識が徐々に遠ざかり、どちらのものかすら分からない魔力の光が溢れ、目の前が真っ白に染まり――

☆

――雨が降っている。

光を失った闇の中でそう思ったのは、頬に雫が滴り落ちていたからだ。

ずっと聞きたかった声に導かれるように、瞼を開く。

「…………ノエル」

「リアトリス…………」

「……ばか。死んじゃったかと、思ったでしょ……」

「……言ったはずだ」

よろめきながら立ち上がる。もう大丈夫だと、伝えるために。

「オレは死なないと」

「……変わったね。ノエル」

「そうだな……友達《あいつ》に……変えられた……」

ぼんやりと頭の中に浮かんだのは、リアトリスと同じ黒い髪を持った第三王子。

「友達、できたんだ」

「ああ。……感謝しなければな。あいつのおかげで、君のことを……君と生きる未来を、諦めず、手を伸ばし続けることができた」

目の前にあるのは、ぼろぼろと涙を零しているリアトリスの顔。

熱は失せ、涙を消し去るものはどこにもない。目の前の顔に手を伸ばす。頬に触れる。伝わる温もりが、たまらなく愛しかった。

「…………………」

だけどリアトリスは、どこから躊躇うようで。後ろめたいようでもあって。

「…………ねぇ、ノエル。さっきあたしが言ったこと……全部、本当なんだ」

「…………ああ」

「ルシルに与えられた心の力。それがあたしの心をかき乱して、暴走させていたのは本当。でもね。嘘はなかった。ノエルの婚約者になってから辛いことがたくさんあったよ。なんでこんな哀しい思いをしなくちゃいけないんだろうって」

「分かってる」

「理不尽な思いをしなくちゃいけないんだろうって……心の中でノエルを憎んでた。怒りを抱いてた。そんなノエルを傷つけることを……あたし……楽しんでた…………せいせいしてた……でもね……あたし……！」

「分かってるさ」

自然と、愛しい人を抱き寄せていた。

「分かってる。あれが君の本心だったこと。……それだけじゃなかったことも」

「ノエル……」

「確かに哀しみがあった。オレを傷つけることを楽しんでしまうほどの、怒りや憎しみがあった。……でも、オレたちの日々はそれだけではなかったはずだ」

「………うん」

「多分、これからもオレの婚約者であることで、君を哀しませてしまうのかもしれない。理不尽なめに遭わせてしまうのかもしれない。……それでもオレは君といたい。これはオレのエゴだ。どうしようもない、子供のようなワガママだ」

「うん………！」

「オレから君に、何をあげられるのかも分からない。だがそれでも、全力を尽くすと誓おう。オレの全てを君に捧げよう。だから……リアトリス・リリムベル。オレと共に、未来を歩んでほしい」

「………一緒にいよう。あたしも、ノエルと一緒にいたい」

少女は背中に手を回し、二人はお互いを腕の中に抱きしめる。

伝わる吐息。鼓動。その全てが愛おしい。

取り戻したかったもの。それが今、ようやく————戻ってきた。

☆

『火炎魔法球《シュート》』『大地魔法矢《アロー》』『烈風魔法槍《スパイラル》』『水流鎖縛《バインド》』

流れるような詠唱。口遊《くちずさ》むそばから魔力の光が弾け、ゴーレムが砕け散ってゆく。しかし何度、何体破壊しようとも、床下に刻まれた魔法陣から次のゴーレムが召喚されるばかり。

「終わらない。えんどれす？」

ゴーレムの軍勢は途絶えることはない。召喚による供給は無限に続いていく。

だが、ソフィとて無駄に魔法を連発していたわけではない。

「…………ゴーレムの性能も、魔法陣の位置も数も全て把握した」

ただ考えなしに迎撃していたわけではない。ゴーレムを召喚し続ける魔法陣の位置と数、召喚スピード……様々な情報を収集していただけに過ぎない。

「造ろう————『ダ・ヴィンチ』」

『王衣指輪《クロスリング》』より契約精霊『ダ・ヴィンチ』が現れ、ゴーレムたちを牽制しながら霊装衣となってソフィに宿る。

「見渡す限りにオモチャがいっぱい。造り甲斐《がい》がある」

ゴーレムの軍勢を前にしたソフィの背中に六つの鋼腕《アーム》が現出する。

霊装衣は、精霊の力によって編まれた『衣』と『装備』の二つで構成される。そして、『装備』は契約する精霊によって様々だ。たとえばアルフレッドの『アルビダ』ならば『舶刀《カットラス》』と『銃』。ロベルトは『拳』だったり、ルーチェは神という己の肉体や存在そのものを『装備』としてしまうような例外もあるが、そのカタチは様々だ。

そしてソフィの契約精霊『ダ・ヴィンチ』の『装備』は『六本の鋼腕《アーム》』。これは魔道具の一種であるとされ、歴代王族の中でも存在しなかった新種の『装備』とされている。

「────!」

鋼の腕はソフィの意志のままに駆動し、押し寄せるゴーレムを正面から掌《てのひら》で押し留めた。ビクともしないとはまさにこのこと。仮に、この岩石が如き巨体を誇るゴーレムに意志があったとすれば驚愕の面相を見せていたことだろう。ソフィの背中に浮かぶ六つの腕。その一本に秘められた出力《パワー》は、地面に大穴を開けたロベルトの拳にも匹敵する。

しかし出力《パワー》の高さなど、ほんのオマケ。

ソフィの精霊『ダ・ヴィンチ』が誇る鋼腕《アーム》の真価はここからだ。

「じゃあ、まずは君たちから」

精霊の魔力で構築された鋼鉄の掌から、ゴーレムの内部にソフィの術式が侵入する。

ソフィによる敵ゴーレムの術式への侵入・構造解析までの速度は、人間の神経細胞の反応速度、毎秒百二十メートルに等しい速度で行われる。

これによりソフィは、ゴーレムたちがどのような構造でどのように動いているのか、内部に秘められている詳細な情報全てを手に入れた。今のソフィは、ゴーレムの巨体を形作っている砂粒一つ一つの形状すら把握している。

だが、これはまだ準備段階に過ぎない。

「改造《あそぶ》ね」

敵の術式。その全てを把握した後、『ダ・ヴィンチ』によって行われるのは術式の改造。

ソフィの鋼腕《アーム》に触れたゴーレムたちは、一瞬にして内部の術式構造を改造され、主をソフィとして認識。ソフィの意に沿い動く忠実なるしもべと化し、押し寄せてくる他のゴーレムたちに牙をむいた。

その上、術式の改造によって性能も大幅に強化され、ゴーレム一体当たりの戦闘力は飛躍的に向上。一体だけで十体以上のゴーレムを相手にすることすら可能となり、ソフィに襲い掛かる他のゴーレムたちを圧倒していく。

その程度では止まらない。ソフィは鋼腕《アーム》を巧みに操り、更に自分のしもべとして稼働するゴーレムを増やしていく。その数は時間が経つごとに増加し、数分後にはもはや一つの軍団として機能するまでに至った。

これこそがソフィの精霊『ダ・ヴィンチ』の魔法、術式改造。

そもそも術式とは、魔力という万能のエネルギーに形や性質を命じるための式だ。

たとえば『火炎魔法球《シュート》』の魔法。これは魔力に対し『火の弾になって真っすぐ飛べ』という術式《めいれい》を与えることで発動させている。

目の前のゴーレムも同様だ。『ソフィは敵』『敵を殺せ』という術式《めいれい》が刻まれている。この術式を、『ダ・ヴィンチ』の能力によって『ソフィは主』『出力向上』といった術式に改造した。

魔法と術式は切っても切り離せないもの。それを自由に干渉・改造することのできるソフィの『ダ・ヴィンチ』は反則的な強さを持っているといっていいが、当然のことながら弱点もある。

（……そろそろ疲れてきたかも）

術式の干渉と改造は負担が大きい。数をこなせばこなすほど、疲労が蓄積してまだ幼いソフィでは耐え切れなくなってしまう。ルシルが、ソフィにとって恰好《かっこう》の改造対象となるゴーレムによる物量攻撃を仕掛けたのも、これが目的だったことは間違いないだろう。

そして、その狙いにソフィが乗ることも解っていた。

なぜなら大量のゴーレムを制御下に置くことはソフィにとってもメリットのあることだ。この広大な王宮を調べるためには多くの手下が要る。状況によっては援軍や救援にも使うことができるだろう。

かといって、この格好の改造対象を逃すという選択肢はない。総合的に考えればデメリットの方が多い。手のひらの上で転がされていることは否めないが、乗るしかない。むしろ代償がただの疲労で済むならマシだと思える。

「……でも、もう要らない」

必要なゴーレムは集まった。そう判断したソフィはゴーレムを召喚している全ての魔法陣の術式を改造。一ヶ所――――ソフィの目の前に、全ての魔法陣を連結させる。そしてそのまま、六本の鋼腕《アーム》全てを魔法陣に直接突っ込んだ。

魔法陣の先に繋がっている空間は、ゴーレムの保管庫。

そこに六本の鋼腕《アーム》だけが顔を出している状態だが、ソフィにとってはそれで十分すぎた。

六本の鋼腕《アーム》。その一つ一つには鋼の手が駆動しており、指の一つ一つには魔指輪《リング》が装備されている。一本の鋼腕《アーム》につき五本の指。それが合計で六つ。つまり、今のソフィは三十の魔法を同時に操ることができる状態にある。

「フルバースト」

ゴーレムの保管庫が、二秒もしないうちに爆炎の渦に巻き込まれた。

魔法は指輪一つにつき一つ。人の手の指は最大で十個。

ソフィはその三倍以上の数の魔法を同時に発動させることができる。

単騎で集団を相手にできるだけではない。一対一の状況においても、圧倒的な火力を叩きつけることも可能。ソフィの『王衣指輪《クロスリング》』、『ダ・ヴィンチ』はまさに万能。その呼び名に相応しい能力を備えている。

「……完全勝利」

爆炎が迸る前に魔法陣を閉じたところで、しもべにしたゴーレムが、最後の敵ゴーレムを砕いた。

もはやここに在るのは、ソフィが掌握し、改造したゴーレム軍団だ。

「……制御室を探して。罠があったら除去。残りはわたしの護衛」

ゴーレムたちに命令を与えて散開させる。目的の制御室はすぐに見つかった。走行用に改造したゴーレムに乗ってその場所に向かう。『ダ・ヴィンチ』は強力な精霊だが負担が大きい。自分の足で走ることも控えて、極力温存しなければならない。

「罠の類はなし」

妙だ。制御室とはこの王宮の中枢。ここに兵士の一体すら配置していない。

少なくともソフィが調べた限りでは先ほどの魔法陣のような術式による仕掛けや、魔道具による罠すら存在しない。

やはり、妙だ。妙だと分かっていても、ソフィは制御室にゴーレムを送り込むことを選んだ。何かあっても独力で対処できる。それだけの万能性が『ダ・ヴィンチ』にはあるという自信と、ここで悩み、足を止めることがルシルの策略である可能性を考慮した結果だ。

「………何も起きない？」

予想外の罠にも対処できるように備えたが、待っていたのは静寂と無人の室内のみ。怪しみながらもソフィ自ら制御室に入り込む。やはり、何も起きない。制御を担っているであろう魔道具にも不審な点はない。

「どういうこと？」

なぜここまで制御室が無防備なのか。ルシルの手駒が足りていないのか。

「………違う」

最悪の予感が頭を過る。外れていてほしいと願いながら、ソフィは『ダ・ヴィンチ』の鋼腕《アーム》で魔道具に接触。ゴーレムとは違い『オルケストラ』は超技術の塊であり、さしものソフィとて把握には時間がかかる。しかし、だとしても、かかった時間はおよそ三十秒。

「…………………！」

そしてソフィは三十秒で、この危機的状況を把握してしまった。

現在このオルケストラは王都に向けて高度を下げながら移動をはじめている。

このまま進み続ければ、最終的には地上に落下するだろう。そして、ルシルが設定した最終落下地点は――

「…………王都。ルシルはこの機械仕掛けの王宮を、王都に落下させるつもり……!?」

オルケストラには様々な魔導兵器が搭載されている。それで地上を攻撃することも、それこそ王都に対して一方的に魔力の砲弾を浴びせることだってできた。

だがルシルはその行動を選ばず、そして正解だったと言わざるを得ない。

現在の王都には大規模魔法攻撃に備えた対魔法用の防御結界が全体に張り巡らされている。ルシルの襲撃以降、更にその術式は強化が加えられている。オルケストラの火力でさえ突破することはできないほどに。

だが、この機械仕掛けの王宮を直接地上に落とすとなれば話は別だ。

王都の結界で強化したのはあくまでも対魔法。無論、物理的な防御力も最高クラスではあるが、王宮が丸ごと一つ空から降ってくることなど想定されてはいない。これほどの大規模・大質量の攻撃を防ぐ手段が、王都には無い。

魔法による迎撃でオルケストラを砕いてしまう――現実的ではない。

王宮を一つ破壊できるほどの魔法はそう容易く用意できないが、それ以上にオルケストラは硬い。魔力・魔法に対する強靭《きょうじん》な耐性を持った素材を惜しみなく投入して造られたこの建造物を破壊できるだけの火力を用意することができない。

「進路の変更……高度の上昇……できない。機構が物理的に破壊されてる……!?」

進路や高度を変更するための機構が物理的に破壊されていては、『ダ・ヴィンチ』でいくら術式を改造しようとも意味がない。術式が命じようとも、動かしようがないからだ。

ルシルがこの制御室を手つかずにしていた理由がようやく分かった。

既に必要なくなっていたから、手放したのだ。同時に、ソフィに対して『もはや成す術がない』という事実を突きつけるため。

「…………っ」

万能の精霊を以てしても対抗策がない。ここにきて、ソフィにはじめて焦りが滲む。

(どうしよう……どうしよう……どうしよう……!)

どくん、どくん、どくん、と心臓の鼓動が早鐘を打つ。

「このままじゃ王都が……たくさんの人が……どうしよう……にぃに……わたし、どうすれば」

焦る最中、大好きな兄の姿が頭の中に浮かぶ。

――ああ。この中で一番その役割に向いているのはお前だ、ソフィ。悪いけど頼むな。

「……………にぃには。わたしに頼むって、言った……」

頭の上に乗せられた手。信頼という名の温もりを思い出す。

「現在《いま》のにぃになら、ここで諦めない」

留学から帰ってきた兄は、諦めることを止めていた。前に進みだしていた。

だとすれば。その背中を見ている妹の自分が、どうして立ち止まることができるだろう。

(考える……わたしに、何ができるか)

考える。思考で焦りを埋め尽くす。今の自分にできることは、すぐに浮かんだ。

「ゴーレムたち。今すぐ散って。何でもいいから素材を集めて」

命令を下しながら、ソフィは機構部へと急ぐ。

「……破壊《こわ》されてるなら、改造《なお》せばいい」

進路や高度の変更をするための機構を改造を以て修復する。

やるべき課題《こと》がハッキリとしたら、ソフィの身体は動き出してくれた。

「……わたしも諦めないよ。にぃに」

第六章　―――　絶望と希望　―――

Heroic Tale of Villainous Prince

「アルフレッドよ。感慨深いか？」

「は？」

「貴様ら王家の歴史は、我が瘴気より出《い》でるしもべ『ラグメント』との戦いの歴史と言い換えてもいい。つまり今、お前の目の前にいるこの私……『夜の魔女』こそが貴様ら王族の宿敵だろう？」

夜の魔女。

確かにそれは、かつてこの世界に厄災をもたらした存在だ。

確かにそれは、未《いま》だ蔓延《はびこ》る瘴気を世界に刻み込んだ根源だ。

「――――それがどうした？」

「ほう？」

「生憎《あいにく》と俺は王族としちゃ不真面目だった期間が長くてな。王家の歴史だの、王族の宿敵だのなんだの、どーでもいいんだよ。俺は俺のために戦う。大切な人を取り戻すために戦う。それだけだ」

「………………そうか」

俺は夜の魔女にとっては敵だ。にもかかわらず、彼女は瞼を閉じた。敵の眼前で。

「はじめて見た時から感じていたが……お前は、奴に似ているな」

「誰に？」

「レイユエール王国初代国王――――バーグ・レイユエール」

初代国王。かつて夜の魔女を打倒した英雄の一人であり、同時に歴代最強の王とも称されている。まさに知らぬ者はいない伝説だ。

「奴も同じことを言っていたよ。俺は俺のために戦う、とな。まったく……顔だけではなく、中身も瓜二つ《うりふた》とは」

昔を懐かしんでいる。少なくとも俺の眼にはそう見えた。だが俺の肌は、全身の感覚は、全く異なるものを捉えていた。

「……度し難い。あの男に似ているお前を見ていると、憎悪と怒りが沸き上がる」

瞼が開くと同時に噴出する闇の魔力と瘴気の圧に、周囲が振動……いや、違う。

「お前の顔を見る度にかつての屈辱が蘇るようだ。これが心……憎しみであり、怒りか」

膨大な魔力と瘴気で空間そのものが歪み、軋《きし》んでいるのか……！

「悪いな、アルフレッド。お前はあの男ではない。それは分かっているが……どうにも堪えきれそうにないのだ。最初は少し遊ぶつもりではあったが、やめだ。お前がそこまで奴に似ているのなら、八つ当たりに使ってもいいだろうよ」

夜の魔女から放つ闇の魔力。その濃密な黒の輝きは、彼女の嵌《は》めている指輪から発せられていた。

「『混沌指輪《カオスリング》』か」

「そうだ。前回はお前たち王族が持つ『王衣指輪《クロスリング》』に敗れ去った。精霊の力を纏う魔法。見事なものだったよ。その力は認めている。認めているからこそ、私も同じ力を使うことにしたのだ」

そんな理由で、レオ兄《にい》から腕ごと奪い取ったのか。

「最初に真似てルシルに造らせたのが『禁呪魔指輪《カースリング》』。色々と試してみたが、上手くはいかなかった。そして強奪した『王衣指輪《クロスリング》』を基に造り出したのがこの『混沌指輪《カオスリング》』」

ネネルの時とは比べものにならない量の瘴気。何よりシャルの身体に秘められた膨大な魔力が、嵐が如く吹き荒れている。立っているだけで疲労が蓄積するほどに。

「『混沌指輪《カオスリング》』は精霊の代わりに悪魔を宿している。……だが、私の『混沌指輪《カオスリング》』に宿しているものは悪魔ではない」

「ハッ。悪魔じゃなけりゃ、もっと酷い化け物でも入ってるのか」

「悪魔や化け物の方がマシかもしれんぞ」

指環《リング》から闇が溢れる。……来る。奴の『混沌指輪《カオスリング》』から、悪魔でも化け物でもない何かが。

「輝きを喰らえ――――『黒泥聖女《クローディア》』」

「なっ…………!?」

闇が、溢れた。

視界を覆い尽くす黒。黒。黒。黒。黒。

世界が闇に覆われた錯覚すら抱くほどの、圧倒的なまでの黒き光。

その暴力的なまでの黒の中心で、霊装衣と思われる装いと共に――――漆黒の聖女が佇んでいた。

「クローディアだと!?」

「聖女クローディア。……お前たち人間は、奴のことをそう呼んでいるのだろう？」

どういうことだ。聖女クローディアと言えば、初代国王たちと共に夜の魔女に立ち向かった英雄の一人だ。それがなぜ奴の『混沌指輪《カオスリング》』に力として宿っている？

「はじめようか、アルフレッド」

「…………っ！」

考えている暇はない。奴との戦いに集中しろ……！

「そうだ、集中しろ」

声。後ろ。

「──っ……！」

意識するよりも速く、反射で動いていた。背後から振るわれた杖の一振りを、二つの刃で弾く。

「いい反応だ」

「舐めんな！」

反撃の刃を振るう。『アルセーヌ』の速度を全開にした連撃。

だが夜の魔女は意にも介さず受け止めていく。黒と黒の剣戟は光の軌跡となって、広間のあらゆる場所で火花を咲かせる。

「……貴様は何故《なぜ》ここに立つ。私の前に立ちふさがる」

「何度も言わせるなよ」

振るう刃。その理由《いみ》は、ここに来た時と何ら一切変わっていない。

「俺は俺のために！　シャルを取り戻すために戦うっつってんだろ！」

更に踏み込む。『昇華《リミテイジング》』で強化された速力は、これまで見せてきたテンポよりも速く身体を前に進め、夜の魔女との距離を一気に詰めた。出し惜しみはない。今の俺の持てる力全てをぶつける。

「だからこそ、何故だと問うている」

振るう一閃は、魔女が持つ杖に遮られる。驚きはしない。この程度で終わらせられるとも思っていない。身体は次の一撃を、更に次の連撃を繰り出していく。

「シャルロットは瘴気に取り込まれた。もはや助かる術はない。お前が取り戻そうとしている人間は存在しないのだ。無駄なことだ。無意味なことだ」

「無意味かどうかは俺が決める！」

夜の魔女の力、あの『クローディア』なる『混沌指輪《カオスリング》』の力は未知数。武器は杖。

現代における杖は魔力量の少ない者や制御に不安のある者が使う補助器具の意味合いが強い。その場合は近接戦闘を苦手とする魔法特化タイプが多いが……二振りの剣による連撃を容易くいなしてくるところを見ると、典型的な魔法特化タイプというわけでもなさそうだ。

「残念だ。本当に残念だよ、アルフレッド。貴様は憎き王族ではある。あの男にも似ている。憂さ晴らしとして叩き潰すつもりだったが……お前との戦いは心地良い」

夜の魔女が杖を振るう。ただそれだけで、巨竜の尾が振るわれたかのような衝撃が刃に伝わり、俺の身体は大きく後ろに吹っ飛ばされた。『アルセーヌ』は元よりこういったパワー勝負には不向き。スピードと手数と魔法の簒奪《さんだつ》こそが強みだとはいえ、それを差し引いても凄《すさ》まじい膂力だ。

「お前ぐらいは赦《ゆる》してやろうと、そう思いはじめたところなのだがな」

「…………！」

夜の魔女の周囲に浮遊する、漆黒の球体。数えることもバカらしい。あの一つ一つが恐らく魔力の弾。それが雨のように降り注ぐ。

「くっ……うっ……!?」

速い。あまりにも。二振りの剣を以てしても、躱し、捌くことで手一杯。

「……だからどうした！」

そんなものは言い訳にならない。一つ一つの軌道を追う。見る。躱す。だけじゃない。

学習する。弾速を。タイミングを。癖を。そして今、この瞬間に経験として蓄積し、成長しろ！

「ほう。もう対応してきたか」

「更にその先を往くッ！」

「ならばその先にて待とう」

弾幕の隙間を縫って加速。懐に踏み込み、意識するよりも速く双刃《そうじん》を振るう。が、それでも夜の魔女は反応してきた。捌く杖で刃の尽くを防いでくる。

（『クローディア』……この『混沌指輪《カオスリング》』の能力はなんだ？　ただスピードが上がるだけじゃないはず……！）

「私の力が知りたい、といった顔をしているな」

「言えば教えてくれるのか？」

「教えるとも」

夜の魔女は距離を取り、杖を軽やかに回してみせた。揺らめく魔力は魔法の兆候。

「力の差を知れば、お前も諦めてくれるかもしれないだろう？」

「ほざきやがれ」

警戒したまま構えをとる。俺の『アルセーヌ』の力は魔法の簒奪。

相手がどのような魔法を使ってくるかは未知数だが、何が来ようとも奪えばいい。

「見るがいい、アルフレッド」

夜の魔女が告げると同時に、どろりとした夜色の闇が影から彼女の影から溢れ出してきた。

「これが精霊『クローディア』の力。我が魔法。その能力は――――『絶望』」

「絶望………？」

「喰らえば分かるさ」

影が彼女の杖にまとわりつく。何をする気かは分からない。その能力が何なのかも。

ならば、先手必勝だ。

「『怪盗乱麻《かいとうらんま》』！」

踏み込み、影のまとわりついた杖を二度斬る。

精霊『アルセーヌ』の魔法。同じ場所に二度斬った魔法の簒奪。

これで奴の『絶望』とやらの魔法を奪って――――

「────!?」

奪えない。

いや、それどころか……剣が重い。魔力も魔法も感じない……!?

「お前の剣は今、『絶望』の闇に堕ちた」

「………っ!?」

「もはや魔法の簒奪は使えない。その剣はただの鈍《なまく》らと化した」

「ぐっ……!」

夜の魔女が振るった杖を受け止める。だが、先ほどまで受け止めきれていたはずの一撃があまりにも重い。堪えきることもできず後ろに吹き飛ばされる。

「なんだ？　また剣が重くなって……いや、重くなり続けてる……!?」

剣が……『予告する右剣《セルニーヌ》』と『頂戴する左剣《ベレンナ》』の力が弱まっている？

「それが絶望だ」

「なんだと？」

「絶望とは全てを諦め、歩みを止めること。希望を失うこと。我が『絶望』の力に触れたものは全てが停止し、次第に力を喪失してゆく」

停止と喪失。それが奴の……夜の魔女が持つ絶望の力。

「お前の剣がこの影に触れた瞬間、魔法簒奪能力は停止した。だから私の魔法を奪えなかった。お前の剣がこの影に触れた瞬間、剣の力は喪失を始めた。だから今も尚、剣が重くなり続けている」

なんて魔法だ。あの影は全てを飲み込み、希望を喪失……いや、違う。希望を抱くことを、諦めさせるための魔法か……！

「お前の魔法は私には届かない。諦めろ」

「……諦めてたまるか」

「なに？」

「お前の魔法が絶望だろうとなんだろうと。そんなもんで諦めてたまるかよ！」

絶望の魔法がなんだ。強力だからなんだ。

それがシャルを諦める理由にはなりはしない。そんな理由はこの世界を探したって存在しない。

「諦めが悪いというのも気の毒だな」

「さっきからやけに諦めさせたがってるな」

「……当然だ。それほどの才を無駄な行為に費やすなど、哀れでならない」

「勝手に哀れむな」

「…………む？」

どうやら夜の魔女も気づいたらしい。

「この魔力の波動は……『昇華《リミテイジング》』で強化された『索敵《サーチ》』の魔法か。私との戦いを行いながら並行して発動を……器用な真似をする」

並行して発動させていた『索敵《サーチ》』で得た情報が、希望を導き出してくれた。

「シャルはまだ生きてる」

「…………」

「お前の瘴気から伝わってくる。微かだけど、シャルの魔力が息づいてる」

「……ククッ。やはりお前は素晴らしいな、アルフレッド」

夜の魔女はくつくつと笑う。シャルと同じ顔で、シャルとは違う笑い方で。

「瘴気に取り込まれたってことは、瘴気の元を絶てばいいだけだ。……つまり、お前をぶっ倒せば、シャルを取り戻すことが――」

「不可能だ」

俺の推測に対し、夜の魔女は言い切った。恐ろしく冷たく、不気味な声で。

「確かにシャルロットは生きている。だが、そこから救い出すことは不可能だ。もっと言えば――仮に私を倒せたとしても、シャルロットは戻ってこない」

「お前は全ての瘴気の根源だろう。だったら、瘴気を操るお前さえ倒せば……」

「シャルロットが戻ってくると思ったか？　それは大きな思い違いだ。いや、そもそも勘違いしているよ。アルフレッド」

夜の魔女は生温《なまぬる》い優しさを孕んだ眼で、悠然と俺を見下ろす。

愚かな間違いをしている幼子を見ているかのように。

「そもそも『夜の魔女』とは何だと思う？」

「…………」

「恐ろしい魔女か？　世界を滅ぼす魔王か？　いいや、違う。そんな形あるものじゃあない」

「……どういう、ことだ」

「よく考えてみろ。なぜ私は、わざわざ我が子たちを使って人の心を集めた？　このシャルロットという少女の身体を取り込んだ？　光の力を反転させてまで魔力を欲した？　仮に私が魔女だとして。魔王だとして。六情の力を集めた？　六情も、肉体も、魔力も、生物ならば持っていて当然だろうに。なぜそれをわざわざ集めた？」

そうだ。考えてみれば俺たちは、『夜の魔女』というものに対して漠然としたイメージしか持ち合わせていない。ただ、かつてこの世界を闇に覆い尽くした厄災としか……。

「かつてこの世界を闇に覆い尽くした厄災……まさか……そのままの、意味なのか？」

「そうだ。そうだよ、アルフレッド。よく気づいてくれた。私のことを」

夜の魔女は心からの喜びを表現するかのように、両手を大きく広げる。

「『夜の魔女』とはすなわち、ただの現象であり、お前たちが散々討伐してきた『ラグメント』の一種に過ぎん。……正確には『意思を持った瘴気』。『意思を持ったラグメント』とでも言おうか」

「…………！」

「忌々しいかつての王たちに『夜の魔女』が討たれ、死の間際に遺した呪いこそが『ラグメント』と言われているらしいが……そもそも順序が逆なんだよ。この世界には、先に瘴気が在った。瘴気が噴き出し、『ラグメント』を創る。そういう現象が既に世界各地で存在していたんだ」

俺は、俺たち王族は、ずっと思い違いをしていたんだ。

『夜の魔女』が瘴気を生み出している根源だと。

「瘴気を生み出す根源があるとでも？　分かりやすい黒幕がいるとでも？　いいや、違う。そんなものはどこにもない。仮に私を倒せたとしても、この世から瘴気も、『ラグメント』も、無くなりはしない」

この世から『ラグメント』を根絶し、『夜の魔女』の呪いから解き放たれることは、全ての王家の悲願だ。しかし夜の魔女の言葉は、その悲願を一瞬にして砕いた。……いや、違う。そんなことよりも、俺にとって一番の問題は……。

「この世界が続く限り瘴気は無限に生み出される。そして全ての瘴気は繋がっている。たとえるなら……そうだな。世界の各地で吹き出す瘴気は『口』だ。そして瘴気が物質や生物を取り込む空間を『胃袋』だ。つまるところ、全ての瘴気が共通の胃袋を持っていると考えてみろ」

夜の魔女は滔々《とうとう》と語る。人間との会話を楽しんでいるようなそぶりさえある。

「分かるか？　意思ある瘴気たる私がシャルロットを取り込んだということは、胃袋……果て無く広がり続ける瘴気の世界に囚われたということだ。今まで『ラグメント』を倒して、取り込まれた動物が戻ってきたか？　戻ってはこなかっただろう？　同じことだ。私を倒したとしても、この肉体を破壊したとしても、ただの末端が、欠片が、この場から消え去るだけ――――シャルロットを助け出すことはできない」

「…………っ！」

夜の魔女さえ倒せば。こいつさえ倒してしまえば。

心のどこかでそう思う自分がいた。それを見透かされた。見透かされた上で、絶望的な状況を叩きつけられた。

「それ……でもっ…………！」

「隙を見せたな？」

瞬間。闇色の光が瞬いた。

「しまっ────」

迫る膨大な闇の魔力の閃光。隙を見せてしまったと気づいた時には、既に俺の身体は暴力的な闇の輝きに呑《の》まれていた。

「がっ……！　ぁぁあああああああああああっ！」

躱せた攻撃だ。この大振りは、躱せていた一撃だった。だが躱せなかった。

視界が明滅する。全身が炎に包まれたかのように焼き尽くされている。

それだけじゃない────『絶望』の力が精霊を侵食し、霊装衣の力が停止し……喪失、していく……！

「ふふふ。お見事です、お母様」

「人の心を動揺させ、隙を作り、殲滅《せんめつ》する……面白いな。ただ力で圧し潰すよりも、ずっと面白い。心というものはこういう使い方もできるのだな」

「でしょう？　これが中々に楽しくて、面白い」

まずい……変身が、解けた……それだけじゃない……身体に力が、入らない……！

「あぁ、言っておくがな、アルフレッド。確かに今の話は貴様の心に隙を作るためのものだが……

嘘偽りは一つたりともない」

「…………っ！　『アルビダ』……！」

「無駄だ」

絶望の影が、瞬く間に召喚した『アルビダ』を呑《の》み込んだ。

力の停止。そしてはじまる喪失に成す術もなく、二体目の精霊すらも砕け散っていく。

「何体精霊を出そうと同じこと。我が『絶望』の魔法は全てを闇に堕とす。もはや『王衣指輪《クロスリング》』など、私には通じぬ」

「『火炎魔法球《シュート》』……！」

構うものかと火球を放つ。しかし、夜の魔女の足元から這《は》い出《で》た闇がその炎を遮断した。

「諦めが悪いな」

「がぁぁああああああああああッ！」

闇色の影が俺の身体を呑み込んだ。迸る漆黒の電流。焼き尽くされそうになる意識を、辛《かろ》うじて摑み続ける。

「ぐっ……がはっ……火炎《シュー》……魔法球《ト》…………」

魔法が、発動しない。

「『アルビダ』……『アルセーヌ』……」

精霊が、召喚できない。

「お前の歩みは止まった」

全ての指輪から、輝きが失われている。

「希望は失われた」

身体から……魔力が、抜けていく……。

「力の差は歴然」

……………身体が動かない。動いて、くれない……。

「これが『絶望』だ」

ちくしょう……こんなところで……死ぬ、のかよ……。

「さようなら、アルフレッド」

シャルも、助けられないまま……。

「お前との戦いは、楽しかったよ」

命を終わらせる闇色の光が、迫って――――


「――――『獅子の咆哮《レグルスロア》』！」


獅子が、咆えた。

「…………っ!?」

王道たる魔力の斬撃が、夜の魔女の闇を喰らい尽くす。

されど、衝撃は止まらず。波打つ魔力の塊が魔女と、魔女の前に自ら盾となって立ちはだかったルシルを防御壁ごと押し戻す。

「無様だな」

声が聞こえる。懐かしくて、心地良くて、頼りになる。そんな、声が。

「お前の力はその程度か――――アルフレッド」

そこに佇んでいたのは、隻腕となったかつての王者。

「…………レオ兄《にい》……！」

俺の兄。第一王子レオル・バーグ・レイユエール。その人だった。

右腕をもがれ隻腕となったシルエット。左手で摑んでいるのは、半ばから折れてしまった大剣《たいけん》。

その精悍《せいかん》な顔つきは、記憶の中よりも逞しい。

「レオ兄《にい》……？　本当に、レオ兄《にい》なのか……？」

「…………」

「レオに……がふっ！」

その問いかけに対して、返ってきたのは俺の腹部に叩き込まれた乱雑な蹴り。

身体が折れ曲がり、蹴られた衝撃に流されるまま床を転がる。

「ってぇ……！　何を…………」

直後。先ほどまで俺が転がっていた床を、ルシルが放った瘴気の刃が過ぎ去った。

あのまま呑気《のんき》に転がっていたら、今頃間違いなく俺の身体は両断されていただろう。

「へぇ。素晴らしい家族愛ですね。今更になって弟のことが可愛くなりました？」

「まさか。ただ邪魔者を片付けただけさ。見苦しいものが転がっていては――――君との逢瀬が台無しになる」

「…………は？」

さしものルシルも、今のレオ兄《にい》の発言に間の抜けた声が漏れ出していた。

実際、俺もレオ兄《にい》の言葉には似たような声が口から飛び出してしまいそうになったぐらいだ。

「心理戦のつもりですか？」

「そんなつもりはない。君が恋の駆け引きを望むならば、いくらでも付き合うがな」

「…………何が狙いだ。レオル・バーグ・レイユエール」

ルシルの眼が鋭く、冷たく、歪んでいく。

これまで俺たちを掌の上で転がし、弄んできた少女が、ここまで敵意を剥き出しにした眼差しを送るところをはじめて目にした気がする。

「君に逢いに来た」

「復讐をするために？」

「君を抱きしめるために」

レオ兄《にい》の言葉にルシルは眉間にシワを寄せ、不愉快そうな表情を露わにする。だがレオは構わず続ける。

「オレは弟を助けに来たわけでも、夜の魔女を倒しに来たわけでもない。ただ、君に逢うためだけにここに来た。今も尚、君を愛している……一人の男として」

操られているわけでも、盲目的になっているわけでもない。

今のレオ兄《にい》は正気だ。真剣だ。どこまでも真っすぐで、己の意志を貫いた眼をしている。

「…………っ」

「ルシル」

一瞬の動揺を見せたルシルだが、夜の魔女が発した一言ですぐに平静を取り戻した。

「レオルといったか。あの男はお前に任せる。好きにしろ」

「……はい。お母様」

ルシルは母の命に頷くと、瘴気の帳《とばり》を生み出し、レオ兄《にい》を呑み込んでいく。

「レオ兄《にい》……！」

「アルフレッド」

されどレオ兄《にい》は。瘴気の渦に身を任せ、隔離を享受するばかり。

自らを包み込んでいく闇の隙間からの眼差しは鋭く厳しく、しかしそれでいて強き意志を感じさせるもの。

「オレに勝った以上、無様な戦いは許さん。死んでも勝て」

「…………っ！」

最後にその言葉を残して、瘴気の帳は閉じた。

「さて。私は――」

奔る閃光。場の流れを裂くが如き魔力の光線を、夜の魔女は足元から昇る影で難なく防ぐ。

「――――客人を迎えるとしよう」

放たれた閃光の根本。機構の銃身を構えていたのは、一人の少女だった。

「マキナ……!?」

「……何とか。最悪の事態になる前には、間に合ったみたいですね」

まだ全快というわけにもいかないのだろう。仄《ほの》かに汗を流しながらもメイド服に身を包み、左半身を鋼の武装を纏う姿は紛れもない、マキナ本人。

「お前……何で、ここに……!?」

「ソフィ様が地上に置いてった秘蔵の試作品……その中に簡易飛行翼があったんで、地上《した》で合流したレオル様と一緒にここまで飛んできました。まだ未調整の試作品ですからね……わたしの『機械仕掛けの女神《コード・デウス・エクス・マキナ》』と直結して出力を底上げしないと使えなかったので。それでも、なぜかこの城の高度が下がってたおかげでギリギリ届きましたって感じなんですが……」

「そうじゃねぇ！　何で来たって言ってんよ！　そんな……病み上がりの身体で……！」

「……立ち止まることを許さないって言ったのは、アル様じゃないですか」

マキナは夜の魔女に立ちはだかるように、そして俺を守るように。

「わたしは間違えました。罪を犯しました。目が覚めた時、怖かったですよ。圧し掛かる罪の重さに震えて、やっぱり死んだ方が楽になれたって考えて。せっかく生き残ったのに、このまま俯いていたかった。立ち止まっていたかった。でもわたし、ずっとアル様のお傍に仕えてたんですよ？」

背中だけを見せ、まだ回復しきっていないであろう身体を引きずりながら、毅然《きぜん》と敵を見据える。

「間違いを犯しても、諦めてしまっても。また顔を上げて、立ち上がって、前に進んできたアル様の傍に……いたんです。そんなアル様の姿を見てきたんです。だったら……じっとしているわけには、いかないじゃないですか」

「…………っ」

「アル様が教えてくれたんです。たとえ間違いを犯しても、そこで終わるわけじゃない。諦めなければ前に進めるって。だからわたしも進みます。自分の犯した間違いが怖くても、辛くても、そこで立ち止まりません。償いから逃げません。だから、ここに来たんです」

「マキナ……」

俺は別にマキナを責めようとは思っていない。人の心を弄ぶルシルによる干渉が大きい。だがそれでもマキナは自分が犯した過ちと向き合おうとしている。

「…………分かった」

それで、俺が寝ていられるわけがない。

「何で来たとか、帰れとか……そういうのは、言わねぇ」

立ち上がる。全身から魔力も力も抜けていこうとも関係ない。

「その代わり……俺と一緒に戦ってくれ」

「元よりそのつもりです」

身体はボロボロ。魔力も失ってる。それでも……なんでだろうな。こうしてマキナと肩を並べるのは、しっくりとくる。安心できる。

「オルケストラの王女。玉座を取り戻しに来たか？」

「欲しけりゃくれてやりますよ。今のマキナちゃんは――ただの恋するメイドさんなんで！」

『機械仕掛けの銃撃型《コード・エクス》』による銃撃。銃口から熱線を吐き出し、一直線に夜の魔女めがけて空気を焦がしながら駆ける。だが、『絶望』の影は盾となって熱線の尽くを遮断した。盾に当たると同時に熱線は細い線となって拡散し、周囲を蹂躙しているが、魔女本人には一切届いていない。

「マキナ！　あいつは……！」

「夜の魔女、なんですよね！　シャル様を取り込んでいて、『絶望』の魔法ってやつを使ってくる！」

「知ってるのか？」

「この王宮の中でのやり取りとか記録とか、なんか頭の中に入ってくるんです！　たぶん、ソフィ様のおかげで取り戻し始めた王女としての権限だと思います！」

マキナは左半身で銃撃を続けながら、俺に右手を差し出してくる。握った指が広がると、その中にはいくつかの指輪が。

「エリーヌさんから預かってきた予備の魔指輪《リング》です！　使ってください！」

「……っ！　気が利くじゃねぇか！」

「これでもアル様のメイドですので」

手持ちの魔指輪《リング》は全て『絶望』の影によってその力を喪失されてしまった。

だが、マキナがここまで運んでくれた予備の魔指輪《リング》があればまだ戦える。

「『強化付与《フォース》』、『加速付与《アクセル》』、『大地魔法壁《ウォール》』に『火炎魔法球《シュート》』……十分だ！」

流石に『王衣指輪《クロスリング》』はないか。

「…………」

マキナから受け取った指輪の他に、もう一つ。エリーヌから預かった、シャルのために造られた『王衣指輪《クロスリング》』を指にはめておく。俺が使えるわけじゃない。それでもこれをシャルに手渡さなければならないという目的を果たすために、忘れないために。お守り代わりに、右手につけておく。

「それで、シャル様を救う手立ては？」

「……正直、今のところは見当たらねぇ」

「……でも、諦めてないんでしょう？」

「当たり前だろ」

マキナから受け取った指輪を装備し、弾幕に包まれている夜の魔女を睨む。

「絶望的だろうと諦めるつもりはない。……それに、俺は信じてる」

「シャル様を……ですよね？」

「……ああ。あいつらはシャルの心を砕いたって言ったけどな。仮にそうだとしても、俺はシャルがこのままで終わるとは思っていない」

俺だって諦めたことがある。足を止めていたことがある。

だけどシャルは、たとえ何度転んだって、立ち上がってきた。

「俺の知っているシャルロット・メルセンヌは、昔から何度転んでも立ち上がる女の子だ」

「…………シャル様が羨ましいですよ。アル様にそこまで言ってもらえるんですから」

「…………マキナ」

「大丈夫ですよ。分かってます。アル様の気持ちは。……それにわたしだって、まだ諦めたわけじゃありませんから」

「は？」

マキナは熱線を撃ち続けながら、華麗にウインクを決めてみせた。

「諦めるなって言ってくれたのは、アル様じゃないですか。だからわたしは諦めませんよ。自分の命も、人生も……恋も」

「お前……」

「これからは覚悟しちゃってくださいね。こうなったら側室狙いで攻めちゃうので」

「…………お前には、負けるわ」

どうして俺の周りの女の子たちはみんな、俺よりも逞しく立ち上がるんだろうな。

「それで？　シャル様がこのままじゃ終わらないって前提で、どうするんです？」

「とりあえずはあの魔女をぶっ倒す。そんで、その過程で何か希望を見出すことができれば、シャルを助ける」

「分かりやすくていいですね。それじゃあ……ここからは全力で攻めまくるってことで！」

マキナの右半身が輝きを帯び、鋼鉄の装備が構築されていく。

「『機械仕掛けの女神《コード・デウス・エクス・マキナ》』！」

その身に纏うは鋼の殻。否。それはかつての形態。

「わたし、ちゃんと謝らなきゃいけないんです。皆に、アル様に……シャル様に」

顔を覆う鋼は砕け散り、その素顔を露わにした。

「みんなに謝って、ちゃんと前に進む。そのためにはお前が邪魔だ！　夜の魔女！」

☆

「気になりますか？　弟さんの戦いが」

「それよりも今は、君と二人きりで居られる幸せを噛み締めたいぐらいだ」

「戯言を」

ルシルの身体から迸る漆黒の魔力がうねり、渦巻き、彼女の指で輝く指輪へと注がれていく。

「……『レグルス』の『王衣指輪《クロスリング》』か」

「ええ。アナタの腕を引き千切り、奪った指輪です。とはいえ……この指輪の中に既に精霊はいませんがね。わたしの手に渡った瞬間から精霊は逃げ出してしまったので、ガワだけですが」

「構わないさ。腕も、指輪も、君が望むならくれてやる」

今のレオルにとっては恨むようなことではない。腕を奪われたことも、『王衣指輪《クロスリング》』を奪われたことも。

「へぇ。それは随分と気前がいい。『レグルス』と再契約したと同時に王者の誇りでも取り戻しましたか？　まァ……」

ルシルの視線はレオルが纏う霊装衣は以前よりも損傷が蓄積した状態であり、大剣も半ばから折れている状態だ。以前アルフレッドと戦った時とは異なる状態であることは明白だった。

「……その様子だと、随分と傷ついているようですが」

「そうだな。オレの心は確かに傷ついた。だがそれは、弟に負けたからではない。君という最愛の人を失ったからだ」

「まだ言うか」

「何度でも言うさ」

「……つまらない男になったな、レオル・バーグ・レイユエール。以前のお前は、もっと楽しく踊ってくれた。今のお前は見ていることすら悍ましいほど、退屈な存在に成り下がった」

十分すぎるほどの魔力が注がれたルシルの指輪が禍々しい輝きを放つ。

「精霊が消失したとはいえ、指輪そのものは最高位の魔法石を用いて製作された『王衣指輪《クロスリング》』。『混沌指輪《カオスリング》』の器としては申し分ない……いや。ロレッタやリアトリスが使うものよりも、より精度の高いものに仕上がった」

指環から溢れるその闇の魔力の鳴動は、どこか獅子の咆哮《レグルスロア》を思わせる。

「咆えろ、『黒獅子《カオスレグルス》』」

指環から出現したのは、たてがみをなびかせた漆黒のレグルス。

その形状はレオルの精霊と瓜二つ。相違点があるとすれば、禍々しい闇に染まり、獰猛な紅蓮《ぐれん》の瞳を輝かせていること。そして黒きレグルスはルシルの身体に纏い、漆黒のドレスとなって咆えた。

「お前の精霊の残滓《ざんし》で作り上げた疑似精霊。言っておくが、わたしの『黒獅子《カオスレグルス》』は、『六情の子供』において最強にして最高の性能を持つ。アルフレッドに敗れたお前が勝てる相手だと思うなよ」

「君に勝つつもりなどない」

ルシルが持つのは、かつてレオルが振るっていたものと同じ形状であり、漆黒に染まった大剣。

対するレオルは、半ばから折れてしまった刃。

「オレは惚《ほ》れた女に、変わらぬ愛を伝えに来たのだから」

「それが戯言だと言っている！」

ルシルが刃を振るい、レオルはそれを正面から受け止める。

火花が散り、咆哮が如き叫びが帳の中に満ちた。

☆

「驚きはしない」

マキナが放つ魔力の閃光を涼しく防ぎながら、夜の魔女は言葉を紡ぐ。

「お前の窮地にレオルとやらが現れたことも。マキナ・オルケストラが立ち上がり、お前のもとまで駆けつけたことも」

「────っく……!?」

影が溢れ、マキナが放つ光線を押し返す。

「『火炎魔法球《シュート》』！」

あの影にほんの僅かでも掠ればアウトだ。遠距離線を仕掛け、火球の弾幕を張る。

『原典魔法』を考慮すれば当然だろう」

「……っ!?　『原典魔法』……だと……？」

脳裏を過るのは、マキナを救った時に満《み》ち溢《あふ》れた謎の力。俺の知らない魔法。

「『水流魔法斬《クレセント》』っ！」

マキナは右手に掴んだ機構の剣を用いて水の斬撃を振るう。だが夜の魔女が展開する絶望の影に触れた途端、水は停止し、そして消滅した。

「かつての私を打倒した力。運命という名の物語を書き換える魔法。……それこそが、お前がその身に宿した『原典魔法』だ」

「そんな魔法なんざ知るか！」

「知らずとも、お前はこれまで幾度も運命を書き換えてきた」

「────っ……！」

夜の魔女の全身から膨大な黒が溢れた。俺とマキナは同時に魔法による攻撃を中断。咄嗟に防御へと切り替える。何が来るか解っていたわけではない。ただ、これまで積み重ねてきた戦闘経験による直感だが、その直感は悪いものほどよく当たる。

「『大地魔法壁《ウォール》』！」

咄嗟に土の防御壁を張る。直後、夜の魔女を中心とした全方位に影が満ちた。

「ぐぁぁあああああああああっ！」

「うぁあああああああああああっ！」

閃光のように周囲の空間を逆る影の奔流。その衝撃に俺とマキナはまとめて吹き飛ばされ、床に叩きつけられた。

「ぐっ……なんとか、影は防ぎ切ったか……マキ、ナ……そっちは、無事か……」

「はい……こっちもなんとか、ですね。アル様が咄嗟に壁を何重にも重ね掛けしてくれたので、あの影に触れずに済みました……」

それでも、ただの衝撃のみでここまで吹き飛ばされてしまう。

シャルの持つ膨大な魔力と瘴気が合わさることで、ここまでの威力を持つとは。

「……やはり、な。お前は無意識のうちに『原典魔法』を行使している」

「知るか。訳の分かんねぇこと言いやがって……」

「今の攻撃にしてもそうだ。本来であるならば今ので仕舞いだった。今のはかなりの消耗を引き起こす魔法でな。そのような防御魔法で防ぎきれるような、生半可《なまはんか》な攻撃ではない。だがお前は『原典魔法』を行使することにより、『攻撃を防ぎきれない』という本来の運命を、『攻撃を防ぎきる』という運命に書き換えたのだ」

夜の魔女の言葉は確信に満ちていて、それを否定することは簡単なはずだった。

だが奴が言葉を重ねる度、俺の中……奥深くにあるモノが、魔女の言葉に呼応するかのように息づいている。

「お前が描いてきた軌跡、その全てがそうだ。運命を書き換えたからこそ、都合の良いタイミングでレオル・バーグ・レイユエールとマキナ・オルケストラが駆けつけた。運命を書き換えたからこそ、本来死ぬはずだったマキナ・オルケストラは生き延びた……」

「……全てが魔法のおかげだってのか」

「そうだと言っている。……そもそも、不思議だと思わなかったのか？　自分が好いている少女が、都合よく婚約破棄されたことに。『伝説の彫金師』が都合よく見つかり、仲間に加えることができたことに。その後、お前の実力を示す機会が都合よく転がってきたことに。王都が襲われ、婚約者が窮地に陥った時に都合よく駆けつけられたことに……全てはお前がそう望んだからだ。運命を書き換え、そういう英雄譚《ものがたり》を創り出したからだ」

胸の中で刻まれる鼓動は、それを肯定するかのようで。

「最初は半信半疑だったよ。かつて私を打倒したものと同じ、あんなふざけた『原典魔法』を持つ者が現れたのかと。だが……マキナ・オルケストラを救ったあの魔力光を見て確信した。お前はバーグ・レイユエールと同じ、運命を書き換える『原典魔法』を持っていると。……だがな。前回のようにはいかない」

そんな俺の様子を眺めながら、夜の魔女は広げた手を掴む。

「かつては『夜の魔女は倒される』という英雄譚《ものがたり》に書き換えられてしまった。だが、此度はこの『絶望』の力がある。この影がある限り、私自身の運命が書き換えられることはない。いかに『原典魔法』といえども干渉した瞬間に改竄《かいざん》そのものが『停止』し、改竄そのものが『喪失』するからだ。故に私にお前の『原典魔法』が届くことはない。私に勝つことはできない！」

「御託《ごたく》は終わりかよ。……黙って聞いてみれば、くだらねぇ」

「…………何だと？」

「運命運命うるせぇな。大仰に語るからなんだと思えば……凡庸なことを語りやがって。聞いて損したぜ」

「凡庸？　ハッ。何を言っている。お前が持つ運命を書き換える『原典魔法』は、かつてこの私すらも打倒した特別な魔法だ。それを凡庸？　お前は運命を書き換えることが、誰にでもできることだとでも言うつもりか」

「ああ、そうだ。運命を書き換えるなんて、珍しいことじゃないって言ってるんだよ」

身体に鞭打ち、立ち上がる。何度でも。何度だって。

「俺はただ、諦めることを止めただけだ。失敗して、間違って。だけどもう一度立ち上がって、前を向いて、歩き出しただけだ。諦めてたらそのままだった。間違ったからって、その場でずっと立ち止まったままなら、何も変わらなかった。諦めるのを止めたから、運命が変わったんだ……！」

前に踏み出す。床を蹴り、走り出す。

「特別なことでもなんでもない！　諦めなければ、誰にだって運命は変えられる！」

叫ぶ。ただのありふれた事実を。凡庸極まる言葉《セリフ》を。

「それを教えてくれたのは――シャル！　お前だ！」

胸の中に灯火のように浮かぶのは少女の姿。夕暮れの部屋で一人踊り続ける不器用な少女の姿。

幼少の頃からずっと見てきた、何度も立ち上がってきた、シャルの姿だ。

「お前はいつだって、どんな時だって！　何度も何度も立ち上がってきた！」

走り出した矢先に魔女は次々と魔法を放つ。襲い、迫るは『絶望』の影。

「何度泣いても、傷ついても、最後には立ち上がって、絶対に諦めなかった！　お前の心の強さが運命を変える瞬間を、俺は何度も見てきた！」

躱す。躱す。躱す。迫る絶望の影の中を駆け抜ける。

「お前は強い！　俺なんかよりも、ずっとずっと強いんだ！」

叫ぶ。叫ぶ。叫ぶ。最愛の人に言葉を捧げる。

「お前ならどんな絶望にも、どんな運命にも、夜の魔女にも打ち勝てる！　俺はそう信じてる！」

「ほざけ！」

魔女の怒号と共に影がうねり、濁流のように押し寄せた。躱すことは――できない。

「アル様！」

背後から俺の道を作るかのように、マキナの援護射撃が放たれる。

無数に浴びせられる魔力の砲弾が影を削ぎ、俺の行く道を照らしてくれる。いや、それだけじゃない。マキナから放たれたソレを、俺は摑み――

「無駄だ！」

マキナの砲撃が削るよりも速く、速く、速く、闇が溢れ、目の前を漆黒に包み込む。

魔女の元までたどり着く寸前。あと少しで届きかけたという場面で、回避する術が失せ、ありったけの影に全身を呑み込まれた。

「捕らえたぞ！　精霊を纏っていない今のお前を！　これなら先ほどのように精霊が『絶望』を代わりに受けることはできない！　これで忌々しい『原典魔法』は絶望に呑まれる！　停止し、喪失する！　運命を変える術《すべ》が消える！　勝った！　これで私の勝ちだ！　あはっ！　あはははははははははははははははははは！」

「だから、魔法は関係ねぇって言ってんだろ」

全身を影に包まれようと、絶望に呑まれようとも前に進む。ただひたすらに。真っ黒な闇の中でも足を止めず、諦めず、ひたすら突き進み……影を裂き、その先へと飛び出した。


「────────は？」


俺の手には、咄嗟にマキナが投げた『機械仕掛けの斬撃型《コード・デウス》』の機構剣。

「ほらな。『原典魔法』が『絶望』で消えた凡人《いま》の俺でも……」

受け取っていたソレを握りしめ、決して手放さぬまま、振り上げ────

「……諦めず前に進み続けたから、運命を変えられた」

────振り下ろした。

「がぁぁあああああああああああああっ!?」

一閃。渾身の袈裟《けさ》斬りを、瘴気で形作られた身体へと叩き込む。

刃は肩から脇下にかけてを斜めに走り、傷口から大量の瘴気が鮮血の如く噴出した。

「はぁっ、はぁっ、はぁっ……これが、シャルが俺にくれた強さだ……思い知ったか、魔女野郎」

「ぎっ……ぐっ……ぅうううううううううううううう……!?　おの、れ……！　このような傷、すぐに……回復、して……！」

夜の魔女は苦痛と憎しみに形相を歪ませながら自らの身体を修復しようとして……動きが停《と》まった。全身を糸で絡めとられてしまったかのように。

「ぐ……!?　くそっ…………！　クローディアめ……！」

困惑し、叫ぶ魔女の姿に。俺とマキナは、同じ『誰か』の姿を思い浮かべていた。

「アル様。あれって、もしかして……」

「……ああ。思った通り、あのまま終わるわけがなかった」

瘴気の世界で、誰が立ち上がったのか。俺たちは知っている。

俺は純白の『王衣指輪《クロスリング》』をはめた右手を握りしめ、そのまま夜の魔女に向かって駆ける。

「そうだろ――――」

握った右手は拳となって、振るった一撃を夜の魔女から生じている瘴気の先へと叩き込んだ。

「――――シャル！」

その先にいるであろう、愛しい人へと手を伸ばすために。

☆

深く。深く。どこまでも深く。最果《さいは》てすらも遠ざかるほどの、底なしの闇。

揺蕩《たゆた》うシャルの身体に泥のような闇が体に絡みつく。重く、苦しく、禍々しく。

「……………………………」

身体が動かない。心が動いてくれない。

脳裏に何度もフラッシュバックするのは、燃え盛るマキナの身体。これまで味わってきた無力感の全て。

（あぁ……――私は、弱い………）

弱い。力がない。

（理想を謳うばかりで……理想に相応しい力もなくて……いつも、アルくんや周りの人たちに助けられてばかりで……どうして……こんなにも……弱いんだろう………）

弱いから、何も守れない。

弱いから、誰も守れない。

「それが現実というものだ」

黒き世界の最中に、闇が出《い》でる。その闇は、シャルにとてもよく似たカタチをしていた。

「理想。綺麗事。それが叶うならどれほど素晴らしいことか。そんなこと誰もが理解している」

「……なぜ誰もそれを叶えようとしないのですか？」

「現実というものは、お前が思うよりもずっと強い。何よりも強い。そして理想とは、もっとも脆弱なものだ。現実に圧し潰され、砕かれるだけの弱者に過ぎない」

「……分かってます。現実がどれだけ辛くて、無慈悲なものか」

「分かってないな。いや、分かっているのだろう。分かっていて、目を逸らしている」

「……なぜですか？」

「綺麗事を唱えている間にも人は死ぬ。たとえば、目の前に武器を持った人間がいて、お前やお前の家族を殺そうとしていて、それでもお前は綺麗事を吐けるのか。戦いなんて止めましょう、人殺しなんてやめましょうと？　そうしている間に、お前は死ぬ。お前の家族も殺される」

闇に満ちたもう一人のシャルは滔々と語り続ける。

「たとえば、お前の婚約者にしてもそうだ。奴は漆黒の魔力を持つという理由だけで、人々から忌み嫌われてきた。人々に対し、差別はやめましょうと訴えるのか？　ああ、確かに。お前は公爵家の令嬢で、お前の婚約者は王族だ。その場では民衆も分かりましたと従うだろう。……だがお前のいない場所で。王族の耳に入らぬ場所で、民衆は『分かりました』と吐いたのと同じ口で、平気で黒き魔力を持つ者を嘲笑うだろう。お前が目指す綺麗事で、そうした差別がなくなると？　愚かが過ぎる」

――そうだ。理想を叶えることなんて、綺麗事を実現させるなんて、できるわけがない。

「何より。お前は知っているはずだ。人間の悪性を。醜悪な心を。悪意に満ちた心に、お前自身の心が踏み躙られただろう？」

蘇る。あの日、あの場所で、レオルから婚約破棄された、その時が。

一方的な謝罪を要求され、誰も自分の言い分など信じてはくれなかった。

昨日まで素晴らしいと言っていたその口で、シャルロット・メルセンヌは悪だと断じた。

昨日まで尊敬していると言っていたその口で、シャルロット・メルセンヌを非難した。

昨日まで信じていますと言ったていたその口で、シャルロット・メルセンヌを嘲笑った。

「お前は知っているはずだ。人間の悪意を。闇に満ちた心を。お前は知っているはずだ。人間は他者を騙し、裏切り、踏み躙る。冷酷で醜悪で禍々しい生き物だと」

「…………………………………はい」

頷いた。全身に絡みついた泥の重み逆らわず、流れるがままに。

「…………私は、知ってます。人の心が持つ醜悪さを。冷たい悪意を」

「そうだ。お前は知っていた。それでも綺麗事を吐けていたのは、ただ目を逸らしていただけだ。分かったような顔をして、受け入れたフリをして、心と向き合うフリをしていただけだ」

もう一人のシャルが近づいてくる。

「人の心と向き合う――――その綺麗事の結果、どうなった？　ネネルは復讐に呑まれた。マキナ・オルケストラは過ちを犯した。当然だ。心とは正しさを歪ませ、過ちを犯すもの。お前が信じている人の心こそが、お前が信じる綺麗事を踏み躙っている」

一歩を踏み出し、更に一歩を重ねて。

「喜びとは、他者を嘲笑うもの。怒りとは、他者を一方的に傷つけるもの。哀しみとは、他者を傷つける理由となるもの。楽しみとは、他者の無様に愉悦を抱くもの。憎しみとは、他者を悪意の牙で砕くもの。愛しみとは、自分だけを愛するもの。それが人間だ。人間が持つ心であり感情だ。脆弱なお前では立ち向かうことすらできない、強大な現実だ」

耳元で囁いてくる。

「────諦めてしまえ」

砕け散り、残滓となった心に入り込んでくる。

「現実を受け入れろ。いつまでも駄々をこねるな。理想や綺麗事を無垢に口遊むような年頃でもあるまい。そうすれば、お前が望む通りの力が手に入る」

「………………力が？」

「そうだ。お前を悩ませる弱さも、人の心も、現実も、力があれば全てを押さえつけることができる。強さがあれば、全てをねじ伏せることができる。悪意すらも蹂躙する。お前の理想すらも叶えることができる」

もう一人のシャルの手が頬に添えられる。捕らえて離さず牙を立てる蛇のように絡みつく。

「諦めろ。私を受け入れろ。私に身を委ねろ」

闇が全身を絡めとる。侵食し、シャルの身体が徐々に闇の中に溶けていく。

「もう疲れただろう？　大丈夫だ。何も考えなくていい」

胃袋の中に身を浸らせ、身体をゆっくりと消化されているような感覚。

「お前の全てを、私に寄越せ────」

囁かれる声に導かれるままに、瞼を閉じる。

シャルはもう疲れていた。ルシルに心を打ち砕かれた時にはもう、心がすり減り、摩耗していた。何もできない自分に。無力感を味わうだけの自分に。押し寄せてくる現実に。疲れ切っていた。だから分かる。この囁きを受け入れてしまえば、楽になれると。

あとは頷くだけ。受け入れるだけ。それが自分の運命だと身を任せるだけ。

『特別なことでもなんでもない！　諦めなければ、誰にだって運命は変えられる！』

声が、聞こえた。

『それを教えてくれたのは――シャル！　お前だ！』

愛しい人の声が。

『お前はいつだって、どんな時だって！　何度も何度も立ち上がってきた！』

胸の中から、今もどこかで戦っている愛しい人の声が聞こえた。

『何度泣いても、傷ついても、最後には立ち上がって、絶対に諦めなかった！　お前の心の強さが運命を変える瞬間を、俺は何度も見てきた！』

その叫びは、温かな光となってシャルの胸を満たす。

『お前は強い！　俺なんかよりも、ずっとずっと強いんだ！』

再び立ち上がる強さをくれる。

『お前ならどんな絶望にも、どんな運命にも、夜の魔女にも打ち勝てる！　俺はそう信じてる！』

愛しい人が信じてくれている。それだけで、砕け散っていたはずの心が蘇る。

「…………………………………………嫌です」

心が摩耗しきったシャルの口から出てきたのは、儚《はかな》く弱々しくも根強い拒絶の意思。

「…………………………………なんだと？」

「嫌です…………………アナタに全てを差し出すことなんてできません」

「なぜだ。お前も分かっているはずだ。人の持つ悪意を。悪性の心を。それが現実なのだと」

「……分かっています。人の心がどれだけ醜いか。そこに秘められた悪意が、どれだけ強大で恐ろしく、途方もないものか」

拒絶の言葉を重ねる度に、ほんの僅かに闇が薄れてゆく。

身体にまとわりつく重みが掠れていく。力が湧いてくる。

「ならば理解できるはずだ。力があれば、全ての悪意はお前にひれ伏す。強さがあれば、遍く現実が膝をつく」

「……そうですね。それも一つの真実でしょう」

「それが理解していながら……」

「ですがそれは、私の欲しい力じゃありません」

胸の中に光として浮かび上がったのは、一人の少年の姿。黒い髪。黒い眼をした愛しい人の姿。

「確かに私は力が欲しいと思いました。強くなりたいと願いました。無力である自分を呪い、恨み、憎みました。でも……全てを押さえつけるだけの力なら、私は要りません」

「ならばお前の欲する力とはなんだ？　ああ、お前のことだ。大切な人を守るための力が欲しい……などと言うのだろうな？」

「いいえ。大切な人を守るだけの力なら、私は要りません」

言葉を重ねる度に、胸の中にある光が徐々に輝きを増していくような気がした。勇気が溢れていくような気がした。

「私は────どちらも欲しい」

「…………なに？」

「強さは必要です。力は必要です。言葉だけを重ねても、何も届かない時だってある。力を以て悪意を押さえつけることが必要な時もある。強さも力も何もない無力な自分では、何も変えられない……それは痛いほど思い知りましたから」

炎に包まれるマキナの姿が頭から離れない。己の無力で身を焼かれるような痛み。慟哭。今でも身体に残っている。

「ですが、それだけではダメなんです。それだけでも変わらない。だから私は、守る力も欲しい。大切な人を守るための力。誰かを守るための力。過ちを犯した人を救えるような、許せるような、そんな優しい強さもほしい。どちらの力も、両方が欲しいんです」

「ありえない。その二つは両立しえない」

「させてみせます。……させなくちゃいけないんです。それが私の求める強さなら」

「そんなものは理想論だ！　現実から目を逸らした綺麗事だ！　愚か者が吐く戯言だ！」

「現実なんて、ただの現状維持でしかない。世界をより良くしてきたのは、いつだって綺麗事を並べた挑戦者たちです」

本を拾ってくれた男の子。彼がくれた言葉を忘れたことはない。今もきっと戦っているであろう彼の姿を、忘れるわけがない。

「理想を叶えるために現実で足掻くんです。理想を夢見たからこそ現実が変えられるんです。現実だけを見て、理想を叶える努力すらせず最初から全てを諦めてしまう……それこそが弱さなんじゃないですか？」

「忘れたか。人の悪意を！　人の心という、過ちを繰り返す醜悪なものを！」

「忘れてなどいません。悪意もまた、人の心の一面。ですがそれが全てではないと、私は知っています！」

浴びせられる悪意に心が折れたこともあった。何度も何度も折れたことがあった。

「喜びも、怒りも、哀しみも、楽しみ、愛しみも、アナタが語ったような悪い面ばかりじゃない。憎しみの心だって、誰かを好きで、想うからこそ生まれるものでもある……人の心は確かに悪意に満ちています。醜悪で、恐ろしい。ですがそれはほんの一面でしかない」

「なぜそう言い切れる」

「私を踏み躙ったものが人の心だとすれば、私を救ってくれたのもまた、人の心だからです」

シャルは確かにあの日、あの晩、悪意によって追い詰められた。

だが同時に、救われた日でもあった。アルフレッドが助けてくれた。人の心に悪意しかないのであれば、誰かを助けるという行為そのものがありえなかったはずだ。

「ネネルちゃんは確かに憎しみに落ちました。でも、最後には未来を選びました。マキナさんだって、確かに過ちを犯したのかもしれません。でも、それは悪意からじゃない。…………アルくんのことが好きだから。彼を愛していたから。……間違えることは悪じゃない。だって、私たちは人間なんですから。間違えない人なんていない。心に振り回されない人なんていない。過ちを犯しても、またそこから立ち上がって、やり直せばいい。過ちと、自分の罪と向き合って、背負って……やり直したいという意思さえあれば。歩き出していいんです！」

シャルだって間違えた。アルフレッドだって間違えた。

そこから立ち上がって歩き出した。今もまだ歩いている途中で、きっと誰しもが、立ち上がって歩き出している途中なのだ。

「過ちを犯すのが人間なら、そこから立ち上がることができるのも人間です。……目の前に見える一つだけが全てとは限らない。たとえば目の前の武器を持った人間がいて、家族を殺そうとしても、それだけが真実とは限らない。脅されているのかもしれない。人質をとられているのかもしれない。従わされているのかもしれない」

「真実を仮定していてはキリなんてないだろう。現実的じゃない」

「なら、確かめればいい。力を行使してでも、確かめられるような状況にすればいい。それが私の欲する力。綺麗事を叶えるための強さです！」

「…………！」

もう一人のシャルは忌々しそうに顔を歪める。

「私はアナタを受け入れるつもりはありません。アナタの語る強さは、私にとってはただの弱さだから！」

「ほざけ！　弱者はお前の方だろう！」

「少し前まではそう思っていました。……でも、今は違います」

こんな自分を強いと言ってくれた人がいた。それを思い出したから。

「なに……!?」

「感謝します。アナタと話しているうちに、私の求める強さとは何なのか、私だからこそ得ることができる力とは何なのか、分かった気がしますから」

「そんなものがあるものか！」

「ありますよ。私は人の悪意や絶望を知りました。私は人の善意や希望を知っています。……光も闇も。理想も現実も。希望も絶望も。どちらも知った私だからこそ、摑めるもの。それが私だけの強さです」

迷いは晴れた。晴らすことができたのは、心の中で輝く光があったから。

そしてその光は、愛しい人の姿をしていた。

「…………っ！　なぜだ……お前が、奴を宿すお前が、人の悪意を許せるはずが……！」

「――それは、彼女がアナタよりも強いからですよ」

その声はシャル自身の中から聞こえてきた。胸の中から光が溢れ、やがてそれは人の形に変わってゆく。現れた光の少女。聖女のような装いの少女の姿は、どこかシャルに似ていた。

「貴様は――――クローディア！」

クローディア。それは、かつてこの世界に存在した、聖女の名前だった。

「やはり貴様の魂は、その娘の中に……！　だがなぜ！　出てくることが……！」

「アナタがこの子を喰らい、この瘴気の世界に堕としたからです」

「…………!?」

「瘴気に溶けぬまま揺蕩うこの子を完全に取り込もうとしたことが裏目に出ましたね。確かにこの子を完全に取り込んでしまえば、アナタの力はより強くなる。そのために深く入り込んだのでしょうが……中に入ることができるということは、中から出ることができるということ」

「貴様……！」

黒いシャルから瘴気が溢れる。否。この世界そのものが、黒いシャルの怒りに呼応するように鳴動している。

「無駄ですよ」

されど――――金色の輝きが、鳴動する瘴気の全てが霧散した。

「今の私は『第五属性《エーテル》』の魔力の化身。瘴気に取り込まれることのない、抵抗力の塊。アナタはそれが解っているからこそシャルの心を壊し、抵抗する力と意志を摘み取ってから取り込んだのでしょう？」

「…………！」

「下がりなさい。今は、まだ」

金色の光が世界に広がり、黒いシャルの姿は跡形もなく霧散した。

「………消えた」

「消えることはありません。彼女は永遠の存在です。ただ少し、抑えただけ」

光の少女と改めて向き合う。見れば見るほど、彼女の顔はシャルと瓜二つ。

「あの……アナタは？　先ほど、クローディアと……まさか、本当に？」

「ええ。私の名はクローディア。かつて、仲間たちと共に夜の魔女と戦った者です」

「本当に、聖女様……!?　でもそれがなぜ、ここに？　なぜ私の中から？　一体、いつから？」

興奮するシャル。対してクローディアは微笑ましくその様子を見守る。

「私はずっと、アナタの中にいましたよ。最初から……アナタが生まれたその時からずっと、アナタの魂に宿っていた」

「えっ……？　私の中にクローディア様が？」

「今の私は魂だけの存在……言わば『精霊』なんです」

「精霊って『王衣指輪《クロスリング》』に宿る、あの？　ですがクローディア様は人間のはずでは……」

「そもそも精霊とは、ここことは異なる世界に存在した魂のこと。神や天使や幻獣もいれば、人間だった者もいます。……全ての人間が精霊となれるわけではありませんが、なれないわけでもない。だからこそ私は今、ここにいる。そして魂の存在だからこそ、アナタの魂に宿ることができた。私と同じ血をひくアナタの魂に」

「…………それって、つまり……く、クローディア様は、私のご先祖様ということですか!?　お父様からはそのようなこと、一度もお聞きしたことはありませんが!?」

「正確には私の妹の子孫……ということになりますね。私自身は子を残す前に現世を去りましたし」

「し、知りませんでした………」

「妹は家族や自分の子を守るため、私に関する記録を残さないようにしていたのでしょう。私は一度、魔女として裁かれてしまいましたから」

聖女クローディア。

今でこそかつて夜の魔女を討伐したパーティーの一員として名を残しているが、夜の魔女が生まれる前は魔女として火炙《ひあぶ》りを受けていたという記録も残っている。

「…………私は『第五属性《エーテル》』の魔力を持って生まれてきました。今でこそ王族の魔力として受け入れられていますが、当時は多くの者とは異なる色の魔力を持つ『異端者』として扱われていたのです。それでも私は特別な魔力を持って生まれた意味があると信じて、私なりにできることをしてきました。その中で生み出したのが『浄化』の魔法です。当時は魔指輪《リング》が生み出され、普及し始めてきたばかりの頃で、彫金師の友人に作ってもらいました」

「……聖女様は各地で起きた災いを聖なる力で祓《はら》ったと言われていますが」

「その災いこそが出現し始めていた瘴気であり、そこから生み出される『ラグメント』。聖なる力とはつまり『第五属性《エーテル》』による浄化魔法のこと。ですが当時の人々はまだ瘴気という名の現象も『ラグメント』も受け入れられなかったのです。自分たちの力では倒すことのできない怪物の存在を認めたくなかったのです。そんなものが存在すると認めてしまうのが怖いから。だから私を悪しき魔女として裁き、火炙りにした。私を異端者として、魔女として葬り去ってしまえば、瘴気やラグメントといった存在をなかったことにできるから」

「………………」

人々の心の弱さ故の愚行。悍ましき所業。シャルは人の持つ善性を信じている。悪性とは一面に過ぎないものでしかない。その結論は変わらない。だが同時に善性もまた一面に過ぎないものでしかないということも、改めて実感していた。この事実から目を逸らさない。そう決めたからこそ、クローディアに問いかける。

「……聖女様は後世に名を残した素晴らしいお方です。しかし、なぜですか？　悪しき魔女として一方的に断じられ、火炙りにされて……なぜ、それでも尚、夜の魔女と戦えたのですか？」

「聖女。今の私がそう呼ばれていることは、アナタを通して知っています……ですが私が夜の魔女と戦ったのは、聖女らしい崇高な目的や理念があったからではありません。責任をとるためです」

「責任？」

「夜の魔女を生み出してしまった者の責任です」

「どういうことですか？　夜の魔女を生み出したのが……聖女様？　だって、そんな……聖女様はその魔女と戦った英雄の一人ではないですか」

「……瘴気とは『喰らう現象』。取り込み、喰らった物の情報を再構築し、『ラグメント』として吐き出す力を持っています。ただそれだけの、ただそれだけの現象でしかなかった。ですがあの日……あの夜。私が魔女として火炙りにされた時、瘴気は私を喰らいました」

「――――！」

夜の魔女。魔女として火炙りにされた聖女。偶然の一致などではなかった。

「瘴気が取り込むことができるのは生きたものだけ。火炙りにされた時点で私の肉体は既に死を迎えていたため、瘴気は私の心だけを喰らいました……人類への憎悪に満ちた、私の心を」

「憎悪……」

「悪しき魔女と糾弾され、火炙りにされた時、私は人々が持つ醜悪な心を呪いました。人類そのものを激しく憎悪しました。その心を喰らうことで、本来意思や人格など持たぬ瘴気に、『夜の魔女』という人格が生まれた。人類への激しい憎悪を抱く魔女が誕生してしまった」

「……だから『夜の魔女』は人類に災いをもたらす存在となり、『ラグメント』は人を襲う怪物になった」

「激しい負の感情から生まれた魔女と怪物。故に、人の持つ心こそが『夜の魔女』の力となる。『六情の子供』という存在を生み出したのも、六情の心を蒐集《しゅうしゅう》したのも、それが彼女の原点であり、力となるから」

聖女クローディアが抱いていた人類への憎悪。それこそが『夜の魔女』や『ラグメント』の正体。

「憎悪。負の感情。私の中は闇で染まった。ですが、私は知っていました。私に『浄化』の指輪を作ってくれた友人がいたように、人は悪性だけではなく、善良なる一面も持ち合わせていると。そうした私の『人の善性を信じる心』が、最期の力を振り絞って自らの魂を精霊に変えた。……あの日、あの夜。『魔女』が生まれたのと同時に『聖女』としての私も誕生したのです」

一人の人間から生まれた魔女と聖女。それが全ての始まりだった。

「精霊となった私は、魔女を生み出してしまった責任をとるため『夜の魔女』と戦う決意をしました。各地で瘴気を浄化しているうちに同じ魔力を持つ者と出会い、やがて私たちは仲間となり、『夜の魔女』に戦いを挑みました。私たちは勝利し、仲間たちは瘴気に苦しむ人々を救うための国を興しました。そして私は力を使い果たし、精霊の世界へと昇った……そして時が経ち、シャルロット。アナタが生まれた。聖女と呼ばれた私に匹敵するほどの魔力を持ったアナタに精霊としての私が共鳴し、アナタの魂に宿った。だからアナタには王族でないにも関わらず『第五属性《エーテル》』の魔力を宿していたのです。……今思えば、『夜の魔女』が動き出すことを本能的に感じ取っていたのかもしれません。ですが一度精霊の世界に昇ってしまった私は、自分の意思で外に顕現することはできなかった。特別な方法でも使わない限りは」

「特別な方法……それが先ほどの？」

「ええ。『夜の魔女』がアナタの中に入り込もうとした隙を利用しての顕現。ですが他にも方法はあります。そしてその方法こそが、アナタに託したい力」

精霊となった聖女クローディアを顕現させる術。

それを聞いて思い浮かんだのは、黒髪黒眼の少年が戦う姿。

「――――『王衣指輪《クロスリング》』……！」

「そう。今の私は精霊。指輪によって召喚することも、アナタの力となることもできる」

「……ですが聖女様。私にはそのための魔指輪《リング》がありません」

「大丈夫。その指輪なら、アナタの婚約者が届けてくれます」

確信に満ちた聖女の微笑み。その最中、シャルは感じ取っていた。

愛しい人が目の前の絶望を乗り越え、必死に抗い戦っている姿を。

「……………アルくん」

彼ならきっと来てくれる。不思議と、そう信じられた。

「……………ごめんなさい」

「聖女様？」

「……………『夜の魔女』とは私が生み出してしまった厄災。子孫であるアナタたちに役目を押し付けてしまったことは、私の償いきれない過ち。そしてその魔女との戦いを、アナタたちに託すしかないこの状況も、全ては私の罪です。シャル。シャルロット。私はアナタの中で全てを見ていました。アナタがどれだけ辛い思いをしたのかも知っています。ごめんなさい。本当に」

「……………そうですね。辛いことがたくさんありました。でもそれは聖女様だけの責任ではありません。私だってたくさん間違えました」

だから、と。シャルは目を伏せる聖女に対し、迷いなく言い切る。

「私は許します。アナタの罪を。世界中の誰もがアナタを許さなくても、私だけはアナタを許します。だから顔を上げて、歩き出してください。やり直しましょう。もう一度」

「……………本当に、強い子になりましたね」

我が子を見守ってきた母親のような顔を浮かべた聖女に、シャルは微笑みを返したその直後――

果てしなく広がる漆黒の世界に、亀裂が入った。

「どうやら迎えが来たようですね」

クローディアの身体が輝き、光の粒となって解けていく。

「シャル。私は一度、アナタの中に戻ります」

「……はい。次は私の力でアナタを呼び出します。その時はどうか、力を貸してください」

「ええ。共に戦いましょう。アナタが抱く、理想を叶えるために」

光の粒となった聖女はシャルの中に帰り、溶けあうようにして消えた。それを見守ったシャルは広がってゆく亀裂に向かって走り出す。闇の中に少しずつ光が漏れ、こじ開けられるように輝きが溢れて。

「――シャル！」

「――アルくん！」

輝きの中から差し出された手をとり、そして――。

☆

闇の中にねじ込んだ拳を開く。俺の名前を叫ぶ声に呼応するように開いた手は重なって、そのまま彼女を闇の奥底から引っ張り上げる。絡めた指に込めたのは決して離さないという決意。そのまま抱き寄せるように、シャルの身体を腕の中に包み込んだ。

「シャル……！　シャルっ！」

抱きしめる。腕の中に在る温もりが、確かなものであると確かめたかったから。

「……アルくん」

その声も。温もりも。間違いなくシャルのものだ。

「……ごめん。シャルのこと、守れなかった」

「……違います。私に力がなかったせいです。私が弱いから、アルくんに心配と迷惑をかけちゃいました……だから、謝るなら私の方です。ごめんなさい」

シャルの腕が背中に回り、俺を強く抱きしめる。互いに互いの存在を確かめ合うように。

「…………マキナさん」

「シャル様…………ごめんなさい。わたし……っ！」

「よかった」

マキナが謝罪を言い終わるよりも早く、俺の腕の中から離れたシャルは安堵の笑顔を綻ばせた。

「マキナさんが戻ってきてくれて……マキナさんの命が助かって……本当に、よかったです」

「……なんで、そんな顔……わたし、裏切ったんですよ」

「……でも、戻ってきてくれました。逃げることもできたはずなのに、逃げた方が楽なはずなのに、ちゃんと戻ってきてくれたじゃないですか。それに私だって、私に力がないせいで、マキナさんを助けることができませんでした」

「…………っ……」

「それに……私、知ってました。マキナさんがアルくんことを、好きだってこと……だからマキナさんのこと、責めるつもりはありません。あなたの気持ちが分かるから。あなたの苦しみが分かるから。私があなたなら、同じ行動をとっていたかもしれないから……」

「…………いくら何でも、甘すぎますよ」

「かもしれませんね。でも、それが私ですから」

再会の余韻を裂くように、瘴気の嵐が吹き荒れる。

「く……はは……シャルロット……お前さえ吐き出してしまえば、もはや内側から私に干渉することはできんぞ……！」

先ほどまで再生が阻害されていた傷口が徐々に塞がっていく。

どうやらシャルが瘴気の世界から脱出したことで、奴が自由に動けるようになったらしい。

「アルくん。マキナさん。私と一緒に戦ってください。背中で守られるのではなく、隣で一緒に」

目の前にある蒼い瞳。そこにはもう迷いは一切なく、揺るぎない決意だけが刻まれていた。

そんなシャルの決意に呼応するかのように、俺の右手にはめられていた指輪が力強い、鼓動のような光を放つ。

「…………！」

瞬間。指輪から流れ込んできたのは、聖女がシャルに伝えた言葉。記憶。全ての真実。

……ああ、そうか。そういうことか。

通常、『王衣指輪《クロスリング》』の魔法石には精霊が宿っている。

石に宿った精霊との契約を成功させることで、はじめて『王衣指輪《クロスリング》』を発動させることができるが……エリーヌがネトスさんの心臓から作ったというこの指輪に宿っていた精霊は、聖女の魂の半身。この魔法石は最初からシャルと繋がっていた。正確にはシャルの魂に宿るもう半分と。だからこそ、瘴気の中に取り込まれたシャルと繋がることができた。彼女の手を掴むことができた。

「……そうだな。そうだよな」

指輪を外す。これを、本来の持ち主へと贈るために。

「シャル」

指輪を外し、シャルの左手の薬指へとはめる。その『王衣指輪《クロスリング》』は、最初から身に着けていたようにピッタリとシャルの指に収まった。

「一緒に戦ってくれ。今だけじゃない。これからもずっと――――死が二人を分かつまで」

「はい。あなたと共に在り続けることを、誓います」

指輪から迸るは、シャルがその身に宿す銀の魔力……否。銀から移り変わった、金色の輝き。

「シャル様の魔力の純度が増した？　これなら、精霊との契約も……！」

「必要ありません」

金色の中心に佇みながら、シャルは静かに告げる。

「契約するまでもなく、私の中には聖女様がいます。彼女がこの魔法石に宿れば……それだけでこの魔法は完成する」

シャルの胸の中から温かい光が浮かび上がり、そのまま指輪の中へと流れ込んでいく。

何が起きているのかは分からない。しかし確かなことは、『王衣指輪《クロスリング》』から感じる力が跳ね上

がったということ。

「いきます！」

決意したシャルの全身から魔力が迸り、金色の嵐が吹き荒ぶ。

圧倒的な魔力量。並の『ラグメント』ならば触れるだけで浄化されるほどの。

「輝きを纏え――――『クローディア』！」

契約もなしに発動した『王衣指輪《クロスリング》』。そこから召喚された精霊は、世界を照らす輝きの化身。かつて夜の魔女を打ち倒した聖女と、そして目の前の魔女が纏っている精霊と同じ名を持つもの。

そして、シャルが纏う『霊装衣』。その装いは漆黒の魔女が纏うものと同じ形状。異なる点があるとすれば純白……否。純白と漆黒の入り混じった姿となり、武器を剣としているところか。

「クローディア……！」

憎しみに顔を歪める魔女。その身体は、俺が与えたダメージの修復を完了させていた。

「死人の分際でまだ私の邪魔をするか！　ならば此度は我が絶望の闇で食らい尽くしてくれる！」

夜の魔女の全身から瘴気の闇が溢れ、シャルを襲う。

「シャル様！」

「その影に触れるな！」

「大丈夫です」

迫る絶望の影。されどシャルは動揺することなく、全身から光を放つ。

光と影はせめぎ合いながら、どちらかが消えることなく完璧な拮抗と調和を形成した。

「バカな……我が力に触れたものは『絶望』するはず！」

「確かに。あなたの『絶望』はあらゆる力を『停止』させ、『喪失』させるのでしょう……唯一の例外を除いて」

「例外だと……!?」

「これが精霊『クローディア』の力。私の魔法。その能力は――――『希望』」

絶望に対する希望。夜の魔女が操るものとは、表裏一体の力。

「希望とは諦めないこと、歩みを止めたとしても再び歩き出すこと。絶望に抗う光を得ること。私の『希望』の力に触れたものは停止したものが再起し、新たなる力を与えられる」

夜の魔女の操る『絶望』の影が触れたものを『停止』させ、その力を『喪失』させるものに対し、シャルの光は触れたものを『再起』させ、力を『付与』させることができる。相反する二つの力。

シャルと魔女の魔法は互いに互いの力を打ち消し合う性質を持っているということか。

「そして、あなたの『絶望』で『喪失』した力も……」

シャルの放つ光が俺とマキナを包み込んだ。

「……私の『希望』の力で『再起』させることができる」

「指輪の力が戻った……『アルビダ』と『アルセーヌ』も……！」

「すごい。疲労感が消えて、傷も治ってます！　それに全身が魔法で強化されたような感覚も！」

『再起』とは回復魔法に近い力。『付与』は文字通り、強化魔法の類を付与する力か。

「クローディアの力か……！」

夜の魔女が叫び、周囲に無数の魔法が出現する。

「『再起』だと？　『付与』だと？　それがどうした！　所詮はただの回復と強化！　ならば圧倒的な魔法の暴威で圧し潰せばいいだけのこと！」

視界を埋め尽くすほどの魔法。業火の球体、雷撃の槍、氷河の刃、岩石の塊。圧倒的な魔力量が可能にする魔法の物量攻撃。躱す隙間など存在することはない、魔力の厄災。

「無垢に『希望』を語り理想を願うだけの小娘如きに、私が止められるものか！」

夜の魔女の激昂と共に意思ある厄災が迫る。しかし、その全てが漆黒の影に包まれた。

「……あなたの言葉は正しい。『希望』だけでは止められない。理想だけでは止まらない」

あの影は夜の魔女から発せられたものではない。その発生源は、傍に居る少女。

「だけど今の私は絶望を知っている。だからあなたを止められる！」

シャルの身体から放たれているものは黒き輝き。紛れもない『第六属性《エレヴォス》』の魔力であり、その魔法は先ほど夜の魔女が操っていたはずのもの。

「私の精霊『クローディア』が持つ力は『希望』。そして――――『絶望』」

「バカな、ありえない！　光と闇を併せ持つなど！」

「光と闇。そのどちらも併せ持つのが人間だからです」

シャルが放った『絶望』の魔法によって『停止』した魔法の群れが瞬く間に『喪失』をはじめ、消え去っていく。

「夜の魔女。あなたは人間を一面でしか見ることができていない。確かに人間の心にはどうしようもない悪意が蠢いている。でも人間はそれだけじゃない。他者への優しさも、善意もある。やり直すことだってできる。それが人間なんです！」

「小娘一人が何を語る！」

「一人じゃありません！」

そう。シャルは一人じゃない。

「シャル様に気を取られて隙だらけってね！」

『機械仕掛けの女神《コード・デウス・エクス・マキナ》』に搭載されている魔導スラスターによる高速移動。前かがみになりながら地面スレスレを滑るようにして接近したマキナは、即座に下から刃を振り上げる。

「『絶望』しろ！」

闇の影がマキナを襲うが、シャルから受けた身に纏う『希望』の光が『絶望』の闇と相殺する。

「…………ッ！」

振り上げた機構の刃に咄嗟に反応した魔女。完全な回避とはならなかったものの、身体の表層への浅い傷にダメージを留めた。

「浅いか……！」

「その程度で不意を打ったつもりか、オルケストラの王女！」

「まさか。わたしは王女ではなくメイドですよ？　ご主人様をたてますとも」

目を合わせるまでもない。俺が銃口を向け、魔力を蓄積していた時にはもう、マキナは後ろに跳んでその場から離れていた。

「『荒波大砲《ワイルドキャノン》』！」

シャルの『希望』の魔法によって復活した『アルビダ』。更に『付与』によって強化された魔力の砲弾。マキナの下からの攻撃によって視線が足元に向いていた夜の魔女の背中に向けて、後方上段からの一撃。

「――――ツッツ……！」

魔女が気づいた時には既に魔力の砲弾が瘴気で形作られた身体を砕き、全身に亀裂を刻む。

「打ち合わせもアイコンタクトもなしにこの連携……流石はアルくんとマキナさんですね」

俺たちの連携による攻撃で魔女が吹き飛ばされたところに、シャルは既に距離を詰めて踏み込んでいる。

「――――ちょっと嫉妬しちゃいます！」

一閃。光と闇の入り混じったオーラを纏った剣による追撃を、夜の魔女に叩き込んだ。

「がぁぁあああああああああああああッ！」

『第五属性《エーテル》』の魔力を込めた一撃は夜の魔女の身体に刻まれていた亀裂をこじ開け、大量の瘴気を噴出させた。

「ご……おっ……ぁあああァ……！」

瘴気の流出は止まらない。傷口を塞ごうとするように、魔女の身体に闇が集まるが……与えられた傷が深すぎるせいか、再生が上手く為《な》されない。僅かにだが、繕いきれず闇の破片がボロボロと魔女の身体から零れ落ちていく。

「夜の魔女。お前の負けだ」

告げた途端、魔女の眼が怪しく輝く。

「度し難いな、人間ども」

魔女の全身から更に瘴気が広がっていく。波打ち蠢く、触手のような瘴気が空間全体に迸るように伸びた。何らかの攻撃か。俺たちは咄嗟に防御の体勢をとるが……

「勝ちを誇るにはまだ早い」

……迸る瘴気は俺たちを無視し、俺たちから離れた場所に展開していた瘴気の帳を穿ち砕く。脳裏を過《よぎ》ったのは、レオ兄《にい》の腕が千切られた時の光景。

「レオ兄《にい》が狙いか！」

「いいや、違うぞアルフレッド！　お前の兄など興味はない！　なぜなら私には──素晴らしい娘がいるのだからな！」

☆

レオルの中にあるルシルは、よく笑う少女だった。

向日葵《ひまわり》のように明るくて、お日様のように温かい。そんな少女だ。

「──消えろ」

今、彼女の笑顔はどこにも存在しない。拒絶と憎悪に彩られた歪んだ冷たい貌《かお》。

欠けた剣でルシルの攻撃を捌きつつ、彼女が持つ大剣を弾《はじ》き飛ばせないかとレオルは自らも半ばから折れた刃を振るう――――が、彼女の姿は瘴気の霞《かすみ》となって消え失せ、次の瞬間には背後に出現していた。しかしレオルもまた、ルシルの出現場所を把握していた。背後に振り向き、ルシルの一撃を弾く。

「瘴気を纏いながら特殊なステップで視線を翻弄し、消えたように見せかける技か……魔法というよりも体術の類だな。努力と研鑽《けんさん》を感じさせる、君らしい技だ」

「これを見切るなんて大したものです。腕を上げましたね」

「自分を見つめ直して鍛錬を積む時間ならいくらでもあったからな」

「あぁ、そうですか。まんまとわたしに溺れて、腕を千切られちゃいましたもんねぇ！」

ルシルが繰り出したのは、隻腕となっている右からの攻撃。咄嗟に左手で握った剣を防御に回すが、ルシルの剣が空振りに終わる。フェイント、そう気づいた時には既に鋭い蹴りを左から叩き込まれた。

「…………っ！」

身体が浮くほど鋭く、そして重い蹴り。吹き飛ばされながらも床に叩きつけられることなく両足で着地し、体制を保つ。が、ルシルの持つ大剣には漆黒の魔力が迸り、蓄積していた。

「『黒獅子の咆哮《カオスロア》』！」

一閃。振るう斬撃は漆黒の咆哮となってレオルに襲い掛かる。

「『獅子の咆哮《レグルスロア》』！」

繰り出した斬撃の咆哮。金色と漆黒。二つの魔力が激突し、その衝撃が漆黒の帳の内部を駆け抜けた。

「…………気に食わない」

魔力の激突によって生じた衝撃が巻き起こす粉塵が流れていく最中、ルシルの相貌には心の底からの不快感が刻まれていた。

「こちらの攻撃を受けるばかりで攻撃らしい攻撃は一切ない…………確かに。自分を見つめ直して積んだ鍛錬とやらであなたは強くなった。それは認めましょう。ですがそれでわたしを見下すのは、増長が過ぎるというものですよ」

「君を傷つけたくないだけだ。言ったろう？　オレは惚れた女に、変わらぬ愛を伝えに来たのだと」

「バカバカしい。わたしはあなたの全てを奪ったんですよ？　それでも愛してるって？　そんなバカげたことがあるわけがない」

「ありえるさ。現にこうして、ここに、君を愛している男がいるだろう？」

「――――ふざけるな」

静かなる激昂と共に、ルシルの全身から漆黒の魔力が嵐の如く吹き荒れる。厄災を彷彿とさせる目の前の闇を目の前にして、レオルの瞳は一切揺らぐことはない。

「わたしがお前に与えた愛など紛い物だ。幻想だ。どこにも在りはしない」

「いいや。確かに存在したさ。少なくとも、オレにとってはな」

「何を根拠に……」

「君はいつだって、オレという人間と向き合ってくれたじゃないか」

学園で送る日々の中でルシルがかけてくれた言葉。レオルはその全てを、今でも一言一句覚えている。裏切られた時の表情、視線、表情でさえ。

「……そんなもの。お前に取り入るための演技でしかない。お前が欲しそうな言葉をかけてやっただけだ」

「そうかもしれない。……だけど、はじめてだった。オレにあそこまで向き合ってくれた人間は。オレが抱える痛みも弱さも全てを知って、受け止めてくれたのは、君だけだった。そんな君に溺れて、だけどあの頃のオレは、君に本当に全てを預けることもできなかった」

「ハッ。ええ、そうでしょうとも。お前はわたしに溺れていた。だけど唯一お前だけが隙を見せなかった。肝心なところは隠して、警戒して、怯《おび》えていた。……おかげさまで一番楽だと思っていたアナタから『王衣指輪《クロスリング》』を手に入れるのに苦労しましたよ」

「怖かったんだ。君に拒絶されることが。否定されることが……そうだ。オレは愛に臆病だった――君と同じように」

「――――」

その、レオルの発した一言。たったの一言に、ルシルは沈黙した。

レオルはまだ攻撃らしい攻撃は加えていない。せいぜいが、ルシルの武器を弾き飛ばすことを狙った程度のもの。しかしルシルは、かつてないほどの攻撃をその身に受けたかのように瞳を揺らし、硬直していた。

「な、にを………」

「君と共に過ごしていた時から感じていた。君と剣を交えて確信を得た」

「何を、言っている……！」

「君は偽りの愛を与えることは得意でも、自分に向けられる愛に対しては臆病だ」

「黙れ！」

激しい怒りと憎悪と共に魔力を迸らせる。次に何の魔法が来るのか、レオルはそれが分かった。

故に自身もまた、ルシルに合わせるようにその魔法を発動させる。

「『黒獅子の心臓《カオスハート》』ッ！」

「『獅子の心臓《レグルスハート》』！」

一時的に全ての能力を高める時限式の強化魔法。

漆黒の輝きを纏い、床を蹴ったルシルに対し、レオルもまた金色の輝きを纏いながら激突する。

黒と金の光は奇跡を描きながら帳の中を駆け巡り、幾千幾億もの火花を散らす。やがて刃と刃が鍔競り合い、重なり合った光の光景は比翼の鳥のようでもあった。

「臆病者はお前だろう！」

「ああ、そうだ！　かつてはそうだった！　しかし、オレはもう君から逃げない！　君がオレの全てを受け止めてくれたように、オレも君の全てを受け止める！」

「嘘だ！」

「君が夜の魔女の娘だろうと！　どれだけの罪を犯していようと！　世界を滅ぼそうとしていたとしても関係ない！　たとえ世界中を敵に回したとしても、オレは君を愛している！」

「嘘だ！　嘘だ！　嘘だ嘘だ嘘だ嘘だ嘘だ！」

「教えてくれ、君の全てを！　君がなぜ、愛に臆病なのかを！」

何度繰り返したか分からない、極限まで研ぎ澄まされた魔力を纏いし刃と刃の激突。

瞬間――――ぶつかり合った二つの獅子の間で光が世界を埋め尽くした。

☆

かつて『夜の魔女』という存在が世界に災厄をもたらしてから、二百年が過ぎた頃。

夜の魔女が遺した呪い。瘴気によって生まれる異形の怪物『ラグメント』。金色の魔力を用いて『ラグメント』と戦うレイユエール王国をはじめとする王国の王族たちは、世界中の人々にとっての希望だった。

だがこの頃、世界には『ラグメント』以外にも人類の敵と呼ばれるものが現れていた。

それが魔族。古の種族たる彼らは魔王軍を率いて人類側に宣戦布告し、人間たちの領土を侵略戦と各地で戦火をまき散らしていた。

ルシルはそんな新たな戦火に満ちた時代の、とある国の小さな村で生まれた。

母親はルシルを産んですぐに亡くなり、同じ頃に父親は魔族に殺されてしまった。そんなルシルを引き取ったのは村長だったが、長は愛情を注ぐことはなく、どこか遠ざけるように扱っていた。

そしてルシルは『第五属性《エーテル》』の魔力こそ持ってはいなかったものの、その身に子供とは思えぬ人並外れた魔力を宿していた。単純な魔力量だけでいえば当時の五大王国の王族すらも上回るほど。

もし、五大王国のいずれかに生まれていれば、或《あ》るいは村に生まれていなければ結果は違ったのかもしれない。だが狭い世界で生きる村の人々にとって、人並外れた力を持つルシルは不気味な存在でしかなかった。

この力は、魔族という新たなる脅威に立ち向かうために、両親の命と引き換えに神様が与えてくれたもの——そう結論付けたルシルは幼少の頃から自己流の鍛錬をはじめた。村の人々はそんなルシルを変わり者だと言って遠巻きに見ていたが……。

「特訓するなら僕も交ぜてよ」

テオという少年だけは違った。彼は村長の一人息子で、ルシルの幼馴染《おさななじみ》でもあった。

「僕もいつか魔王を倒したいんだ。みんなを守るために」

ルシルが得た、はじめての仲間だった。

やがて時が経ち、二人が十二歳になった頃。ルシルとテオは共に村から旅立った。

魔王軍に苦しめられている人々を助けるために、各地で剣を振るった。見返りも求めず人々を救っていくうちに、いつしかルシルは『勇者』と呼ばれるようになった。

「勇者ルシルか……だったら僕は、剣士テオだね！」

ルシルの隣でいつもテオは笑っていた。そんなテオの笑顔が好きだった。

二人の旅路は順調だったが、それでも全てが上手くいっていたわけではない。

魔王軍の猛攻によって苦境にたたされることも劣勢を強いられることも珍しくなかった。

しかしそれでもルシルは諦めなかった。そんなルシルに惹かれ、その背中についてきてくれる人も増えていった。

剣士のテオ。魔法使い《プリミティブ》のエルフ。力自慢のドワーフ。王国騎士。

世界を巡り、絆《きずな》を結んだ。ルシルたちはいつしか『勇者パーティ』と呼ばれるようになり、人類の希望となった。

勝利に次ぐ勝利。ルシルは戦いを重ねる度、仲間たちと危機を乗り越える度に強くなり、逆境を跳ね返し続け、やがて魔王との決戦に至った。

魔王との戦いは熾烈《しれつ》を極めた。刃を躱し、魔法をぶつけ合い、そして——ルシルは魔王を追い詰めた。

「……なぜ殺さぬ」

魔王の問いに対し、ルシルは剣を手放した。

差し伸べたのは刃を持たぬ空《から》の掌。

「……どういうつもりだ」

「魔王。わたしはアナタと友達になりたい」

「ふざけるな。我は魔王だ。貴様ら人類の敵だぞ」

「でもそれは人間にも原因があるってこと、わたしは知ってるよ」

魔族とは、かつて人間によって虐げられた亜人種だ。

人類への復讐こそが魔王軍の悲願であり、魔王としての使命。

「愚かな……我は魔王だ！　魔族の王だ！　貴様ら人類の敵だ！」

「それでも絆は結べるよ」

「なぜそう言い切れる！」

「わたしは色んなところに行ってきたよ。エルフの里にも、ドワーフの集落にも、王国にも……色んなことがあった。楽しいことばかりじゃなくて、嫌なこともあった。最初は敵だったこともあった。それでも今は絆を結んで仲間になれた」

「人間と魔族でも絆は結べると？　ただの理想論だ。ただの綺麗事だ」

「わたしは理想も綺麗事も、諦めたくない。アナタだって本当は、諦めたくないんでしょう？」

「…………なぜそう思った」

「本気で戦ったから。アナタの剣から、眼から、伝わってきたよ。綺麗事が叶うなら、それが一番いいって」

「………………………」

少しの沈黙の後。差し出された手に、魔王は応じた。

「勇者ルシル。お前を信じてみよう」

こうして魔王軍との戦いは、和平という誰も予想としていなかった形で終結した。

「やったね、テオ！　わたしたちの夢が叶ったよ！」

「そうだね。君のおかげだよ、勇者ルシル」

「やめてよ。本当は勇者なんて肩書き、ちょっとくすぐったいんだから」

何よりテオの前では、ただの『ルシル』でいたかった。

この頃にはもう、彼のことを愛していた。誰からも怯えられ、避けられていた村の中で唯一、テオだけがルシルに触れてくれたから。

「……でも、君はまだ勇者で在り続けるんだろ？」

「うん。和平を結んだとはいっても、まだ人間と魔族の間には憎しみと争いが残ってる。わたしはそれを失くしたい」

「やれやれ。また君お得意の綺麗事が飛び出してきた」

「でも付き合ってくれるんでしょ？」

「勿論。僕は勇者ルシルの一番の仲間、剣士テオだからね。でも……それだけじゃないんだ」

「テオ？　んっ――――」

不意打ち、だった。テオがすぐ目の前に居て。テオの唇が、ルシルの唇を塞いでいた。

「君の傍で、君を守りたいんだ」

「…………テオ」

「君を愛してるから」

「…………うん。わたしも」

ルシルはちょっぴり照れくさそうにはにかみながら、愛を告げた。

「テオ。あなたを愛してる」

魔王軍との戦いが終結した後も、人類と魔族は様々な問題があった。

争いがあった。憎しみがあった。その度に勇者ルシルは剣を手に取り戦った。

戦って、戦って、戦って、戦って、戦って――その全てにおいて勝利した。

勝ちすぎたほどに、勝ち続けた。

強くなり過ぎたほどに、強くなり続けた。

「――やぁぁあああああああああっ！」

その日は、突如として発生した魔物の大群の暴走を止めるために勇者パーティとして前線に立っていた。最後の魔物を崖際まで追い詰め、一太刀を浴びせる。

「今ので最後……やったね、テオ――」

口からどろりとした赤い液体が零れた。ふと、下を見てみると――自分の腹から血に塗れた刃が突き出していた。

「え…………ぁ……？」

「君は強いよ。本当に強い」

「テオ………？」

冷たい刃が、背中からルシルの腹を刺し貫いていた。

その刃を握っているのは、愛しい人。テオ本人だと、声ですぐに分かった。

「強くて強くて――恐ろしい」

「なに、を……言って、る、の…………？」

「ルシル。君は強くなり過ぎた。この平和な世界に、勇者という力は邪魔だと……そう思われてしまうぐらいに」

「意味わかんないよ……ねぇ………」

「僕たちは君が恐ろしいんだ。どこまでも強くなり続ける君が。勝利し続ける君が。その刃がいつか、僕たちに向けられてしまうんじゃないかって考えると、怖くてたまらない」

「嘘だよね……テオ………」

テオがルシルに向ける目は。幼い頃、村人たちが向けてきたものと全く同じで。

「わたしのこと……愛してるって………！」

「嘘に決まってるだろ？」

「えっ………？」

「君を正面から倒すのは不可能だ。だが背中を預ける仲間であり、かつ恋人になら、警戒心は解ける。不意の一撃を喰らわせることだって可能だろうと思ってね。……あぁ、よかった。目論見《もくろみ》が成功して」

「嘘……嘘だよね………」

「君を愛していたのが嘘偽り。君を殺そうとしたのは真実だ。……あぁ、他の仲間に頼ろうとしても無駄だよ。これはみんなが了承していることだから」

「みん、な………？」

「勇者パーティのみんなも、王様も、王国軍の人々も、魔王軍も、魔王も。みんなさ」

「………そんな……」

「最初はね、みんな君に惹かれたんだ。でも気づいたんだ。際限なく強くなっていく君の正体が、ただの化け物だと。恐ろしいんだよ。化け物である君が、恐ろしくてたまらないんだ」

「ぁ……あぁ………」

「安心して逝くといい。君が築き上げてきた勇者ルシルの物語は勇者テオの物語に書き換わるよ。後世には絵本にでもなるだろうさ。……あぁ、そうだ。君の陰に隠れるだけの僕はもう終わりさ。これからは僕が勇者だ」

テオは血まみれになった剣を引き抜くと、そのままルシルに斬撃を叩き込んだ。

「さようなら、ルシル」

飛び散る鮮血と激しい痛みが身体を襲う。足がもつれたルシルの身体は、そのまま背中から倒れ込むように、崖から落ちていく。

「ぁ……ぐ………」

地面に叩きつけられても尚、ルシルは生きていた。身体は辛うじて繋がってる状態で、地面には夥《おびただ》しいほどの血が溢れていて、すぐに絶命するであろうことは明白だった。

(嘘だった……全部……全部…………愛なんて……嘘、だった……)

喉の奥から血が溢れる中で、それでもルシルは叫んだ。

「嫌だ……い、やだ……嫌だ……誰か……愛してよ……わたしを、愛して……!」

誰にも愛されなかった。誰かに愛されたかった。その想いだけで戦ってきた。誰からも愛される自分になろうと思った。ようやく得たと思った愛は、偽物だった。幻想だった。

「誰か……ねぇ、お願い………誰か……!」

天を掻《か》き毟《むし》るように手を伸ばす。その指は、青い空に血の軌跡を描いていた。

「誰か……わたしを…………愛してよぉぉぉおおおお……！」

――感じるぞ。強い、『愛』の心を。

その時だった。ルシルの身体を、漆黒の瘴気が包み込み、誰かが囁いた。

「あなた、は……誰……？」

――我が名は『夜の魔女』。

「夜の……魔女…………」

――裏切りによって散った哀れなる勇者ルシル。お前を私の娘にしてやろう。

「むす、めに…………？」

――そうだ。私はお前の母となる。お前はそれが欲しかったのだろう？　他者から注がれる愛情というものが。

「ぁ…………」

村でいつも一人だった。親といる他の子供たちが羨ましかった。

ルシルという少女は生まれた時から、愛に飢えていた。

――私はお前の欲する家族というものをくれてやる。だからお前は、私に尽くせ。娘として、母のために動くがいい。

その提案はルシルにとってこれ以上ない幸運で――これ以上ない誕生日プレゼントだった。

「わたしを……娘に、してください…………わたしに……愛を、ください……」

――いいだろう。その望み、叶えてやる。

「あ……あぁ…………ぁぁあああああああああああああッ！」

瘴気が体を包み込み、侵食する全てを受け入れた。

次に目を開けた時。そこにいたのはかつての勇者であり、魔女の娘。

――ルシル。愛を司りし、六情の子供。お前は今から私の愛しい娘だ。

「…………はい。お母様」

愛は素晴らしいと、ルシルは想った。

勇者ルシルは誰かに愛されたかった。愛する人のためならなんだってできたし、どんな戦いも乗り越えられた。

愛はくだらないと、ルシルは思った。愛なんて不安定で不確定で、いつかは裏切るものだから。

愛なんてくだらない。それでも誰かに愛されたい。

誰かに愛されたい。だけど愛なんてくだらない。

そんな矛盾を抱えた存在が、ルシルという少女だった。

☆

「――――っ……！」

長い、長い記憶の旅路を終えた時、レオルは理解した。

今のはルシルの過去の記憶なのだと。

「…………視《み》たな……！　わたしの記憶を！」

そしてルシルもまた、それを察知したのだと。

「どうやら互いの『獅子《レグルス》』が共鳴し、記憶の流出が起きたようだな。極限まで魔力を高めた同じ精霊の力が激突することで起きた……奇跡にも近い現象だ」

「…………なんだその顔は。同情でもするつもりか？」

ルシルは嗤う。悪辣に、残虐に。

「あはっ！　あはははははははは！　だったら教えてやる！　わたしはお母様の娘になってすぐに何をしたか！　全員を殺した！　かつての仲間を殺し、国を滅ぼし、魔族も根絶やしにした！　歴史が消え去るほど完膚なきまでに殺しつくした！　それがわたしだ！　怪物で、化け物だ！　それでもお前は――――」

「――――愛せるさ。どんな怪物だろうと化け物だろうと、オレは君の全てを愛している」

「…………ッ……！」

「君は確かに罪を犯した。ならば、共に罪を償おう。君とオレで、二人でだ。オレにはその覚悟がある。言ったろ？　全てを受け入れると。君の罪すらも受け入れるさ」

レオルの愛の囁きに対し、これまで言葉巧みに翻弄し続けてきたルシルが返したのは言葉ではなく刃だった。レオルはそれでも構わないとばかりに刃を繰り出し、全ての剣戟に応じ続ける。

「この腕から君を失ってから、オレはずっと悔いていた。君の愛に応えられなかったことを。……そうだ。腕も、指輪も、誇りも、王座も。全てを失ったことよりも、君を失ったことが何よりも辛かった」

「……………………ッッ……！」

「オレは君がくれた愛に救われた。臆病でいつも逃げてばかりだった『レオル・バーグ・レイユエール』という人間を見つけてくれた君に救われたんだ。そんな君をどうしようもなく愛してしまった。君の全てを受け止めて、君に触れて、共に在り続けたいと。それは今も変わらない。君の本性を知り、君の過去の所業を知った今でもだ」

「…………………………………ッッッ……！」

「惚れた弱み、というやつなのだろう。愚かだと笑ってくれて構わない。……けれど、もう既に伝わっているはずだろう？　オレの愛に嘘偽りがないことも。オレがどれだけ君を愛しているのかも。たった今、オレが君の記憶を視たように――君だってオレの記憶を視たはずだ。君への愛に満ち溢れた、オレの記憶を」

無意識のうちだろうか。ルシルは一歩、後ろに後ずさった。

一方的に攻撃しているはずのルシルが。

「君の記憶を視た今なら分かる」

「なにを…………！」

「『愛』を司る君が最も恐れているものもまた、『愛』だったということが」

ルシルはこれまで、他者が抱く『愛』を弄び、暗躍してきた。

それは彼女が『愛』を司る存在だったから、というだけの話ではない。『愛』を司る者だったからこそ、それが持つ力、その恐ろしさを誰よりも理解していたが故のもの。

「君はもう、愛を恐れなくていい。オレの愛が君を包み込む。君の全てを受け入れる」

「………信じるものか」

「そうだな。だったら――――こうしよう」

レオルは剣を手放し、『霊装衣』すらも解除した。

「これでオレは無防備だ。君にとってもチャンスのはずだろう？」

「…………っ！」

次の瞬間には、ルシルは巨大な漆黒の刃をレオルの首元に突きつけていた。

「流石はかつて世界を救った勇者だな。素晴らしい反応と反射だ。……君の強さの秘密。知らなかった君を知れて、嬉しいよ」

「黙れ。わたしがほんの少し刃を奔《はし》らせるだけで、その首が落ちるんだぞ」

「精霊を召喚する間もなく、な」

「それが分かっていながらなぜ剣を手放した」

「愛を恐れる君を抱きしめるには、多少の無茶は必要だと思ってな」

「……まだ……そんな戯言を……っ！」

レオルの片腕は、目の前にいるルシルを抱きしめた。

学園に居た頃は両腕だった。ルシルは自然と受け入れていて、今のように身体が強張ることもなかった。

「…………もし君がオレの愛を拒むなら、その刃でオレを貫いても構わない。恨みはしない。だが、君がオレの愛を信じてくれるのなら……」

「────っ……」

レオルはルシルへと顔を近づけていく。ルシルがいつでも拒めるように、ゆっくりと。

しかし互いの唇が重なるまでの間も、重なってからも。ルシルの剣が――――レオルを貫くことはなかった。代わりに、巨大な剣が床に滑り落ちた音と、漆黒の『霊装衣』が解けた気配が漆黒の帳の中に響き渡る。

口づけは一瞬。触れ合った唇はすぐに、だけど確かめるように緩やかに離れた。

「………………レオル……くん……」

「あぁ……やっぱり、君からはそう呼ばれる方が良いな」

失ってしまったものの中で惜しいと思ったものの一つを取り戻せた。

「ルシル。これから何度でも言うよ。オレは、君を愛している」

「………………レオルくん。わたしは……アナタを――――」

刹那。二人を包む闇の帳が、僅かに歪んだ。

「――――愛してる、なんて言うと思った？」

「ぐっ⁉」

瘴気を纏ったルシルの手が、レオルを突きとばした。

完全な不意打ち。受け身すら取れず、微かに宙に浮きながら後ろに吹き飛ばされるレオルの瞳に映ったのは。

「――――っ……かはっ……」

帳を強引にこじ開けながら侵入してきた瘴気が、ルシルの身体を背後から貫いた光景。

「ルシル……？　ルシルッ！」

「あは、は……まぁた、騙されて、る………………男の子って……ホント単純……」

「ルシル……！　オレを、庇《かば》って……！」

「だから……違います、って……わたしは……そんな、お人好《ひとよ》しじゃ……がふっ……！」

ルシルの身体を貫いた瘴気は、そのまま知れぬ闇へとルシルの身体を引き込もうとしている。この開けられた帳の先にいたのはシャルロット。否。夜の魔女。

「どこまでも愚かですよ……アナタは…………本当に、愚かなひと……罪に塗れた、こんなわたしを……愛してるなんて…………やっぱり……『愛』はどこまでも愚かしい……」

母が娘を、取り込もうとしている。

「まァ、でも……アナタの言葉を……無視、できなかった…………わたしも……十分に、愚か者ですね……ある意味では、お似合いですか……」

ルシルが喰われていく。

「…………お母様の娘になって、長く生きてきたけど…………アナタと過ごした学園での日々は……けっこう、好きだったよ……」

闇の中に、消えていく。

「……………………レオル、くん……」

「ルシル――――！」

慟哭の叫びは届くことなく。ルシルという一人の少女は、魔女の中へと喰われて消えた。

☆

夜の魔女が発した瘴気が貫いたのは、彼女の娘たるルシルの身体。

そして魔女の操る闇に、ルシルの身体が沈んで――否。喰われていく。

「あぁ……ルシル。お前がいてくれて本当によかった……」

ルシルの身体が瘴気に喰われるにつれて、夜の魔女の身体が塞がり、凄まじい速さで修復が進んでいく。

「クローディアの魂を宿していたシャルロットは、奴の負の感情から生まれた私の素体としては最高の相性だ。故に心を砕き、絶望に落とし、光の魔力を闇に反転《じょうか》させて取り込んだ。そして私は蘇り、新たに『絶望』の力を手に入れることができた……しかし唯一欠点を挙げるとすれば。それは戦闘経験の不足。これればかりはどうにもならんが……ルシル。歴史の闇に葬られし、かつての勇者。我が娘よ。お前を喰らえば、勇者として蓄積した濃密な戦闘経験、磨き上げられた技を取り込むことができる」

ルシルの身体。その全てが闇に沈み、完全に喰らい尽くし――

「ルシル……お前が娘でいてくれたおかげで、私はこうして身体を修復し――更なる強さを手に入れることができた。ありがとう。感謝している。だから、お前を喰っても許してくれるだろう？　私はお前の母であり、お前は私の娘なのだから」

――魔女が、再臨した。

「くはっ……くはははははははははははっ！」

魔女の身体から闇が爆ぜ、床に、壁に、天井に、この空間のあらゆる場所に広がり、侵食していく。まるで植物が大地に根を張っているような、そんな光景を彷彿とさせる。

「これ……って…………！」

「マキナ、どうした？」

「まずい……あいつ、この王宮そのものを取り込もうとしてます！」

「なんだと……!?」

オルケストラの王女としての能力か。マキナが感じ取った現象は、最悪の事態を告げていた。

「ですが、瘴気が取り込めるのは生物だけのはず……！　機械仕掛けの王宮を取り込むことは、できないはずです！」

「……違う。アイツの狙いは魔力だ！　この王宮を稼働させている膨大な魔力の全てを自分の中に取り込むつもりか！」

この王宮を稼働させている魔力の量は計り知れない。それを全て取り込めば、もはや無尽蔵にも等しい量の魔力を手中に収めることになる。

「なんだ？　今の振動は……」

瘴気の影響だろうか。王宮全体が激しく揺れ始めた。

「……アルフレッドよ。この王宮が今、どこに向かっていると思う？」

「どこに、だと？」

わざわざそれを問うてくる理由。それを考えれば、おのずと答えにはたどり着いた。

「まさか……王都か？」

「そう。レイユエール王国の王都だ。そしてこの王宮はじきに――――王都に落下する」

「――――っ！」

この王宮が王都に向かっている、と聞いた時に脳裏を過《よぎ》った最悪の想像を、目の前の魔女は容赦なく叩きつけてきた。

「これほど巨大な王宮が落下した際に生み出す破壊力は説明するまでもないだろう？　そこに、王宮の全てに張り巡らせた私の瘴気と、取り込んだ魔力を落下に合わせて炸裂《さくれつ》させれば……王都はおろか、この国そのものが焦土に変わる」

「お前……！」

「あはっ！　好《い》い顔だ！　あぁ……視たかった！　お前のその貌が見たかったよ！　ずっとずっと、愛しいほどに焦がれていた！　あの男に、バーグ・レイユエールにも、そんな貌をさせてやりたかった！　さぁどうするアルフレッド！　あまり時間は残されていないぞ！　あはっ！　あははははははははははははっ！」

――――どうする。どうすれば、落下を止められる。考えろ。諦めるな。もう諦めないって、決めただろ。

「もはや打つ手はない！　諦めろ！　諦めろ諦めろ諦めろ諦めろ諦めろ諦めろ諦めろ諦めろ諦めろ諦めろ諦めろ諦めろ諦めろ諦めろ諦めろ諦めろ諦めろッ！」

「諦めるかよ」

どれほどの絶望が目の前を覆い尽くそうとも、その結論だけは変わらない。

「お前がどれほどの絶望を創り出そうと、俺は絶対に諦めない」

「まだそんな戯言を――――……!?」

魔女の言葉を遮るように、無数の魔法が降り注いだ。

炎、水、風、土。様々な属性の魔法を同時に、巧みに操っていたのは、白衣を纏った頼れる妹。

「ソフィ！」

「……わたしだけじゃないよ」

告げると同時。二つの影が飛び出し、迫る瘴気を薙ぎ払う。

雷と拳。輝くは『第五属性《エーテル》』の金色。生まれた時から慣れ親しんだ魔力を忘れるはずがない。

「ルーチェ様！　ロベルト様！」

「主役は遅れてやってくる、ってね。お待たせ、シャルちゃん」

「はっはっはっ！　うむ！　流石は我が弟！　無事に助け出せたようだな！」

この二人が来たということは、恐らく……。

「『華吹雪《ブルムザード》』！」

怒濤《どとう》の如き氷河の一撃が、更なる瘴気の波を凍て付かせる。

氷の力。そして、妹と共に自らの腕の中に取り戻したであろう婚約者を連れて現れたのは、氷雪王子。

「ノエル様に、マリエッタ王女……それにそちらのお方は……」

「お兄様の婚約者、リアトリス・リリムベル様ですわ。マキナさん」

「取り戻したんだな、ノエル」

「……お前もな。アルフレッド」

それだけの言葉と、目を合わせるだけで十分だった。

俺とノエルは、同じ婚約者を失った者同士。同じ思いをした者同士。取り戻せたことの嬉しさも、込み上げてきた感情も、語らずとも分かり合える。

「……ノエル、本当に友達ができてたんだ」

「どういう意味だ、それは」

「ふふっ……だって、あのノエルに友達ができるなんてさ。前までなら考えられなかったから」

俺はリアトリスという少女がどういう人間なのかを知らない。けれど、ノエルが彼女に注ぐ眼差しと、彼女がノエルに向ける顔を見れば。少なくとも悪い人じゃないことぐらいは分かる。

「婚約者との談笑を邪魔して悪いんだけど、リアトリスちゃんだっけ。あんたもあの魔女と一緒に戦ってくれるってことでいいのよね？」

「……はい。あたしにできることは、少ないかもしれませんけど。一緒に戦わせてください」

「オーケー。そんで、あとは……」

ルチ姉《ねえ》が向けた視線の先。そこにいるのは、裂かれた瘴気の帳から抜け出してきた……レオ兄《にい》の姿だ。俺はルチ姉《ねえ》が次の言葉を紡ぐより先に、レオ兄《にい》のもとへと一歩踏み出す。

「レオ兄《にい》。俺たちと一緒に戦ってくれ」

レオ兄《にい》は俺たちのことなど気にしたそぶりもなく、ただ着々と瘴気の闇を広げていく夜の魔女を睨んでいた。しかしその眼はやがて、確かに――――俺たち家族の姿を捉えた。

逃げることも、背けることもせず。俺たちはようやく向かい合えた。

「………………オレは、家族《おまえたち》が嫌いだ」

「知ってる」

「お前のことは、もっと嫌いだ」

「それも知ってる」

「それは今も変わらん。才に溢れるお前たちを見ているだけで、どこまでも自分が惨めに思える。忌々しい。吐き気がする。目障りだ」

前は知らなかった。でも今の俺は知っている。レオ兄《にい》が家族や俺を嫌っていることを。

「それでも、オレと共に戦うと？」

「ああ。俺にとってレオ兄《にい》は、今でもヒーローだからな」

絶望の力に成す術もなく倒され、命を奪われかけた時。

レオ兄《にい》は俺を助けてくれた。見捨ててもよかったはずなのに。レオ兄《にい》は俺を嫌ってるのかもしれないけれど、自分を卑下するけれど。根っこの部分は変わってない。泣いている俺を慰めてくれた、あの頃のレオ兄《にい》だ。

「たとえ何度、拒絶されたとしても。俺はレオ兄《にい》のことを諦めないよ」

「…………」

嫌いになんてなれない。なれるはずがない。

レオ兄《にい》は俺にとって、どこまでもいつまでも、ヒーローなんだ。

「…………くだらん」

返ってきたのは拒絶。そして。

「……オレはルシルを救いたい。だが、それはオレ独りの力では成し遂げられん」

あの時、届かなかった手。重ならなかった手が。

「力を貸せ――アルフレッド」

「……ああ！」

ようやく、重なった。

「ルシルを『救う』だと？」

広がる闇の根源。中心の地で、魔女が俺たちを睨む。

「言葉は正しく吐くものだ。ルシルは私の娘。この母の役に立つことこそが最大の救いだろうに！」

「何が救いだ。いい加減、子離れしやがれ。夜の魔女」

精霊を切り替えて『アルセーヌ』を纏う。手に取り戻した刃の先を、闇へと向ける。

「そんな風に自分の視点だけが正しいって決めつけてるから、この期に及んでお前は独りなんだろうが」

ここには俺がいる。レオ兄《にい》がいる。シャルがいて、マキナがいて。ルチ姉《ねえ》も、ロベ兄《にい》も、ソフィも、ノエルも、マリエッタ王女も、リアトリスさんもいる。誰一人として諦めなかった。人間が持つ混沌とする心と向き合い、光と闇を受け入れた。だからここにいる。

けど夜の魔女は独りだ。人間の本性は悪だと、ただの一面しか目を向けていない。自分の視点や行動だけが正しいと信じて疑わず、娘すらも喰らい、取り込んで。

あいつは今、自ら独りぼっちの魔女になった。

「それがどうした！　私は人間の悪意から生まれた永遠の存在！　唯一無二にして、完成された存在だ！」

「だったらお前はそこまでだ。限界なんざ見えている。けど、俺たちは違う。独りじゃ無理でも、二人なら越えられる。二人で無理なら三人。三人でダメなら四人……人の数ってのは、ただの数字じゃない。可能性だ」

一人じゃここまでたどり着けなかった。

ソフィが飛行船を作ってくれたから王宮に乗り込めた。ロベ兄《にい》やルチ姉《ねえ》、ノエルたちが俺を先に行かせてくれた。レオ兄《にい》とマキナが助けに来てくれなかったら、俺はとっくに死んでいた。シャルがいなかったら、『絶望』の魔法への対抗策もなく詰んでいた。

「それをもう一度教えてやるよ。お前が、初代の王様に負けた時みたいにな」

「自惚《うぬぼ》れも度が過ぎるぞ！」

王宮全体に根付いた瘴気から数え切れぬほどの異形が顕現する。これまで瘴気が取り込んできた生物を基に造り出されたものたち。歴代の王族たちが戦い続けてきた怪物『ラグメント』の群れ。

「瘴気は喰らう現象！　そこに果てはなく、終《つい》もない！　故に無限！　無尽！　無数の『ラグメント』で圧し潰してくれる！」

「シャル！」

「はいっ！」

精霊クローディアが放つ『希望』の輝きが、俺たちの身体を包み込む。これで奴の『絶望』の魔法にも全員が対抗できるようになった。そして無数の『ラグメント』が発する夥しい数の咆哮を前に、輝きを纏いながら先陣を切ったのはロベ兄《にい》とルチ姉《ねえ》だ。

「はっはっはっ！　兄妹全員で戦うのは久しぶりだな！　心が躍り、滾って仕方がない！」

ロベ兄《にい》の拳が迫る異形の怪物の尽くを吹き飛ばしていく。

連続して放たれる拳圧による衝撃。その一つ一つが中級の魔法をも上回る威力を有し、瘴気や『ラグメント』が放つ攻撃すらも穿ち、祓う。

「ま、今回はこのあたしがよりにもよって引き立て役だけど――――」

迸る紫電。ルチ姉《ねえ》は希望の力を付与された雷をその身に纏った。

「――――今日だけは我慢してあげる！　『成神《なるかみ》』！　『雷霆《ケラウノス》』ッ！」

雷の閃光が闇を薙ぎ払う。迫る異形の群れの大半が消し炭となり、魔女の元へと続く道が切り開かれた。

「行きなさい！　背中はあたしとロベルトで受け持つ！」

「安心しろ！　一匹たりとも通しはせん！」

最高のしんがりに背中を託し、瘴気から『ラグメント』が完全に顕現しないうちに、俺たちは一気に瘴気の狭間《はざま》を駆け抜けた。数秒遅れて俺たちが通った後を新たな『ラグメント』が塞いでいくが、塞いだ瞬間に雷と拳が薙ぎ払う。

「にぃに。今、わたしのゴーレムたちに王宮の機構を改造《しゅうり》させてる。……作業が完了すれば王宮の針路を変えられると思う。でも……」

「……その機構を動かすための魔力が足りないんだな」

「……ごめんなさい」

「なんで謝ってんだ。むしろよくやってくれた――――おかげで、希望が見えた」

無限に現れる『ラグメント』の群れ。

圧倒的な力を取り込んだ魔女。

迫るタイムリミット。

人はそれを絶望と呼ぶのかもしれない。

確かに絶望的な状況なのかもしれない。

だけど俺は、それだけじゃないことを知っている。

闇の奥底に、希望があることを知っている。

「アルフレッド様、何か策があるのですね」

「だったらあたしたちで、君たちを送り届けるよ」

「迷わず進め。決して振り向くな」

「にぃにたちが進む道は、わたしたちが造るから」

ソフィの背中から展開している六本の鋼腕《アーム》が消失し、

「『魔法目録編集《リストカスタム》』――『選択《セレクト》』――『決定《デシジョン》』」

そして、再度出現する。駆動する五本指に装備された指輪は、先ほどまで装備されていたものとは異なる組み合わせに編集されている。

「『付与対象拡大付与《マルチ》』・三重付与《トリプル》、『攻撃範囲拡大付与《エクステント》』・三重付与《トリプル》、『貫通付与《ブレイク》』・四重付与《カドラプル》、『水流付与《アクア》』・五重付与《クインティプル》、『火炎付与《フレイム》』・五重付与《クインティプル》、『強化付与《フォース》』・十重付与《デキュプル》」

まさに付与の暴力とも呼ぶべき数の魔法。ソフィだからこそ行える膨大な強化。それらはノエル、マリエッタ王女、リアトリスさんの三人へと与えられた。

「わたくしに与えられた付与を『ジャックフロスト』で魔力に変え――お兄様、リアトリス様！　お受け取りください！」

ソフィの『付与』において唯一、与えることができないもの。

それが魔法を発動させるために必要な源、即ち魔力。だがその唯一の欠点とも呼ぶべき場所は、マリエッタ王女の『ジャックフロスト』が補った。

「合わせるぞ、リアトリス！」

「うん！　いこう、ノエル！」

ノエルが纏う『ウンディーネ』の氷は水となり、リアトリスさんが発する炎と混ざり合う。

本来相反するはずの二つの属性は互いの力を削ぐことなく折り重なり、蒼と紅の光を生み出した。

「『華吹雪《ブルムザード》・炎水束《エンゲージ》！』」

水と炎の乱舞が、目の前の闇を切り払う。

その先に佇むは闇の根源。その身に瘴気を纏いし、夜の魔女。遮るものはもう何もない。

「後は託すぞ」

「任せろ」

前だけを見る。背中は今、すれ違った友達《ノエル》が見てくれる。

「勝負だ――――夜の魔女！」

皆が切り開き、繋いでくれた道の先。そこにいた夜の魔女は、その姿を変質させていた。

容姿はシャルに瓜二つのまま。しかしその身に纏っているものは、レオ兄《にい》の『レグルス』を彷彿とさせる漆黒の鎧と大剣。

「奴め……ルシルの力を……！」

恐らくはレオ兄《にい》と戦ったルシルが使っていた『混沌指輪《カオスリング》』の力か。

「ようやく馴染んでくれたよ。我が娘の力がな」

「ルシルを返せ！　魔女風情が！」

「レオ兄《にい》！」

激昂と共にレオ兄《にい》が加速し、俺もそれに併せるようにして仕掛けるが――――俺たちの振るった刃は空を切り、魔女の身体が霞となって消え失せた。

「…………っ！　ちぃっ！」

背後に現れた魔女からの一撃。

いち早く反応したのはレオ兄《にぃ》。そして俺はレオ兄《にぃ》に併せることで何とか反応し、振るわれた大剣を二人で防御する。

「ルシルより速いだろう？」

「よくも……！」

「レオ兄《にぃ》、落ち着け！」

ルシルを取り込んだというだけのことはある。あの人を翻弄するような技は、確かにあいつのものだ。

「シャル様、今度はわたしたちで！」

「仕掛けましょう！」

次いで飛び掛かったのはシャルとマキナの二人だ。魔女を左右から追い込む形で仕掛け、更にシャルが先手をとった。発した力は『絶望』。魔女が纏う霊装衣を『停止』し、『喪失』させるつもりなのだろう。

「愚かだな」

「『絶望』の魔法が効かない……!?」

魔女は確かにシャルが放った『絶望』の影を浴びた。しかし、魔女の力が失われる気配はない。

「ルシルを取り込んだとはいえ、私から力が消え失せたわけではない。全身に『絶望』の力を纏えばお前の力も相殺できる。シャルロット。『絶望』の力を無効化できるのはお前だけではないということだ。そして……」

魔女が持つ大剣に獣が如く魔力が迸る。その技は、見覚えのあるもの。

レオ兄《にい》の『レグルス』と似た力をルシルが持っていたということは、当然……！

「シャル、マキナ！　避けろ！」

「私はルシルの力も行使できるようになった。こんな風にな――――『黒獅子の咆哮《カオスロア》』」

「「――――――っっ!?」」

シャルとマキナの攻撃が届くよりも先に、獅子の咆哮《レグルスロア》が如き斬撃が二人を襲った。咄嗟にマキナが防壁を展開し、シャルが自分とマキナの全身に『希望』の力を付与していたのがかろうじて見えたものの、漆黒の奔流に飲み込まれて二人は床に叩きつけられた。

「あぁ……ルシル。素晴らしい。お前が勇者として積んだ経験はまさに百戦錬磨。過酷なる戦いの最中で磨き上げた技や体術が、私を救ってくれる」

魔女一人に対して、こちらは四人。にもかかわらず押されている。

ルシルを取り込んだことで、あいつの動きが完璧にコピーされたと見ていいだろう。事実、魔女の身体捌きがさっきまでとは別物だ。

「…………シャル。マキナ。お前らは援護にまわってくれ」

「アルくん……？」

「アル様……一体、何を……？」

どうやら隣で立ち上がった人物も、同じ考えに至ったらしい。

「レオ兄《にい》。行けるか」

「当然だ。後れを取るなよ」

レオ兄《にい》と共に、肩を並べて目の前の魔女へと集中する。

魔女の魔法がルシルのものを取り込んでいるとすれば。それがレオ兄《にい》のものと同じだとすれば。

今の魔女に対抗するにはパワーとスピードが必要だ。そして俺とレオ兄《にい》は、そのどちらも強化する魔法を持っている。

「『昇華《リミテイジング》』！」

「『獅子の心臓《レグルスハート》』！」

魔法が全身を包み込むと同時、俺とレオ兄《にい》は同時に仕掛けた。

「『黒獅子の心臓《カオスハート》』」

やはりか。分かっていた。こいつが『獅子の心臓《レグルスハート》』に相当する強化魔法を有していたことは。だからこそ、俺たちから先にカードを切った。あいつに主導権を握らせないために。

「強化すれば私の動きを上回れると思ったか？　愚かにしても度が過ぎる！」

極限まで高められた脚力による高速戦闘。三つの輝きが複雑な軌跡を描き、激突を繰り返しながら周囲の空間の至る場所で火花を生み出す。やがて幾つもの激突の末が、結果となって床に叩きつけられた。

「がはっ……!?」

受け身すらも取れず床を転がっていくのは、夜の魔女。俺とレオ兄《にい》は傷一つなく健在している。

「なぜ……なぜだ、貴様らは……なぜ、私の動きを…………！」

「ルシルを取り込んだのが仇《あだ》になったな」

「どういう、意味だァッ！」

再度、激突。繰り広げられる刃の応酬。だが魔女の攻撃は一度として当たらず、いかに瘴気を用いた体術で霞の如く姿を消そうとも——俺たちは二人。現れた瞬間、もう片方が対処する。

「当たらぬ……！　なぜだ！　なぜ！」

「俺がルシルと何回戦ってると思ってやがる。何よりレオ兄《にい》も、さっきルシルと戦ったばかりだ。あいつの動きは摑んでる」

「確かに貴様はルシルが持つ勇者としての経験と技を得たのだろう。……だが、使い方があまりにもお粗末だな。これならルシル本人の方がよほど手強《てごわ》かったぞ」

「ルシルの強みってのはあの性格の悪さだ。相手の心と向き合い、嫌なところを的確についてくる。あいつは自分の経験と技を、そういう使い方をしてくる」

「夜の魔女。先ほどから我が物顔で行使しているお前の経験と技には——心というものが足りていない」

「…………！」

逆にシャルとマキナが魔女に敗れたのは、ルシルとの戦闘経験が不足していたからだ。……シャルの場合は、何回かルシルと戦ってはいただろうが、単純にそれを活《い》かせるだけの技術が現時点では足りていないだけのこと。

「アルフレッド。オレの魔法を使え！」

「ああ、使わせてもらう！」

レオ兄《にい》が持つ半ばから折れた大剣に迸る咆哮が如き魔力を、『予告する右剣《セルニーヌ》』と『頂戴する左剣《ペレンナ》』で二度斬る。これによって発動するのは、魔法の簒奪。

「『怪盗乱麻』――――！」

託された魔法を届かせるべく、決意と共に駆ける。進む。

「アレを……喰らうわけには……躱して…………ぐっ⁉」

無数に放たれる魔力の弾丸が魔女を襲う。正体はマキナが操る機構の銃撃『機械仕掛けの女神《コード・デウス・エクス・マキナ》』による援護射撃。

「アル様、進んでください！　あいつはわたしが押し留めます！」

「ふざ……けるな！　こんな攻撃、すぐに『絶望』させて……！」

「あなたが『絶望』を与えるなら、私が『希望』を示します！」

魔女が『絶望』の影を発してマキナの銃撃を『停止』させようとした瞬間、シャルの『希望』がマキナの魔力に新たな力を与えて『再起』させる。

「なら、ば……！　その『希望』ごと薙ぎ払うまでだッ！」

迸る膨大な漆黒の魔力。魔女は銃撃の最中、闇の輝きを纏いし大剣を振り切った。

「『黒獅子の咆哮《カオスロア》』ァァァァァァッ！」

希望の力を纏った銃撃をも飲み込む、魔力の暴力。

目の前に迫る漆黒の一閃に躊躇《ちゅうちょ》なく体ごとぶつかってきたのは――――レオ兄《にぃ》。

「おぉぉおおおおおおおおおッ！」

いかに『獅子の心臓《レグルスハート》』で強化されているとはいえ、あの一撃を正面から受け止めるのは誰もが無茶だと言うだろう。だけど俺は歩みを止めない。緩めることはない。ただ、目の前の背中が道を切り開いてくれることだけを信じて疾駆する。

だって今、俺の目の前にいるのは――――

「オレの弟の……邪魔をするなぁああああああああああああ！」

――――世界一カッコイイ、俺の兄貴だから。

「バカな……！　強引に軌道を変えただと……!?」

道は開かれた。俺の足は一瞬たりとも止まっていない。瞬きすら許されぬ刹那の瞬間――――この一撃は届かない、と。俺の勘が告げた。

魔女が強引に放った『黒獅子の咆哮《カオスロア》』によって、マキナの弾幕がほんの一瞬だが途絶えた。そしてその一瞬を利用して、魔女の身体は弾幕の領域から抜け出し、既に二度目の『黒獅子の咆哮《カオスロア》』を放つ態勢に入っていた。人体の構造では考えられぬほどの可動速度。

「私の勝ちだ！　アルフレッド！」

ここで俺の方も攻撃を放つか。いや。恐らく、相手の方が速い。

何よりこの場にいる全員、既に魔力の消耗が激しい。恐らくこれが最後のチャンス。

「黒獅子《カオス》――――……っ！」

瞬間。魔女の全身が硬直する。何らかの意思が、その身体に干渉しているかのように。

「ルシル！　ルシルかッ!?　貴様！　なぜこの母に逆らう！　愛情をくれてやっただろうが！」

魔女の叫びが何を意味しているのか。俺は考えることしかできない。

それでも。あれだけ憎々しいと思っていた、あの悪魔のような女が頭の中を過《よぎ》った。

「…………ありがとよ」

――――別に。ただの反抗期ですよ。

声の主の顔は分からない。どこから聞こえてきた声なのかも。

それでも俺は感謝を胸の中で告げて。みんなで繋いだ刃を――――振るう。

「『昇華《リミテイジング》・獅子の咆哮《レグルスロア》』！」

希望の力を纏いし獅子が咆える。

王道邪道入り混じる一閃が、魔女の身体を打ち砕いた。

「アァァアアアアアアアアアアアッッッッッ！」

悲鳴という名の絶叫が、呪詛《じゅそ》のように木霊する。

シャルによる『希望』の力を付与された今の一撃は、魔女にとって致命的なものだろう。全身に広がった亀裂が崩壊の連鎖を呼び、瘴気がこれまでで最も激しく、大量に吹き出している。シャルを喰らって作り上げたこの『ラグメント』としての、魔女の肉体はじきに消滅するだろう。

「…………あァ、勝ちだ。お前の勝ちだとも、アルフレッド。そして、王族ども」

全身が崩壊しているにもかかわらず、魔女は勝ち誇っていた。

「だが……それがなんだ？　私を倒したところで、オルケストラの軌道は変えられない。落下も止められない。この王宮を動かすための魔力は既に喰らい尽くした。何より、言ったはずだ。私は『喰らう現象』。ただの現象に過ぎん。確かにこのシャルを基にした魔女の肉体を再び現世に構築するには長い時間がかかるだろうが、私はまた蘇る。滅する手段など存在しない。この世界から嵐が無くならないように、必ず雨が降るように」

亀裂の入った顔で、魔女は嗤う。

「ここで私に勝ったところで、お前たちの敗北は揺るがない！　オルケストラは墜ち、王都諸共《もろとも》に国は亡《ほろ》び、お前たちもここで死ぬ！　そして私は後の世に再び魔女として蘇る！」

高らかに嗤ってみせる。

「私は消えない！　私は滅びない！　私は夜の魔女――――貴様ら人間の悪意から生まれた、永遠の存在なのだから！　あはっ！　あはははははははははははははははははは！」

歪な嗤い声だけが王宮に響き渡る。勝利宣言を告げるかのように。

「……………そうだな。お前は永遠の存在だ」

「だからこそ、私たちはこれからもアナタと戦います」

「……………………………………なに？」

「夜の魔女。俺たちはもう、悪意《おまえ》から目を背けない」

「悪意《アナタ》の存在を受け入れ、悪意《アナタ》と向き合い続ける。それが……私とアルくんの選んだ結末です」

それが俺とシャルが下した結論。夜の魔女という悪意の化身と戦い、摑み取った選択。

「私を受け入れるだと？　向き合い続けるだと？」

「私の力は、善意の光……『希望』の力だけではありません。あなたが生み出した『絶望』の力も宿しています。光と闇。二つの力を持っているんです」

「それがなんだ！」

「分かりませんか？　確かに、人の心は悪意だけではありません。でも、善意だけでもないんです。善意だけではないように、悪意もまた人の持つ心の一面。否定することも、滅びることもないんです。人の心がある限り、必ず悪意は存在する」

「俺にもシャルにも。誰の心の中にだって悪意が眠っている」

「…………！」

怯えている。ああ、そうか。今ようやく分かった。こいつは、怯えていたのか。

自分が否定されることを、何よりも恐れていたのか。

「この世界から悪意がなくなることはない。だから俺たちは、生きている限り悪意と戦っていくんだ。そこに終わりはない。目の前の戦い一つに勝ったって、また次の戦いが待っている」

そりゃそうだよな。こいつは、人の悪意から生まれた存在だ。悪意を否定することは、自分の存在そのものを否定されるに等しい。

「勝つことができることもあれば、負けることだってあるでしょう。それだけ人の持つ悪意は強大で、恐ろしく強い。……でも、負けてもいいんです。そこから諦めて、立ち上がりさえすれば。再び歩きだすことさえできれば」

「悪意に膝をついて全てを諦めてしまった時。それが本当の意味での敗北だ」

全ての人から否定されることの辛さを、俺は知っている。

「夜の魔女。俺たちは悪意《おまえ》を否定しない」

「悪意《あなた》はもう、独りじゃありません」

「………………………………！」

きっと、だからこいつは家族を求めたのだろう。

自分を否定しない誰かが欲しくて。でも他者を信じられなかったから、自分の身体に取り込んで、自分の内側に閉じ込めてしまった。

臆病なんだ。悪意しかないから、他者を心から信じることができなかった。家族ですら。

「俺は、みんなが悪意《おまえ》と向き合っていけるようにできるような……そんな王様を目指すよ。俺が死んでも、永遠を生きるお前が独りぼっちにならないように」

「それがあなたを生み出した、人間が背負うべき責任です」

「………バカバカしい。そんなものはただの綺麗事だ。理想論だ」

散りゆく瘴気の欠片と共に零れた魔女の微笑みは――

「……だが、お前たちがはじめてだよ。そんな理想論《ゆめ》を叶えようとする人間は」

――力が抜けたように穏やかだった。

「かつての戦いの時。奴らは私の存在を否定するばかりだった。お前たち人間が私を生み出したくせに」

魔女の身体が崩壊し、風に溶けて塵《ちり》となっていく。

「私は『喰らう現象』。どうせ、私には永遠の時間がある。ならば……愚かなお前たちの足掻きを眺めてみるのも一興か」

声だけが響く。世界に混じり合い、溶けあっていく。

「見せてもらうぞ、アルフレッド。シャルロット。お前たちが現実という絶望にどう抗うのか。綺麗事を実現できるのかを」

塵一つ残すことなく、魔女は消えた。闇の中へと還《かえ》っていった。

「また会おう。夜の魔女」

「私たちも、あなたを見ています」

魔女からの返事はなかった。既にこの世界から消えていた。やがてその場に残された瘴気の中から、横たわった一人の少女が現実の世界に返される。

「ルシル……！」

意識を失ったまま横たわるルシルの身体を、レオ兄《にい》は優しく抱きしめる。レオ兄《にい》の腕の中に抱かれたルシルの顔は、不思議と安らいでいるようにも見えた。

「…………っ！」

息をついたのもつかの間、王宮全体が激しい振動に襲われた。

「……アル様、オルケストラが沈もうとしています！」

「魔女が消えたことで、瘴気の制御がきかなくなったのか……！」

王宮全体に張り巡らされた瘴気は魔女が制御していたものだ。

魔女を失った今、瘴気はただ周囲に揺蕩うだけのエネルギーに過ぎない。

「にぃに！」

「アルフレッド！」

ソフィとノエルをはじめとして、リアトリスさんやマリエッタ王女、更にその後ろからはルチ姉《ねぇ》とロベ兄《にい》も合流してきた。『ラグメント』の大群と戦って、それぞれ消耗はありつつも無事のようだ。

「みんな、無事だったんだな」

「当たり前でしょうが。このあたしを誰だと思ってるのよ」

「はっはっはっ！　どうやらお前の方も、魔女に勝利したようだな！」

「その話はあとだ。それよりも今は、このオルケストラをどうにかしねぇと」

「この振動……落下しはじめてるみたいだけど、どうするつもり？」

「アルフレッド様には何か策があったようでしたが……」

「機構はソフィが修理してくれたんだろ。なら、あとは魔力を確保するだけだ」

「その魔力を確保するアテがあるんだな？」

最後に問うてきたのはレオ兄《にい》だ。その腕には今も眠り続けているルシルを抱いている。

ルシルと共に生きて帰る。その決意に満ちた眼差しに、俺は確信と共に頷いた。

「『ラグメント』の発生は止まったが、王宮全体に瘴気は残ったままだ。これを利用する」

「瘴気……もしかして」

「そうだ。瘴気を浄化して、機構を動かすための魔力をまかなう」

「…………その手があった……！」

俺の提案に、目に希望の光を宿したソフィが頷く。

「これだけの量の瘴気を浄化するのは、生半可な力では成し遂げられんぞ」

「今なら魔力の純度を上げたシャルちゃんとマキナちゃんも浄化に参加できるわ。勝算が全くないわけじゃない」

「賭けになることは、否定できませんが……やるしかありませんわね」

「はっはっはっ！　なに、夜の魔女すら打倒したのだ！　今のオレたちに成し遂げられんことなどありはしない！　そうだろう？　兄上！」

「どうでもいい。オレはルシルをこの腕に抱いたまま、死ぬわけにはいかん。それだけだ」

「やりましょう。みんなで帰るために」

心は一つになり、やるべきことは決まった俺たちは、すぐさま王宮の各所へと散った。

瘴気の全てを浄化するためには各所のポイントで浄化を行う必要があるからだ。

そしてこの玉座の間には俺とシャルの二人で残ることになった。

「緊張してるか？」

「…………ええ。少し」

「ま、そーだよな。失敗すれば大惨事なんてもんじゃないし……」

漆黒の『第六属性《エレヴォス》』の魔力の俺やリアトリスさんでは浄化の力になることはできない。

彼女は今、ノエルの傍に居ることとだろう。『彫金師』として少しでも浄化の力を引き出せるように指輪を調整するために。

俺は『彫金師』ではないので、そんなことはできないけれど。

「……俺も、俺にできることをするよ。シャルを一人にはさせない」

「アルくんにできること……？」

「ああ。『原典魔法』ってやつを試してみようと思ってな」

指輪に宿った魔法ではなく、自分の身体に宿った魔法。

それが『原典魔法』だ。

「どうやら俺には『運命を書き換える原典魔法』ってのがあるらしくて、その力でマキナを助けたみたいなんだ。……ただ正直、何の心当たりも無いし、使い方も分からねぇ」

「それでも、諦めないんでしょう？」

シャルの言葉に、俺は迷いなく頷く。

「諦めなければ上手く発動して、浄化を助けることができるかもしれないからな」

「アルくんらしいですね」

「言っとくけど、分の悪い賭けでもない……と、俺は思ってるからな」

「そうなんですか？」

「…………夜の魔女は、俺の原典魔法を恐れてた。運命という名の物語を書き換える魔法だって。

仮に俺の中にその運命を書き換える原典魔法ってやつがあったとして……たぶん、この魔法は都合よく扱えるものじゃない」

魔女は言っていた。かつての戦いでは、この原典魔法に敗れたのだと。

だから『絶望』の力で無力化しようと目論《もくろ》んだ。

「これはきっと、諦めないやつに手を貸してくれる魔法なんだ。それは俺だけじゃない。周りの人間たちにも作用するんだと思う」

マキナを救うことができたのも、この魔法のおかげだ。

だけどそれは俺が諦めなかったから。そして……

「俺だけじゃないんだ。俺が特別なんじゃない。諦めさえしなければ、運命は誰にでも変えられる——そういう魔法なんだと思う」

……マキナ自身が、諦めることをやめたから。

マキナが諦めるのをやめた時に、俺の原典魔法は発動していた。

「だから、シャルも諦めるなよ。心の底から諦めず、願いさえすれば、きっと——俺の原点魔法は応えてくれる」

「勿論です。私はもう、諦めるつもりはありませんから」

手を繋ぐ。温もりを交換する。互いの想いが流れ込んでくる。

「みんなも同じ思いのはずです。だから、きっと運命は変えられます」

「……ああ。そうだな。どんな悲劇も、哀しい結末も——」

強く握る。決意と想いを込めて、絡めた指から熱を感じて。

「――俺たちなら、変えられる」

Epilogue それぞれの未来へ

Heroic Tale of Villainous Prince

第二王女ソフィ主導によって共同開発された世界初の魔導飛行船。

高密度魔力結晶体フィリアルディーバを動力源とした技術が組み込まれた画期的な空を往く船に乗船していたのは、設計・開発を担当したソフィと——ノエル、マリエッタ、リアトリスといったイヴェルペ王国の者たちだ。

「わぁ～……！　ノエルも見なよ！　すっごい景色だよ！」

「あ、あぁ……見た。見ている。というより、オルケストラから帰ってくる際にも見ただろう……」

「あの時は疲れとか色々あって楽しめる余裕なかったし！」

「オレはその時に楽しんだ…………楽しんだ。だから、リアトリスだけで……」

「こういうのは婚約者で一緒に楽しむものでしょ？　せっかくソフィ様のご厚意で、イヴェルペ王国まで魔導飛行船で送ってもらえてるのに」

「ふふふ。リアトリス様。その辺りにした方がよろしいかと」

外の景色を見ようとしないノエルにやきもきしているリアトリスに、マリエッタは悪戯っ子のような笑みを零す。

「お兄様は高いところが苦手なんですから」

「おい、マリエッタ……！」

「そうなの!?　えー、知らなかった！　じゃあ、オルケストラに乗り込む時は……」

「あの時は、それこそ目の前の戦いに集中して景色を楽しむ余裕はありませんでしたからね。あとは愛の力でしょう」

「えへへ……そっかぁ……愛かぁ……」

「マリエッタ。あまり勝手なことばかり言うな……！」

「おやおや。お兄様は婚約者への愛はないと？」

「あの時はあんなにも情熱的に愛を囁いてくれたのに～」

「愛しているに決まっているだろう！」

「「…………………………」」

ノエルの真っすぐな言葉にリアトリスは頬を赤くしながら黙り込み、マリエッタは「これは黙っていた方が面白そうですわね」と見守りモードだ。

「ただ高所からの眺めは少し待ってくれ！　正直まだ怖い！」

「お兄様のヘタレ」

「…………うん。でも、助かったかも。あれ以上迫られると心臓に悪かったし」

それぞれが一息をついた三人のもとに、ソフィが姿を見せる。

「……三人とも、飛行船はどう？」

「とても素晴らしい乗り心地ですわ、ソフィ様」

「うんっ！　もっともっと乗っていたいぐらい！」

「…………………そう……だな…………」

「……よかった」

約一名なんとか言葉を絞り出している者がいたが、王族たちの好感触にソフィは安堵する。

「それにしても……相変わらず凄まじい技術力ですわね」

「オルケストラの技術を解析したといっても、まだ夜の魔女との戦いから一ヶ月程度だ。たったこれだけの期間で、飛行船の完成度をここまで高めるとは」

「……マキナちゃんも手伝ってくれたから」

「でも本当によかったんですか？　あたしたちを送るためだけに動かすなんて。この魔導飛行船、各国から乗船の申し込みが殺到しているって聞いてますけど」

魔導飛行船への乗船の権利は、今や各国の貴族たちが喉から手が出るほど欲しがっているプラチナチケットだ。ノエルたちを送っていくためだけに動かすのは、『フィリアルディーバ』の消費量を考えてもあまり効率的とはいえない。

「……イヴェルペ王国の王族たちに貸しを作れる。それを考えれば、悪くない」

「それは……どういう？」

「……わたし、王様になるって決めたから。手札はできるだけ揃えておきたい」

いつもと変わらぬ無表情のまま、淡々と爆弾発言をするソフィに、三人は面食らって固まった。

「失礼かもしれませんが、ソフィ様はそういった王位継承権についてはあまり興味がないものかと思っていましたわ」

「……前まではそうだった。わたしは今まで自分がよければそれでよかった。にぃにがよければそれでよかった。でも、あのオルケストラでの戦いの時…………怖かったの。王宮が落下するって分かって、止めるための手段が思い浮かばなくて……たくさんの人が死んじゃうって思うと……怖くて怖くてたまらなかった」

ソフィは今でもたまに見ている。自分が成す術もなく時間だけが経ち、オルケストラが王都に落下していく悪夢を。

「……あの時になってようやく気づけたの。わたしはこの国のことも家族のことも好きだって。失うことが怖いって。今のわたしには力が足りないって。だから、わたしは王様になるの。みんなを守って、幸せにできるような王様に」

「……アルフレッドと争うことになってもか？」

「……にぃにが敵でも、わたしの思いは変わらない。わたしが王様になって、にぃにも守ってあげたいから」

☆

「おぉぉおおおおおおおおおおッ！」

「はぁぁあああああああああああっ！」

訓練場に二人の男の声が轟く。火花を散らす拳と剣。

無数の火花が散り終えた頃。王子の拳は刃を弾き、がら空きになった頭部へと吸い込まれ……僅か手前でピタリと止まる。

「……お見事です」

「はっはっはっ！　お前も中々のものだったぞ！」

一人は第二王子ロベルト。そしてもう一人は――

「腕を上げたな！　ナナト！」

ロベルトによってナナトと名付けられた金髪の人造人間《ホムンクルス》。

「ありがとうございます。ロベルト様に鍛錬をつけていただいたおかげです」

ナナトは頭上に広がる、どこまでも自由で果てしない青空へと目を向ける。

「今頃ソフィ様たちは、魔導飛行船で国境を越えたあたりでしょうか。……恐らく狙いは、イヴェルペ王国の王族と『彫金師』との親交。やはり王位継承争いを視野に入れた……」

「はっはっはっ！　いいじゃないか！　神童たるソフィが更にやる気を出せば、より多くの民が救われていくだろうからな！」

「……私の知る限り、アナタはあらためて王位を目指すことにしたはずでは？　単純な実績だけでいえばソフィ様は十二分過ぎるほどの脅威となると思いますが」

「それを真っ向からねじ伏せてこその王というものだろう！　いや、それがオレの目指す王の在り方というものだ！」

「フッ……アナタらしいですね」

己の枷を解き放った恩人の豪快さに笑みを零しながら、ナナトは再び剣をとる。

「では、未来の王よ。もう一度お手合わせを願えますか？」

「おう！　いくらでも相手になろう！」

☆

「ねぇ。今、ロベルトのバカでかい声が聞こえなかった？」

第一王女ルーチェは牢《ろう》の中に繋がれている女へと声をかける。

そして女――――重罪人用の『魔力封じ』の首輪をつけられたロレッタ・ガーランドは乾いた笑いを漏らす。

「……………幻聴だろ。ここをどこだと思っている？　重罪人を収監する『深獄の間』。オルケストラの技術を用いて王宮の地下に新たに造られた、声はおろか光すら届かぬ深淵《しんえん》だ」

夜の魔女との決戦の後。ネネルやリアトリスを除くかつての『六情の子供』――――ルシルとロレッタから、魔女の力が喪失することはなかった。

それを封じ込めておくための手段としてオルケストラの技術を用いたこの『深獄の間』を作り上げた。場所が王宮の地下になったのは、設計通りの出力を発揮するため強い地脈の力が必要だったことと、万が一に備え、唯一の対抗手段である『第五属性《エーテル》』の魔力を持つ王族たちがいつでも押さえつけられるようにするためだ。

「そもそも……どういうつもりだ？　なぜこうも頻繁にこんな場所を訪れる」

「あんたのことを諦めてないから」

「…………諦めればいいものを」

「あたしは王様になる女よ。友達の一人すら諦めてたら、この先大勢の人を救えやしないわ」

「…………愚かだな」

「唯一無二と言いなさい」

「…………君らしい」

「…………ねぇ、ロレッタ。あんたは大きな罪を犯した。償い切れる罪じゃないのかもしれない。一生、死ぬまで恨まれて責められる。許されることも無いのかもしれない。けどね。それが償うってことだと思うの」

「何が言いたいんだ」

「あんたが覚悟を決めて、自分の罪と向き合う日を……あんたがもう一度、歩き出す日を。あたしはいつまでも待ってる、ってこと」

「………………………」

まだロレッタの中にある様々な感情が整理しきれているわけではない。

しかし、それでも――――少しずつ近づいている。以前のような友達には戻れないけれど、以前とは違う友達にはなれる。ルーチェには、そんな予感が確かにあった。

（さて、と……あっちの面会は、どうなってるのかしら）

☆

ロレッタが収監されている階層から、更に下の階層。『深獄の間』の最深部。

「調子はどうだ？　ルシル」

「いいように見えますか？」

牢の中にあるベッドに腰かけながら、ルシルはレオルに向けて皮肉気な声を漏らす。

その首にはロレッタと同じく重罪人用の『魔力封じ』の首輪。更に手足には、首輪と同じ効果を持つ手枷《てかせ》と足枷《あしかせ》がつけられている。

「息苦しい上に動きづらいことこの上ないですよ。……皮肉ですね。シャルロットさんを嵌めて首輪をつけさせたわたしが、こうして首輪をつけることになるなんて」

「元気そうで何よりだ」

「……人の話、聞いてました？」

「聞いていたとも。そうやって不満を漏らしているということは、オレに甘えてくれているのだろう？」

「……フン。アナタも暇ですね。毎日こんなところに足を運ぶなんて」

「デートだと思えば楽しいさ。本来なら、見晴らしの良い場所に連れて行きたいのだが……こればかりは仕方がないな。いつかの楽しみにとっておこう」

「くだらない。わたしは一生ここから出ることは叶わないんですよ。……ま、それも当然ですけどね」

「それを当然と言えるようになったのだから、君も変わったな」

「…………」

以前のルシルなら考えられなかった言葉。それは紛れもない、ルシルの変化だ。

「お母様との戦いでの功績が認められたのでしょう？　こんな悪魔女のことなんか放っておいて、さっさと王様にでもなったらどうですか」

「……そうだな。それも悪くはないかもしれん。オレが王になれば、君をここから出してあげられる」

「バカじゃないですか？」

「なにせオレはワガママで愚かな第一王子だからな。惚れた女のためなら、いくらでもバカになれるとも。とはいえ、今は王位継承争いも熾烈なものになるだろうがな」

レオルは吹っ切れたように言い、牢の中にいるルシルと真っすぐに向き合った。

「オレは君を諦めない。もう以前のようには逃げられんぞ」

「…………」

しばし沈黙が流れた後、ルシルは根負けしたように、かつてのような少女としての笑みを零した。

「……………変わったね。レオルくんも」

☆

「ほれ、調整完了だ」

王家の専用工房。エリーヌから調整を終えたばかりの魔指輪《リング》を受け取ったネネルは、それを大切そうに両手で包み込んだ。

「ありがと、エリーヌ。お父さんの魔指輪《リング》を調整してくれて」

「気にするこたぁないよ。あんたとの親父とのよしみだ……で、あんたの調子はどうだい」

「魔法の練習は順調だよ。それより大変なのは勉強の方かなぁ……頭がパンクしそう」

「せいぜい頑張りな。来年からは学園に通うんだろう？　自分の夢を叶えるために」

「……うん」

手の中にある魔指輪《リング》を握りしめる。

ガーランド領の『彫金師』だった父が、ネネルのために造り、遺してくれていた魔指輪《リング》を。

「お父さんが作ってくれた魔指輪《リング》で、たくさんの人を助ける。それがあたしの夢だもんね。もっともっと頑張らないと。……エリーヌやアルフレッド様たちが協力してくれてるんだし」

「せいぜいあのクソガキ王子を利用してやりな。あんたの面倒見るって決めたのはあいつなんだからね」

「言われなくてもそのつもり。……あれ。そういえば、今日はまだアルフレッド様を見てない気がする」

「ああ、あのクソガキ王子なら――――」

☆

「へい、アル様。お届け物でーす」

と、いつものような軽い調子で部屋に入ってきたマキナが厚い書類の束を俺の机の上に置いた。

「こっちは『影』を中心とした調査隊によって作成された『オルケストラ』の資料です。技術関係はソフィ様を中心とした魔導研究所のチームと人造人間《ホムンクルス》たちで解析を進めてますが、全体でまだ三割ってとこですかね」

「お前に王女としての権限が戻ってる割に解析が進んでねぇのは、あの時の負荷が原因か」

「ですねー。ルシルが結構強引に使ってたのと、最後の瘴気がトドメでした。飛行魔法を維持するための術式は厳重に守られてたので無事なんですが、研究情報を保存している情報管理術式の方には不具合が出ちゃって……人力で地道に解析していくしかなさそうです。まぁ、そっちはわたしとソフィ様で進めておきますよ」

「……分かった。報告ご苦労。で、一つ質問いいか」

「ほいほい。なんでも答えちゃいますよー」

「……なんでお前、まだメイド服着てんだ。王女の服装じゃないだろ」

夜の魔女との決戦の後。始まった事後処理の中で最も大きな問題がオルケストラをどうするか、といった点だった。あの機械仕掛けの王宮は、いわばかつての超魔導技術の宝庫。更には製造された多くの人造人間《ホムンクルス》たちも保管されており、放置しておくわけにもいかなかった。どうしても管理する人間が必要で、その役目をマキナが担うことになった。

王女としての権限によって、マキナはオルケストラの全ての情報にアクセスでき、機構やシステムも扱える。ソフィを含めたとしても、管理者としてマキナ以上の適任はいない。裏切りの件もあるので、その贖《あがな》いとしてオルケストラの管理をすることに落ち着いたのだ。

そして最終的にはオルケストラを一つの国とし、その王女にマキナを据えて、レイユエール王国との同盟を結ぶことになった。つまり今のマキナは名実ともにオルケストラの王女である。メイド服を着るような身分ではないはずだ。

「そりゃ勿論、この服装が一番落ち着くからですね。マキナちゃんは王女様になっても、心はアル様のメイドですから。あ、何なら今から身も心もアル様のものにしちゃってオーケーです！」

「そっ……そもそもっ、書類を運ぶなら部下に任せとけよ。なんで王女自ら雑用みたいなことしてるんだ」

「そんなの決まってるじゃないですか」

マキナは俺の耳元に口を近づけ、甘い言の葉を囁く。

「愛しのアル様に少しでも逢いたいからです」

「……………お前、結構吹っ切れたよな」

「そりゃあもう。色々あってどこかの誰かさんのおかげで諦めないことにしましたから」

勝手に吹っ切りやがって。こっちはまだ色々と複雑な感情を抱いてるというのに。

「ホントは王女やりながらメイドでもいたかったですよ。あなたのお傍にいたかったです。正直毎日がめっちゃくちゃ辛いです……国王陛下はその辺も含めての罰として、わたしに王女としてオルケストラの管理をするように命じたんでしょうね」

「…………マキナ」

「あ、メイドは引退しちゃいましたけど、アル様の側室ポジは諦めませんのでそのつもりで！」

「逞しくて何よりだよちくしょう」

こいつの気持ちを知った俺はどう接していいか未だに悩んでるというのにこいつときたら。

「大丈夫ですよ。ちゃーんと正妻はたてますから。マリエッタ王女ともその辺は話をつけてありますので」

「おい待てお前今サラッととんでもないこと言わなかったか」

「そんなことよりアル様。そろそろシャル様との待ち合わせのお時間では？」

「うわっ、マジだ！　……って、なんでお前それを知ってんだよ」

「シャル様に教えてもらいました」

「シャルに!?」

どういうことだ。確かにシャルとマキナはここ最近は特に仲が良くなった気はしていたけれど、そんなことまで教え合う仲になっていたとは。

「ほらほら、早く行ってくださいな。わたしもすぐオルケストラに戻りますので。あ、今度わたしともデートしてくださーい。オルケストラ王女としての正式ルートでお手紙送りますので」

「……お前、俺より権力の使い方が上手くないか？」

☆

クローディア教会。

かつて夜の魔女と戦ったとされる偉大なる聖女クローディアを讃えて造られた教会。天を衝《つ》かんばかりに聳《そび》え立《た》つ鐘楼。その頂上には先客がいた。太陽のように眩《まばゆ》い黄金の輝きを放つ、長い髪を風で揺らしながら。

「悪い、シャル。待たせたか？」

「いいえ。私も今、着いたばかりですから」

シャルと肩を並べ、鐘楼から街を一望する。一時期は混乱に包まれていた王都だが、今ではその混乱から立ち直り、以前よりも力強い活気に満ち溢れている。

「どうだった？　貴族令嬢たちとのお茶会の方は」

「収穫がありましたよ。予想はしていましたが、やはり今はロベルト様が最も支持を集めていますね。ですがルーチェ様は女性たちの支持を水面下で高めているそうです。ソフィ様は若い世代から支持を集めていますが、古くからの貴族派閥からはあまり良く思われていないようですね」

「言い換えると、新しい技術に馴染めてない層ってことか。けど、その辺のやつらが技術を受け入れ始めたら一気に巻き返してくるかもな」

「ですね。それと、アルくんですが…………」

俺のことになった途端、シャルは俯きがちになって黙り込んだ。

「黒髪黒眼の王子は支持率サイアクだって？」

「………違います」

違う？　どういうことだろう。

首を捻《ひね》っていると、シャルは少しだけ頬を膨らませながら……。

「皆さんアルくんに興味があるみたいです。カッコイイかもとか、会わせてほしいとか、そういうことを貴族令嬢らしい迂遠《うえん》な言い回しで言ってきました」

「………もしかして、嫉妬してる？」

「してますよ。アルくんは私の婚約者なんですから」

「お、おぉ………」

こうまできっぱりと言われると逆にこっちが照れてしまいそうになるな。

「アルくんがみんなに良く見られるようになってきたのは嬉しいですけど、ちょっと都合が良いとは思います。……マキナさんならともかく」

「なんでそこでマキナが出てくるんだよ」

「マキナさんとは話を済ませてますから」

何の話かは分からないが、当事者《おれ》抜きに話を進めないでほしい。

その場に呼ばれても困るんだけど。

「ま、いいんです。そのことは」

よくない……って言ったら藪《やぶ》から蛇《へび》が出てきそうだから黙っておこう。

「……一応、探ってみた感じでは貴族令嬢たち以外にも、アルくんのことを支持、あるいは評価しはじめている貴族たちもちらほらと出てきているようです。やはり『夜の魔女』を討ち取ったという実績はかなり大きいですね」

「俺一人の力じゃないからちょっと複雑だけどな」

「あの場にいた人たちは皆が評価されてますよ。ノエル王子やマリエッタ王女も、国に戻ればその実績が評価されることは確実でしょう。レオル様だって今回の一件は大きく評価されてます。それに……」

シャルは悪戯っ子のような微笑みを浮かべた。

「実情はどうあれ実績は実績。上手く使っていけばいいんです」

ある意味で以前までのシャルらしくないその言葉に、俺は思わず呆気にとられてしまった。

「……シャルも変わったよな」

「おかげさまで。それに、アルくんだって十分に変わったと思いますよ。良い意味で」

思わず二人で笑い合っていると、その間を涼やかな風が吹き抜けた。

「……あの時、アルくんが私の夢を拾ってくれたおかげで、ここまでこれました」

その言葉で脳裏に浮かび上がったのは一冊の絵本。それを抱えた一人の小さな女の子の姿。

「あの時に諦めてたら、きっと今の私はここにはいません。どこかで現実と折り合いをつけて、今もどこかで俯いていたと思います。あなたがいたから、私の運命は変わったんです」

「そりゃこっちのセリフだよ。シャルがいたから、俺は諦めることをやめられた。自分の運命を変えられたんだ」

きっと、どちらかが欠けていたらダメだった。二人揃っていたから変われた。

「「────ありがとう」」

最愛の人への感謝の言葉が重なって。俺はシャルに向けて手を差し出した。

「たぶん。これからもっと大変なことも辛いこともあると思う。何度も絶望するんだと思う。それでも────俺はその度に立ち上がるよ。諦めず最後まで。だから……一緒に、歩いてくれるか？」

「勿論。喜んで」

差し出した手は重なって、指が絡まり握り合う。

「歩き続けましょう。私たちの綺麗事《ゆめ》を叶えるために」

あとがき

Afterword

Heroic Tale of Villainous Prince

はじめましての方は、はじめましてとなります。

久しぶりの方は、久しぶりとなります。左リュウです。

これから読む方も既に読んだ方も、この作品を選んでいただいたことに感謝します。

悪役王子の英雄譚《たん》、これにて完結です。色々と力不足な点もあって、当初の予定から変更した部分もありましたが（マリエッタは元々、ノエルを叩《たた》き起《お》こす役目と、アルとシャルの仲を動かすための役割を担う予定だったのですが、実際書いてみると後者はソフィが持って行きました。難しい）、なんとか区切りをつくことはできたかと思います。

この作品では登場人物が綺麗事《きれいごと》にこだわりますが、そこがこの作品を書くきっかけの一つでもありました。なんとなく自分の肌感として「辛《つら》いことや厳しいこと、哀《かな》しいこと＝現実」と定義づける人が多いなと感じていて、勿論《もちろん》、その側面が大きいことは否定しないのですが、じゃあ現実には何も楽しいことがないのかというとそれはノーで、人や現実が持ってる善性や良《い》い側面をまったく無いものにしてしまうのはフェアじゃないんじゃないか、と思ったところが始まり（の、一つ）です。現実はどちらか一側面だけで語れてしまうほど簡単じゃなくて、もっと複雑……というか、めんどくさいんだと思います。めんどくさいから嫌になるんですけど、でも逃げてばっかりだとむしろ悪化してしまうことがあるのもまた現実……。そういう自分は色々と後回しにしがちなんですが。

諦めないことや、失敗してもやり直すこと。この作品で描きたかったものは色々ありますが、ちょっと詰め込み過ぎ&詰め切れてなかったところは反省点です。諦めず、次に活《い》かしたいですね。


残りも少ないので最後に謝辞を！

編集のF様！　この作品を拾っていただきありがとうございます！　自分の力不足な点が多々あり、ご迷惑をおかけしてしまいました。

イラストを担当してくださった天野　英様！　いつも素敵なイラストをありがとうございます！最後までキャラデザもイラストも最高でした！

そして……この本を出版するにあたり力を貸してくださった多くの方々や、この本を手に取ってくれた読者の皆様、ありがとうございます。


いつかどこかで、またお会いできることを願っております。

電撃の新文芸

悪《あく》役《やく》王《おう》子《じ》の英《えい》雄《ゆう》譚《たん》3

著者／左《ひだり》リュウ
イラスト／天《あま》野《の》 英《はな》

2023年5月17日　初版発行

発行者／山下直久
発行／株式会社ＫＡＤＯＫＡＷＡ
〒102-8177　東京都千代田区富士見2-13-3
0570-002-301（ナビダイヤル）
印刷／図書印刷株式会社
製本／図書印刷株式会社

【初出】……
本書は、2021年にカクヨムで実施された「電撃の新文芸2周年記念コンテスト」で【能ある鷹は爪を隠す――〇〇隠し!】部門の《大賞》を受賞した『悪役王子の英雄譚 ～影に徹してきた第三王子、婚約破棄された公爵令嬢を引き取ったので本気を出してみた～』を加筆、訂正したものです。

ISBN978-4-04-914573-1　C0093　Printed in Japan

ファンレターあて先
〒102-8177
東京都千代田区富士見2-13-3
電撃の新文芸編集部
「左リュウ先生」係
「天野 英先生」係